LA DISEUSE DE MÉSAVENTURE

Série Sasha Urban : Tome 2

DIMA ZALES

♠ Mozaika Publications ♠

Copyright © 2018 Dima Zales et Anna Zaires
www.dimazales.com/book-series/francais/

Publié par Mozaika Publications, une marque de Mozaika LLC.
www.mozaikallc.com

Couverture par Orina Kafe
www.orinakafe-art.com

Traduit de l'anglais (États-Unis) par Suzanne Voogd

Révision linguistique par Valérie Dubar

e-ISBN : 978-1-63142-490-8
Print ISBN : 978-1-63142-491-5

CHAPITRE UN

Je grogne en ouvrant les yeux.

La chambre tourne autour de moi et une troupe de batteurs utilise mon cerveau pour répéter « Les Plus Grands Hits du Death Metal ».

Combien de verres ai-je bus au Jubilé ?

Je ne me souviens que de gens avec deux verres d'alcool, un pour eux, un pour moi… et d'avoir cédé à la pression du groupe.

Je m'assois et je glisse mes pieds dans mes chaussons. Lorsque je bouge, j'ai l'impression que mon crâne est une étoile naine blanche sur le point d'exploser en supernova.

Avec un effort surhumain, je parviens à marcher jusqu'à la salle de bains.

Si marcher avec une gueule de bois était un sport, j'obtiendrais une médaille d'or.

Un fantôme blafard de mon visage déjà pâle

m'observe depuis le miroir de la salle de bains avec d'énormes yeux injectés de sang et une tignasse brune.

En regardant les toilettes, j'ai des flash-backs dans lesquels je suis accroupie devant le marbre blanc. Je me souviens vaguement qu'Ariel et Felix se disputaient l'honneur de tenir mes cheveux.

Après une douche minutieuse et cinq minutes de brossage de dents, mon esprit s'éclaircit suffisamment pour décider que cette gueule de bois est la pire de ma vie.

Je ne boirai plus jamais.

J'avais une bonne raison de me mettre aussi minable : le Jubilé est important. C'était mon entrée dans la société des Conscients, la race secrète qui inclut les voyants comme moi, les vampires, les descendants d'Hercule comme ma colocataire Ariel, et l'espèce de techno-machin qu'est Felix.

Je retourne en trébuchant dans ma chambre et j'envisage fortement de ne pas aller au travail. Le problème avec cette idée, c'est que mon patron Nero est mon nouveau mentor dans le monde Conscient – un rôle dont le sens m'échappe encore. Hier soir, après m'avoir informé d'une augmentation, il a exigé que je fasse des recherches sur les actions de deux nouvelles biotechnologies pour onze heures… et il est déjà huit heures moins le quart, donc je n'ai pas beaucoup de temps.

Devinant qu'il me faut diviser le problème en morceaux plus petits, je décide d'aller à la cuisine et d'ingérer des liquides et des électrolytes dans l'espoir de redevenir humaine. L'expression devrait maintenant être « redevenir Consciente », puisque nous semblons ne pas être humains.

Enfilant mes vêtements de travail les plus confortables, je me dandine jusqu'à la cuisine et j'y trouve Felix.

— Bonjour, fêtarde, dit-il avec un sourire joyeux et irritant en me montrant la cuisinière. Veux-tu des œufs ou du porridge ?

Le visage de Felix est un melting-pot de traits slaves, asiatiques et orientaux, et à ma connaissance, il est la seule personne à paraître attachante en agitant son mono sourcil touffu.

— Ce qui fonctionne le mieux contre la gueule de bois, dis-je d'une voix rauque, car cette fois, l'odeur de nourriture ne parvient pas à me mettre l'eau à la bouche.

Felix hoche la tête et travaille au fourneau pendant que je regarde la cuisine tourner sur elle-même.

— J'ai mis du sel et des bananes dans ton porridge, dit-il un instant plus tard, d'une voix bien trop forte pour moi.

Il pose le bol devant moi avec un claquement à fracasser le crâne.

— Laisse-moi aussi te servir du jus de fruits et du thé.

Lorsqu'il me tend les liquides, j'avale le jus de fruits en une seule gorgée, comme un médicament, et je bois bruyamment le thé en attendant que le porridge refroidisse.

— As-tu vu Ariel danser avec ce vampire ? dit Felix sur un ton de conspiration, en posant son assiette d'œufs sur la table avec un autre bruit trop violent. Qu'est-ce qui lui a pris ?

J'attrape un peu de banane avec ma cuillère.

— Tu parles de Gaius ? Elle dit qu'ils sont seulement amis.

— Seulement amis, marmonne Felix. Nous sommes amis, et si je me frottais contre elle de cette façon, elle me briserait sûrement le cou.

Il rougit en disant cela. Puis il regarde la porte et devient écarlate.

Ariel entre dans la pièce d'un pas léger. Bien que le maquillage du Jubilé ait disparu, elle semble encore pouvoir poser pour la couverture du magazine *Maxim*. Elle regarde Felix en battant ses cils parfaits, et demande :

— Qui te briserait le cou et pourquoi ?

Felix se remplit la bouche de nourriture.

— Personne. Aucune raison.

— Très bien, répond Ariel en attaquant la cuisine comme un diable de Tasmanie boudeur.

Des portes de placards claquent, des assiettes frappent le comptoir et de la vaisselle tinte dans le lavabo. Je suis presque sûre de voir une fissure apparaître dans la tasse qu'elle tient lorsqu'elle la frappe contre le robinet en voulant se servir de l'eau. Avant que je puisse la supplier d'arrêter de faire autant de bruit, elle attrape une assiette d'œufs et une tasse de café et elle se dirige vers la table.

— Veux-tu bien t'asseoir ? lui dit Felix lorsqu'elle bondit sur ses pieds une seconde plus tard pour attraper du lait, toujours aussi frénétique. C'est quoi, ta dixième tasse de café ?

En réalité, Ariel agit comme si elle était sous amphétamines, mais je ne le dis pas à voix haute, car cela ne ferait que la contrarier. Ma colocataire prend tout un éventail de médicaments légaux et je suppose aussi pas-si-légaux pour l'aider à gérer le syndrome post-traumatique qu'elle nie avoir. En général, Felix et moi nous ne l'ennuyons pas à ce sujet, car les médicaments semblent améliorer sa qualité de vie.

— Je suis seulement excitée de m'être autant amusée hier soir.

Le sourire éblouissant d'Ariel me fait mal aux yeux.

— Autant « amusée », dis-je en faisant des guillemets avec les doigts pour m'assurer que personne ne rate mon sarcasme. J'aimerais bien utiliser une guillotine, là.

L'intensité du sourire d'Ariel diminue légèrement.

— Ta gueule de bois est vraiment si terrible ? Je peux te brancher sur une intraveineuse, si tu veux. Il paraît que cela aide à combattre les symptômes de la déshydratation.

— Je pense que je vais m'en passer, dis-je en buvant mon thé. Mais je vais prendre assez de paracétamol pour soigner ou tuer un éléphant.

Ariel se lève et va tout droit vers le placard à pharmacie. Elle revient presque instantanément avec une boîte d'antidouleurs et un verre d'eau.

Je fourre les pilules dans ma bouche d'un air reconnaissant et je les avale avec de l'eau. Avec un peu de chance, mon foie le supportera.

— Tu as intérêt à te remettre bientôt. Le Jubilé n'était que la première étape de notre célébration, dit Ariel lorsque je me remets à manger.

Je manque m'étrangler avec mon porridge.

— D'autres fêtes ?

— Bien sûr, dit-elle en rayonnant. Je t'emmène à l'Earth Club.

J'imagine des rythmes bruyants de boîte de nuit et mon œil gauche fait un tic involontaire, le mal de tête tambourinant joyeusement à la base de mon crâne.

Felix m'examine.

— Es-tu certaine que c'est une bonne idée de l'y conduire si tôt ?

— Non. Pas une bonne idée, dis-je en m'éclaircissant la gorge. Je préfère encore aller au stand de tir et laisser quelqu'un me tirer dans la tête.

— Je ne dis pas que nous irons aujourd'hui, précise Ariel, toujours aussi surexcitée. Nous ne sommes même pas obligés d'y aller demain. Nous irons samedi : c'est là que tout le monde sera présent, de toute façon.

Je masse mes tempes douloureuses.

— Que veux-tu dire par « tout le monde » ?

— Les Conscients, dit Ariel en poignardant un morceau d'œuf sur sa fourchette. L'Earth Club est l'endroit où nous traînons sans être obligés de cacher nos vraies natures.

— Cela rend les choses un peu plus intéressantes,

dis-je prudemment en mangeant une demi-cuillerée de porridge. Peut-être dans quelques années, quand je n'aurai plus mal à la tête...

Le sourire d'Ariel menace de casser son visage en deux.

— Cela se trouve dans les Autremondes. C'est l'occasion pour toi de t'y rendre officiellement... je sais que tu en as envie.

— Je vais y réfléchir, dis-je en buvant encore mon thé. Mais si j'y vais, pas d'alcool au club. Pas d'alcool pour moi, plus jamais.

Ariel passe la main dans ses cheveux d'un geste saccadé, souriant toujours comme une folle.

— Bien sûr. Ils ont toutes les drogues connues des humains... et certaines qui sont inconnues.

Mes inquiétudes au sujet de la sobriété d'Ariel reviennent en force. J'aperçois Felix qui me regarde intensément : il doit penser la même chose que moi.

— Viendras-tu avec nous ? lui dis-je.

Ce que je ne dis pas, c'est : « Tu pourras m'aider à veiller sur elle ? »

Felix hésite, puis il hoche la tête.

— Oui. D'accord. Je viendrai.

Ariel en bondit sur sa chaise.

— On va tellement s'amuser, vous verrez.

Au cours du silence momentané qui suit, j'entends le bruit de petits pas poilus. Avec une grosse dose de culpabilité, je me rends compte que dans la misère de ma gueule de bois, j'ai oublié de nourrir Fluffster — mon chinchilla.

Heureusement, Fluffster ne semble pas particulièrement grognon, alors avec un peu de chance, il vient de se réveiller et il ne sait pas que je l'ai oublié. En fait, ses yeux me paraissent particulièrement vifs et sa queue très touffue aujourd'hui, son minuscule nez se fronçant au milieu de ses longues moustaches majestueuses et ses grandes oreilles piquant le ciel comme des antennes satellites, prêtes à recevoir des communications extraterrestres.

Mes colocataires échangent un regard étrange, puis ils me fixent.

Je les observe, puis je jette un coup d'œil inquiet à Fluffster et c'est alors que je la vois.

Fluffster possède une minuscule aura.

Elle brille de la même façon que celle de mes colocataires… ce qui dans leur cas, signifie qu'ils sont sous le Mandat, comme moi.

Des Conscients, en d'autres mots.

Je pointe l'aura du doigt.

— Felix. Ariel. Vous aussi, vous voyez la lueur censée indiquer les personnes sous le Mandat ? Savez-vous pourquoi mon rongeur mignon en a une ?

Felix pose le couteau à beurre et regarde Ariel.

— C'est une longue histoire.

— Fluffster n'est pas celui que tu crois, explique Ariel d'un sourire tout aussi éclatant.

Fluffster s'approche, saute sur mon genou, puis sur la table. Il n'a encore jamais fait preuve d'autant d'agilité. Ensuite, il regarde intensément Ariel avec ses jolis petits yeux noirs.

— Non, dit Ariel, s'adressant apparemment à Fluffster. C'est mieux si tu le lui dis.

Fluffster regarde Felix de la même façon, comme s'il voulait l'hypnotiser.

— Ne me regarde pas, moi, répond Felix. Je pense que cela doit venir de la bouche de l'intéressé. Ou du cerveau du chinchilla. Bref.

— Me dire *quoi* ?

La pièce se remet à tourner autour de moi, et ce n'est plus à cause de ma gueule de bois.

— S'il vous plaît. C'est la pire journée pour faire des blagues.

Fluffster se lève sur ses pattes arrière et cela peut être mon imagination, mais vient-il juste de gesticuler avec ses petites pattes ressemblant à des mains ?

Ariel pose bruyamment sa fourchette, son sourire disparaissant lorsqu'elle jette un regard noir à mon animal domestique.

— Je ne saurais pas par où commencer. Il s'agit de ta mascarade, c'est à toi de t'en occuper.

Fluffster se met à faire les cent pas sur la table. De temps en temps, il regarde Felix ou Ariel, puis moi.

— D'accord.

Felix finit par céder et il se tourne vers moi.

— As-tu déjà entendu parler des domovoï ?

— Oui, dis-je lorsque mon mal de tête évolue rapidement vers une migraine. C'est une espèce d'esprit de maison russe, ou quelque chose du genre, n'est-ce pas ? Vlad et Pada ont appelé Fluffster par ce mot, alors je l'ai cherché.

— Exactement, reprend Felix. Les domovoi sont omniprésents dans le folklore slave. Et d'après mon père, il s'agit d'un groupe d'esprits puissants avec leur propre domaine d'influence, et lui – Felix pointe Fluffster du doigt – est l'un d'entre eux.

J'observe le petit animal avec stupéfaction.

— Mais c'est un chinchilla. Un rongeur des Andes d'Amérique du Sud… aussi éloigné de la Russie que c'est possible. Je l'ai acheté dans une animalerie. Cela n'a pas de sens.

Felix et Ariel se concentrent tous les deux sur Fluffster en évitant mon regard.

— Ce n'est pas drôle, dis-je. Êtes-vous sérieusement sur le point de me dire que Fluffster est un chinchilla-garou ? Ou est-il censé être un chinchilla qui a été mordu par un type qui avait la rage en Sibérie, faisant de lui un homme-garou : une mignonne créature qui se transforme en homme russe poilu à la pleine lune ?

— Ayant grandi aux États-Unis, je ne sais pas grand-chose du fonctionnement des domovoi, explique Felix. Ce que je sais est basé sur ce que mon père m'a raconté. En général, les domovoi ne prennent pas une forme matérielle, mais parfois, il leur arrive de prendre la forme d'un animal domestique décédé… généralement un chien ou un chat…

Je regarde tout le monde tour à tour, mes cheveux se dressant lentement sur ma tête.

Fluffster marche vers mon bol de porridge, se remet debout et me regarde directement.

J'écarquille les yeux et je cligne des paupières de façon répétée.

Il y a toujours eu une certaine intelligence dans le regard de Fluffster, mais jamais aussi profonde. Jamais aussi intense.

— Je suis vraiment désolé que tu aies dû le découvrir de cette façon, dit une voix douce dans ma tête... et même si elle est purement mentale, elle possède un léger accent russe.

CHAPITRE DEUX

Je pose ma cuillère.

— Je viens d'entendre une voix dans ma tête.

— Oui, répond Felix.

— Bienvenue au club, sourit à nouveau Ariel.

Mon estomac se noue.

— C'est un symptôme de la psychose, dis-je à personne en particulier.

— Pas si tes colocataires ont eu des conversations avec cette même voix dans leur tête, précise Felix en me faisant un clin d'œil. Sauf s'il s'agit d'une psychose de groupe…

— Pas de plaisanteries, l'avertis-je avant de regarder Fluffster de près. Tu disais ?

— J'essayais de souligner à quel point je compatis à ta perte.

La voix dans ma tête est aussi apaisante pour mon cerveau que la fourrure de Fluffster l'est pour ma peau. Même le mal de tête s'estompe légèrement, mais il s'agit peut-être de l'effet du paracétamol.

Je fixe mon animal de compagnie comme si je le voyais pour la première fois.

Il me scrute, se tenant étrangement immobile. Je me frotte le front.

— Tu ferais mieux de commencer par le début. Pourquoi es-tu désolé ? Et qu'ai-je perdu ?

Fluffster jette maintenant un regard pénétrant en direction de Felix.

— Très bien, finit par dire Felix au chinchilla au bout d'un moment. Je vais t'aider.

Il porte son attention vers moi et dit :

— Alors, il ne s'en souvient pas, mais quand nous avons emménagé ensemble pour la première fois, il avait une forme transparente qu'Ariel et moi apercevions parfois. Au début, nous pensions que c'était peut-être un fantôme…

— Attendez, les fantômes existent également ?

Je regarde Fluffster qui semble hausser ses minuscules épaules poilues.

— Il existe de nombreux Conscients sachant être invisibles pour les gens qui ne font pas partie du Mandat, explique Ariel. Quelques groupes possèdent les caractéristiques des fantômes mythiques, mais ce ne sont jamais les âmes d'humains décédés, alors dans le sens le plus strict, les fantômes n'existent pas.

— Très bien, dis-je en étant encore une fois stupéfaite. Revenons-en aux domovoi. Vous l'avez vu tous les deux, et je ne pouvais pas à cause du Mandat.

— Exact, répond Felix en souriant. Tu comprends très vite.

— Et à quoi ressemblait-il ?

J'examine la créature à l'apparence d'un écureuil-lapin d'un air sceptique.

— Un peu effrayant, en réalité, lâche Ariel avant de jeter un regard gêné à Fluffster.

— Mais le père de Felix a expliqué que c'était un domovoi et qu'il protège l'habitation où il vit.

Felix hoche la tête et repousse son assiette.

— Dans les familles russes, en avoir un est considéré comme une véritable bénédiction.

— Je comprends, dis-je alors que c'est faux. Que veux-tu dire en laissant entendre qu'il ne s'en souvient pas ? Ces domovoi ont-ils des problèmes de mémoire ?

— Bon, dit Felix en s'agitant sur sa chaise. Tout est arrivé la nuit où tu as reçu ton chinchilla originel.

Il jette un regard appuyé en direction de Fluffster, qui semble secouer la tête.

— D'après ce qu'Ariel et moi avons compris, poursuit Felix, l'animal que tu as récupéré au magasin a eu une attaque la toute première nuit que tu l'as ramené à la maison, alors d'une certaine façon, le domovoi l'a sauvé en s'incarnant en lui.

— Fluffster a eu une attaque ?

Je regarde mon animal sans comprendre.

— Je suis vraiment désolé, dit la voix dans ma tête. Mon tout premier souvenir est d'essayer de sauver la vie de cette petite créature. Les dégâts à son cerveau étaient trop importants pour que mes pouvoirs puissent les réparer, alors j'ai pris son corps.

— Tu as pris son corps, dis-je bêtement. Il est donc mort ?

— Je crois que c'est une question philosophique, intervient Felix. Si ce corps était tué, le domovoi redeviendrait incorporel, ce qui implique pour moi que l'animal est toujours en vie – ou son corps l'est, au moins.

Je me frotte les tempes.

— Ce qu'il faut se rappeler, dit Ariel, c'est que l'être que tu connais sous le nom de Fluffster est le domovoi depuis presque le début. Et même s'il ne pouvait pas te dire la vérité sur sa nature, il a toujours essayé d'être ce que tu voulais qu'il soit : un compagnon.

J'essaie de traiter cette information et pour la millionième fois, je regrette d'avoir la gueule de bois.

À cause du mal de tête qui presse mon cerveau hors de mon crâne, j'ai du mal à déchiffrer ce que je devrais ressentir. Suis-je en deuil pour le chinchilla que je n'ai connu qu'une seule soirée, ou bien suis-je reconnaissante envers le domovoi pour toute la joie qu'il m'a apportée ?

— Il n'a pas été si doué que ça en faisant semblant d'être un simple animal, dis-je après avoir marqué une pause. J'ai toujours pensé que c'était l'animal domestique le plus intelligent qui ait jamais vécu.

Fluffster lève fièrement le menton et piaille avec excitation. Dans mon esprit, il dit :

— Merci, Sasha.

— Avec plaisir, dis-je avant de glousser comme une hystérique en imaginant quelqu'un d'autre que mes colocataires être témoin de cette conversation. D'où viens-tu, alors ?

— Je ne m'en souviens pas, répond Fluffster en jetant un regard affamé à mon bol de porridge non terminé.

Je plonge ma cuillère dans l'avoine et je la tends vers lui. Avec un petit cri, le chinchilla-domovoi attrape un grumeau et le met dans sa bouche.

— L'un d'entre vous sait-il d'où il vient ? m'enquis-je auprès d'Ariel et Felix pendant que Fluffster mange.

— Il ne nous parlait pas quand il était désincarné, explique Felix. Il m'a juste fait un peu peur quelques fois.

Ariel boit quelques gorgées de café.

— Au début, nous avons pensé que c'était le domovoi de la famille de Felix. Jusqu'à ce que Felix pose la question à son père.

— Oui, dit Felix en se levant – sans doute pour se préparer une tasse de café. Mon père dit que notre domovoi vit dans la maison de mon grand-père à Yakoutsk, en Russie. Je suppose qu'un Conscient de Russie a un jour vécu dans cet appartement et qu'il avait ce domovoi, et lorsqu'il est mort, il a laissé l'entité ici. Je pense qu'ils suivent les gens dans certaines familles, mais s'il ne reste personne, ils gardent la maison elle-même.

On dirait qu'une ampoule s'est allumée au-dessus de la tête d'Ariel.

— Vous savez quoi, dit-elle, à l'époque où nous avons réfléchi à tout ceci, nous ne savions pas que Sasha était Consciente. Mais parce qu'elle l'est, il existe une possibilité plus intéressante quant à l'origine de Fluffster. Il pourrait être à elle.

— Tu as raison.

Felix pose la tasse de café sur la table, les yeux brillants d'excitation. Cela signifie que nous avons le tout premier indice de l'origine de Sasha.

Il me regarde.

— Se pourrait-il que tu viennes de Russie ?

— Tes parents ont toujours dit que Sasha était un nom slave, lui dit Ariel. Il est donc possible que…

Ma bouche est littéralement béante lorsque leurs mots pénètrent le brouillard de ma gueule de bois.

Un indice sur mes origines.

Cette idée suffit à déclencher une cascade d'émotions difficiles à identifier dont je devrais sans doute discuter avec Lucretia, la psy Consciente à mon travail.

Je sais que j'ai été adoptée depuis le début, alors je me suis évidemment demandé qui étaient mes parents biologiques et ce qui leur est arrivé. Cependant, ma mère – ma mère adoptive – n'était pas une grande fan de ce genre de questions. Elle pensait qu'elles indiquaient que je n'étais pas heureuse avec papa et elle. Sa logique était faussée, car j'étais heureuse avec ma nouvelle famille… je voulais simplement savoir qui étaient mes vrais parents.

Quand j'étais petite, au lieu de compter les

moutons, je songeais régulièrement à des questions sur mes parents biologiques en m'endormant. M'ont-ils perdue, ou bien m'ont-ils abandonnée ? S'ils m'ont abandonnée, était-ce parce que je le méritais ? Qui sont-ils ? Où sont-ils ? Que faisaient-ils à l'aéroport JFK ce jour-là ? La liste de questions s'est allongée à mesure que j'ai grandi, jusqu'à ce que j'apprenne à réfréner ma curiosité, car un grand nombre des possibilités étaient trop douloureuses.

Cependant, maintenant que je suis Consciente, je dois revenir vers ce sujet. Le Conseil ne semblait pas avoir d'indice quant à mes origines, et d'après Gaius, ce n'est pas parce qu'ils n'ont pas essayé. La bonne nouvelle est que le fait d'être Consciente a considérablement réduit les candidats potentiels, puisque nous ne représentons qu'un pourcentage d'un pourcentage de la population mondiale.

En outre, un ou mes deux parents étaient voyants, ce qui réduit encore les possibilités. Maintenant, il y a peut-être un autre élément auquel je peux me raccrocher : le domovoi, c'est-à-dire la connexion russe, en supposant que Fluffster est vraiment…

— Sasha ? Tu es là ?

Felix semble inquiet.

— Pardon, dis-je en secouant la tête dans l'espoir de m'éclaircir les idées.

— C'est peut-être un sujet sensible pour toi, ajoute Ariel en baissant la voix de compassion. Je suis désolée d'avoir lâché…

— Non. C'est en effet une idée intéressante. Un

domovoi doit-il « appartenir » à une maisonnée Consciente ? Et s'il avait vécu dans la maison de l'un de mes parents adoptifs ?

— Je n'en ai aucune idée, répond Felix.

— Il faut que je le découvre. Existe-t-il un moyen de permettre à Fluffster de se souvenir de ce qui est arrivé avant qu'il devienne poilu ? Une façon de vérifier qu'il a vraiment vécu avec mes parents biologiques ? Car si c'est le cas, il se souviendra peut-être de qui ils étaient…

— J'aimerais beaucoup me souvenir, mais je n'y arrive pas, dit mentalement Fluffster avec une bonne dose de tristesse, ce qui est peut-être moins étrange que le fait que sa voix mentale ait un accent.

Ariel regarde Felix qui hausse les épaules et dit :

— Je pense que tu devrais parler de tout ça à mon père. Avant cet appartement, je n'avais encore jamais rencontré de domovoi, mais mon père connaissait celui de la maison de mon grand-père.

— D'accord.

Je me rends compte que tout ceci – ou bien les médicaments et les liquides et la nourriture – a fait reculer ma gueule de bois.

— J'aimerais rencontrer ton père pour déjeuner cette semaine et voir ce qu'il peut m'apprendre. Je veux m'assurer que Fluffster n'est pas ici à cause de *ta* famille. De plus, ton père connaît peut-être une façon de stimuler les souvenirs de Fluffster.

— Il sera ravi de déjeuner avec toi, dit Felix avant de grimacer. En revanche, ma mère ne sera pas très enthousiaste. Tu sais à quel point elle peut devenir jalouse.

Pour défendre la mère de Felix, il faut dire que son père semble apprécier un peu trop la compagnie des femmes – et cela m'inclut, même s'il n'est pas aussi bizarre avec moi qu'avec Ariel. Je crois bien l'avoir vu baver la première fois qu'il l'a rencontrée.

— Peut-être un déjeuner de famille ? De cette façon, ta mère serait présente.

— Pourquoi pas. Mais tu regretteras d'avoir ajouté ma mère. Malgré ce que je lui répète, elle pense toujours que nous sommes ensemble.

Ariel glousse et je me contente de secouer la tête. Sa mère pense que nous sortons toutes les deux, Ariel et moi, avec Felix. Je ne sais pas si c'est parce que la polygamie est à la mode en Ouzbékistan, ou parce qu'elle est convaincue que son père est irrésistible pour les femmes – ou les deux.

— Super, dis-je. Je vais faire des recherches sur les anciens propriétaires de cet appartement et découvrir s'ils étaient russes. Je vais aussi voir si mes parents adoptifs ont des origines russes, ou s'ils ont eu des animaux domestiques, ou d'ailleurs, s'ils sont Conscients, puisque nous avons tendance à nous attirer les uns les autres.

— Ta mère n'a pas l'aura du Mandat, répond Felix, mais je n'ai jamais rencontré ton père adoptif.

— Il est improbable qu'un Conscient épouse un humain, intervient Ariel.

— D'un autre côté, ils ont divorcé, dit Felix avant de pousser un cri de douleur.

Ariel doit lui avoir donné un coup de pied sous la table.

Je pousse un soupir de soulagement. Si ma mère était Consciente elle aussi, je ne sais pas ce que je ferais.

Je mange une autre cuillerée de petit-déjeuner et je donne la suivante à Fluffster.

— Je dois bientôt partir au travail, alors il nous faudra organiser le déjeuner par texto.

— Pas de souci, dit Felix en sortant son téléphone. Je vais appeler la famille.

— Vas-tu finir ton porridge ? demande Fluffster dans ma tête.

— Non.

Je pousse l'assiette vers lui.

— Tu peux te servir.

— À vrai dire, je n'ai plus faim, dit Fluffster, mais il s'avance vers le porridge et y jette un coup d'œil attristé. Je pense que je vais le manger. Ce serait dommage de jeter de la nourriture parfaitement bonne.

— Comme d'habitude, Felix m'en a donné trop. Il pense que mon estomac est aussi grand que le sien.

Fluffster regarde l'assiette pas terminée de Felix d'un air désapprobateur.

— Ce garçon va causer la ruine financière de cette maisonnée.

Felix fait semblant d'être occupé avec son téléphone, mais je peux voir qu'il essaie de réprimer un sourire en articulant silencieusement : « Bienvenue dans la dictature ».

— J'ai entendu ça, dit Fluffster dans ma tête, et d'après la réaction de Felix, il est clair qu'il a aussi entendu cette pensée, prouvant que le domovoi peut envoyer des pensées à plusieurs personnes en même temps.

— Salut, maman, dit Felix au téléphone.

En couvrant le combiné de la main, Felix nous dit :

— Pardon, je vais prendre ça au salon.

— Aucun respect pour ses aînés, marmonne Fluffster dans ma tête en jetant un regard grognon dans le dos de Felix.

— Je ferais mieux d'y aller, dis-je en me levant. Je dois analyser des actions.

— Attends, me dit mentalement Fluffster. Puis-je te demander une grande faveur avant que tu partes ?

— Bien sûr, dis-je à voix haute.

Malgré le mal de tête restant, je ne peux m'empêcher de sourire. J'ai un dialogue multidirectionnel avec mon animal domestique.

— Tu veux ton bain de poussière ?

— Felix peut m'aider avec le bain. À vrai dire, j'espérais que tu puisses me montrer un de tes tours de magie. Ariel m'en a tellement parlé, mais tu ne m'en as jamais montré un seul.

— Je suis désolée, dis-je en clignant des paupières.

Ce doit être la première fois que l'on m'accuse de ne pas avoir montré mes tours.

— Je ne pensais pas que tu comprendrais…

— Ne t'inquiète pas, répond Fluffster d'une voix mentale particulièrement apaisante. C'est juste que je meurs d'envie de le voir.

Même si je dois vraiment me dépêcher pour aller au travail, je ne crois pas pouvoir refuser quoi que ce soit à un spectateur aussi doux et mignon. De plus, maintenant que j'ai l'interdiction de faire de la magie pour les gens ne faisant pas partie du Mandat – c'est-à-dire presque tout le monde – je dois profiter de ce genre d'occasion.

— Montre-lui le truc que tu fais avec les cartes, dit Ariel.

« Un truc avec des cartes ». Je me retiens de gronder Ariel pour avoir réduit toute une branche de la magie à quelque chose d'aussi trivial. En baissant nonchalamment les mains de façon à ce qu'elles soient parallèles à mes poches, je dis :

— Compris. Dommage que je n'ai pas de cartes sur moi. Mais attends, peux-tu m'attraper un briquet ?

— Tiens.

Ariel marche jusqu'au plan de travail et elle ramasse le briquet que nous gardons là afin de rallumer les brûleurs de la cuisinière lorsque c'est nécessaire. Comme elle détourne si admirablement l'attention de Fluffster et elle, je plonge les mains dans mes poches pour m'assurer d'avoir les accessoires requis.

J'ai un paquet de cartes dans une poche – comme tout le monde, n'est-ce pas ? – et des objets dans l'autre, y compris un petit briquet que j'ai fait semblant de ne pas avoir. Je pousse un soupir de soulagement lorsque mes doigts frôlent du papier flash que je porte toujours dans la plupart de mes poches. Cela permet d'ajouter une petite touche à mon tour, alors je dis :

— S'il te plaît, fais aussi une petite boule de serviettes en papier pour moi.

Le papier flash est du micro cellulose : un explosif qui d'une façon ou d'une autre est devenu un accessoire de prestidigitateur. Lorsqu'il est enflammé, il crée une flamme particulièrement vive, comme les flashs combinés d'un million d'appareils photo de téléphone. Et quand on en fait une boule, cela ressemble beaucoup à une serviette en papier froissé.

Ariel fait ce que je lui demande. Pendant ce temps, je prépare ce dont j'ai besoin sans que Fluffster et Ariel s'en rendent compte.

— Et voilà, dit-elle en me tendant la boule de papier.

Je prends la serviette et je fais semblant de compacter la boule alors qu'en réalité, je la pose sur le papier flash. Je fais ensuite semblant d'écraser encore un peu plus le papier, et il est très facile de faire disparaître la serviette d'origine et de n'avoir plus que la boule de papier flash visible.

Ni Fluffster ni Ariel ne remarquent l'échange, ce qui me rassure sur les heures de ma vie que j'ai passées à répéter cette manœuvre.

— Gardez les yeux rivés sur le papier, leur dis-je, principalement parce que j'aime les duper, mais aussi parce que psychologiquement, cela leur indique qu'ils doivent veiller à ce que le papier ne soit pas échangé.

De cette façon, ils jugeront ensuite que le papier n'a pas pu être escamoté parce qu'ils ont toujours gardé les yeux rivés dessus. De plus, cela m'aide pour la suite, car pendant qu'ils fixent ma main, ils ratent le moment où je prends le paquet de cartes dans ma poche, le cachant dans l'autre main.

— En fait, Fluffster, peux-tu reculer un peu ?

Cela sert en partie de distraction, mais c'est aussi parce que je m'inquiète vraiment que la flamme puisse brûler son pelage magnifique.

Pendant qu'il recule, je transfère la boule de papier dans la main qui tient secrètement le paquet de cartes. Aucun participant ne peut voir le paquet depuis l'endroit où il se trouve. J'utilise ensuite ma main gauche maintenant vide pour prendre le briquet de la main d'Ariel.

Ils ne contestent pas le changement de main pour le papier. Le mouvement de Fluffster les a distraits et j'ai également utilisé un principe de la magie connue sous le nom « d'action de transit ». La boule de papier est passée dans la main dont j'avais besoin comme pour faire la place pour le briquet. Je n'allais quand même pas attraper le briquet de la main gauche, comme une barbare ?

Je souris intérieurement.

En ce qui concerne Fluffster et Ariel, la première partie du tour n'a pas encore commencé, mais en matière de méthodologie, elle est déjà terminée.

— Regardez bien.

J'allume le briquet.

— Je vais transformer cette serviette en papier en paquet de cartes.

J'approche le briquet de la boule de papier flash et la substance explosive s'enflamme, aveuglant Ariel et Fluffster exactement au moment où je rattrape le paquet de cartes dans ma main tendue.

Mon mal de tête reprend à cause de la lumière très vive, mais j'ignore la douleur, car c'est un sacrifice acceptable pour mon art.

— Waouh, s'exclame Ariel.

— Comment ? demande Fluffster dans mon esprit.

Pour eux, une boule de serviettes en papier semble s'être transformée en paquet de cartes.

— Je n'ai pas terminé, dis-je en me lançant dans ma propre version de la célèbre routine de la Carte Ambitieuse.

C'est un tour dans lequel une carte apparaît en haut du paquet après avoir été placée au milieu, dans des conditions de plus en plus impossibles. La plupart des étapes que je leur montre sont tirées de livres de magie, mais je termine par un final que j'ai inventé.

Ariel pousse des cris de joie lorsque la carte saute en haut du paquet alors que le paquet est retourné dans la boîte qui est tenue dans les mains d'Ariel.

— Tu es tellement plus douée que ce type sur YouTube, dit Fluffster en fronçant son nez de rongeur.

— Tu regardes YouTube ?

Je le fixe, bouche bée. Il me reste encore la présence d'esprit de tendre la main vers Ariel qui y repose le paquet de cartes.

Comme tout le monde pense que le tour est terminé, j'utilise leur manque d'attention pour échanger le paquet avec la serviette en papier que j'ai cachée tout ce temps. Puis je dis :

— Oh, une dernière chose. Il faut que je te rende ta serviette en papier.

Je révèle que le paquet de cartes s'est « retransformé » en serviette en papier et Ariel l'examine avec incrédulité avant de la mettre dans sa poche comme un trésor.

— Fluffster adore regarder YouTube, dit Felix en revenant dans la pièce.

Il me jette ce regard très irritant qu'il a lorsqu'il pense savoir comment j'ai fait quelque chose. Il a souvent raison, alors je suis ravie qu'il ait raté la majeure partie de ma performance.

— J'ai installé un ordinateur pour lui dans ma chambre, poursuit-il. S'il existait un doctorat sur les vidéos de chats, il serait maintenant docteur Fluffster.

— Ça ne te fait pas peur de regarder ces choses ? demande Ariel. Puisque tu as le corps d'un rongeur ?

— Non, répond Fluffster, sûrement dans toutes nos têtes. J'aime les chats. En fait, la plupart des chats… pas celui de la voisine. J'étais peut-être un chat avant ?

Maintenant que je ne suis pas en train de faire de la magie, mon sens du temps qui passe revient et je me rends compte que je vais être tellement en retard que je n'aurais pas le temps de faire les recherches exigées par Nero. Je ne veux pas commencer notre relation de mentor-élève sur une note aussi désagréable.

— Je dois partir, dis-je en me dirigeant vers la porte.

— J'ai organisé le déjeuner avec mes parents, prévient Felix lorsque je passe devant lui. Je t'envoie les détails par texto.

— Très bien, dis-je depuis le seuil de la porte. À plus tard, tout le monde.

Dans le couloir, je prends le risque de jeter un coup d'œil à mon téléphone et je le regrette immédiatement.

Non seulement je suis en retard, mais j'ai des messages de Nero. Il a ajouté quelques actions de plus à sa demande du matin.

Si je n'arrive pas tout de suite au bureau, je suis foutue.

Je me précipite vers l'ascenseur lorsqu'une voix familière résonne à l'autre bout du couloir.

— Sasha, dit Rose d'un ton ravi. Je suis contente de te voir.

Je me tourne et je la regarde s'approcher.

Elle porte un sac de recyclage dans une main et le chat dans l'autre et elle semble avoir une de ses bonnes journées. Cela arrive de temps en temps, comme si Rose partait prendre un bain de jouvence alien comme dans le film Cocoon que ma mère aime tant.

Je ne suis pas du tout surprise lorsque j'aperçois l'aura du Mandat autour de Rose. Le fait qu'elle soit Consciente est la seule chose pouvant au moins partiellement expliquer sa relation avec Vlad, qui, grâce à son vampirisme, a l'air d'être son petit-fils.

Des yeux félins me fixent et je suis soulagée de

découvrir que Lucifer, la chatte de Rose, ne possède pas la même aura que nous autres.

Si cette créature était surnaturelle, je serais extrêmement inquiète.

La chatte se rend compte que je la fixe à mon tour et – mais c'est peut-être mon imagination – elle hoche la tête d'un air majestueux. Ses yeux semblent dire : « Tiens, voilà la paysanne qui a sauvé notre vie royale lorsque les ennemis de la couronne ont comploté pour nous faire avaler cette terrible clé. Nous allons vous accorder une aubaine, paysanne. Nous allons vous laisser votre vie pathétique. Profitez de cet honneur. Maintenant, déguerpissez de notre vue.

Je perds le combat de regards avec le chat et pour m'en cacher, je dis :

— Laisse-moi te donner un coup de main.

En m'approchant de Rose, j'attrape le sac de recyclage et je le porte jusqu'au vide-ordures.

— Vlad m'a déjà parlé de ton statut, mais il fallait que je le voie par moi-même.

Rose hoche la tête d'un air appréciateur en indiquant mon aura du Mandat lorsque je me retourne vers elle. Comment ai-je pu ne pas me rendre compte que tu étais Consciente ?

Je l'examine attentivement. Avec son maquillage épais, mais bien appliqué, elle paraît avoir au moins vingt ans de moins que les quatre-vingts ans et plus que je la soupçonne d'avoir… encore une fois, comme elle est Consciente, elle peut être bien plus âgée.

— Alors, Vlad n'est pas ton neveu, dis-je lorsque ma

curiosité me ferait presque oublier à quel point je suis en retard pour le travail.

— Non, il ne l'est pas, répond Rose et je la vois rougir légèrement sous son maquillage. Je m'excuse pour ce mensonge. Je ne sais pas très bien pourquoi je l'ai dit. Peut-être parce que notre relation est tellement liée à mon pouvoir que je...

— Et quel est ce pouvoir ? dis-je lorsque ma curiosité est encore plus piquée.

— Le pouvoir d'une sorcière, bien sûr, dit-elle en levant le menton. Je croyais que cette partie-là était évidente.

— Pas pour moi. Tu es la première sorcière que je rencontre.

— C'est sans doute mieux, dit Rose en caressant Lucifer derrière l'oreille pour le plus grand plaisir de la créature qui ronronne. Certaines d'entre nous ne sont pas très... aimables.

Je ne peux m'empêcher de regarder la silhouette frêle de Rose et de me demander ce qu'elle veut dire par cela. Sous-entend-elle que les sorcières sont mauvaises ou dangereuses d'une certaine façon ? Ne voulant pas l'offenser, j'oriente la conversation vers ce qui m'intrigue le plus.

— Comment vous êtes-vous rencontrés, Vlad et toi ?

Un petit sourire apparaît sur le visage de Rose.

— C'était en France, dit-elle, et son regard se perd au loin. Juste avant cette affreuse Révolution...

— Attends, dis-je. Comment ça, en France ? Es-tu française à l'origine ?

— Je croyais que tu le savais, dit Rose en baissant la tête vers sa tenue chic, comme pour le confirmer.

— Tu n'as pas d'accent.

Je constate alors qu'avec le nom de famille de Martin, Rose peut effectivement être française.

— Bien sûr que non, dit-elle fièrement. Je vis aux États-Unis depuis la guerre civile. Mais si tu as le moindre doute…

Elle dit alors quelque chose qui ressemble à du français courant.

Ma gueule de bois réaffirme sa présence en faisant tourner le couloir.

— Alors, quand tu dis que vous vous êtes rencontrés autour de la Révolution française, tu parles de celle avec Louis XVI, Marie-Antoinette, Robespierre et Napoléon ?

— Oui. Et la guerre civile était celle avec Abraham Lincoln, qui était un si gentil…

Une porte s'ouvre de l'autre côté du couloir et un de nos voisins en sort. Il ne possède pas d'aura du Mandat et il semble avoir environ l'âge de Rose… sauf que je sais maintenant que ce n'est pas le cas. Il pourrait facilement être l'arrière-arrière-arrière-petit-fils de Rose.

Rose fronce presque imperceptiblement le nez, comme elle le fait toujours quand son voisin essaie de flirter avec elle. Maintenant que je sais ce que je sais – qu'elle a un petit ami canon (ou peut-être un mari ?) –, je ne peux lui en vouloir de son manque d'intérêt pour cet homme plus vieux.

— Salut, Rose, dit-il en souriant, ce qui est une erreur tactique, étant donné ses dents tâchées.

— Bonjour, Monsieur Duffertnizer, répond Rose d'une voix encore plus froide que d'habitude.

Lucifer siffle vicieusement contre lui, évoquant les lions territoriaux des documentaires sur la nature. Monsieur Duffertnizer – qui a dû voir ces mêmes émissions – cède en faisant un pas en arrière vers son appartement.

— Nous allons devoir continuer cette conversation plus tard, Rose, dis-je. Si je ne vais pas vite au travail, Nero va…

— N'en dis pas plus, dit-elle d'un air rappelant la Mona Lisa. Il vaut mieux que je nourrisse Lucifer avant qu'elle soit de mauvaise humeur.

Monsieur Duffertnizer et moi regardons la petite boule de nerfs dans les mains de Rose et nous nous demandons à quoi ressemble ce chat quand il est véritablement de mauvaise humeur. Le voisin reste cependant courageusement sur place et je l'entends essayer d'engager à nouveau la conversation avec Rose lorsque je monte dans l'ascenseur.

En sortant du bâtiment, je prends le premier taxi qui passe et je commence à me renseigner sur les actions que Nero voulait que j'analyse.

~

À 10 H 45, JE DÉCROCHE LE REGARD DE MON ÉCRAN DE travail. Au cours de dix des quinze minutes restantes avant ma date limite, j'écris ma recommandation sous forme d'e-mail à Nero. Cependant, mon doigt s'arrête avant d'appuyer sur « Envoyer ». Ceci n'est pas mon meilleur travail. Parce que le temps était limité, j'ai dû brûler des étapes et l'analyse qui en résulte est plus instinctive que basée sur des données.

Si je suis honnête avec moi-même, cette recommandation ne vaut pas beaucoup mieux qu'une supposition éclairée.

— Une grande partie du secteur financier fonctionne avec des intuitions, me dis-je en appuyant avec détermination sur le bouton envoyer.

Je fixe alors ma messagerie, m'attendant à ce que Nero réponde immédiatement par un reproche sur l'absence de rigueur dans mes recherches.

Lorsqu'aucune réponse instantanée n'apparaît, je me distrais en vérifiant ma boîte vocale.

Deux des messages viennent de mon père et ma culpabilité d'avoir fait cette analyse pourrie se mêle à une honte plus familière : celle d'être une fille critiquable. En comptant ces deux messages, j'ai sans doute ignoré plus d'une douzaine de messages vocaux de mon père.

Non pas qu'il ne le mérite pas. Comme un cliché horrible, il a trompé ma mère avec sa secrétaire, ce qui a conduit à la rupture de ma famille adoptive. Je ne sais pas si ma réaction violente à leur divorcée était normale ou si elle a été empirée par le fait que mes parents biologiques m'ont abandonnée.

Quelle qu'en soit la raison, je n'ai pas pu voir mon père pendant des années.

Au bout d'un moment, je l'ai suffisamment pardonnée pour chercher à recréer le lien. Jusqu'à sa bêtise, il avait été un bon père, et même après le divorce, il avait payé toutes nos factures jusqu'à ce que je quitte la maison de ma mère – bien que son avocat requin l'avait assuré qu'il n'y était pas obligé. Cependant, plus récemment, il a laissé ma mère se débrouiller complètement par elle-même, et je suis à nouveau furieuse contre lui pour cette raison. C'est peut-être irrationnel, mais j'ai l'impression qu'il a encore une fois abandonné notre famille.

Je localise Braxton Urban dans mes contacts et je fixe le numéro. Ai-je envie de faire ça ? Puis mon doigt tapote l'écran et le téléphone se met à sonner avant que je décide consciemment de le rappeler.

Ai-je pardonné à mon père, ou le fais-je parce que j'ai des questions ? Il a peut-être des ancêtres russes qui pourraient expliquer mon domovoi.

En fait, il pourrait lui-même être un des Conscients.

Bien sûr, il est également possible que mes expériences de mort imminente m'aient fait relativiser ma colère. Si un de ces zombies m'avait tué, mon père aurait été particulièrement accablé parce que nous ne nous étions pas vus depuis si longtemps.

Le téléphone continue à sonner et je me rends compte que j'espère secrètement tomber sur sa boîte vocale, ce qui est complètement illogique. Je suppose qu'une part de moi pense que si je laisse un message, il me sera possible de faire semblant que mon évitement était en partie un jeu de chat et de souris téléphonique et non pas…

— Sasha !

La voix rauque de mon père déborde d'excitation.

— Ma chérie, je suis tellement content d'avoir de tes nouvelles.

— Salut, papa, dis-je honteusement.

Son enthousiasme augmente encore plus ma culpabilité que s'il m'avait fait des reproches. Si c'était ma mère à la place de mon père, elle aurait commencé par : « Tu t'es donc souvenue que tu avais une mère ? »

— Je t'ai vue à la télé, dit-il. Tu as été incroyable.

— Merci papa, dis-je en me demandant s'il essaie activement de me faire me sentir coupable.

Je regrette maintenant d'avoir gaspillé l'invitation au studio télé en la donnant à ma mère. Si j'étais honnête avec moi-même, je savais que ma mère n'allait pas venir, tout comme je suis maintenant convaincue que mon père aurait pris l'avion de San Francisco, où il vit maintenant, afin d'être là pour moi.

D'un autre côté, s'il était venu, il aurait vu un zombie essayer de me tuer, puis il aurait subi une sorte d'oubli effectué par des vampires, alors il vaut peut-être mieux qu'il n'ait pas été présent.

— S'il te plaît, ne me dis pas comment tu as fait ça, dit papa en répétant ce qu'il disait toujours quand j'étais adolescente et que l'un de mes tours le trompait : ce qui était rare quand je débutais.

— Bien sûr, réponds-je d'un ton sarcastique comme je le faisais autrefois.

Je suppose que mon père n'a pas vu la vidéo démystifiante de YouTube.

— J'allais te le dire avant, mais maintenant que tu ne veux pas le savoir…

Suivant le vieux script, mon père rit à sa façon distincte et gutturale.

Je jette instinctivement un coup d'œil à ma messagerie. Il y a un e-mail de Nero contenu en une seule ligne.

Dans mon bureau, maintenant.

— Papa, j'ai un truc au travail, mais il faudra que nous nous voyions un de ces jours, dis-je au téléphone. Te rends-tu bientôt à New York ?

Mon père ne parle pas pendant quelques secondes. Il n'arrive sûrement pas à croire que je viens de l'inviter.

— Je suis ici jusqu'à mardi, finit-il par répondre. C'est pour ça que j'ai appelé.

— Super. Tu es libre pour le déjeuner ce lundi ?

— Je suis toujours libre pour toi, ma chérie. Que dirais-tu du Fuji Emporium ? Tu aimes toujours les sushis, n'est-ce pas ?

— Parfait. Je suis désolée, je dois vraiment me dépêcher maintenant.

— Aucun souci, dit-il. Je te verrai là-bas à 12 h 30. Lundi.

— À bientôt.

Je raccroche le téléphone juste au moment où j'entends mon père dire :

— Je t'aime…

Je fixe le téléphone pendant un moment, puis je reporte mon attention sur ma messagerie.

Pour une raison qui m'échappe, mon pouls a accéléré, comme si j'avais peur de ce qui allait arriver en voyant Nero. Mais c'est absurde. Oui, les réunions avec son patron sont importantes, et peuvent causer du stress, mais on pourrait croire qu'après avoir vécu les aventures de ces derniers jours, ce genre d'inquiétude ordinaire ne me ferait plus rien. Ou alors est-ce l'excitation à l'idée de rencontrer mon nouveau mentor ?

Je sais ce que ce n'est pas : la nervosité à l'idée de voir la personne que j'ai rêvé embrasser.

Et que j'ai brièvement pensé avoir vraiment embrassé.

Ça ne peut pas être ça, car c'était Kit, une conseillère changeforme depuis le début.

Le véritable Nero ne sait pas du tout que nous nous sommes embrassés, car ce n'est jamais arrivé.

Pendant que je traverse le bâtiment dans la direction du bureau de Nero, les symptômes d'anxiété empirent et j'ai recours à la respiration relaxante dans l'ascenseur afin de me calmer.

Suis-je inquiète qu'il me vire à cause de mon mauvais travail de ce matin ? Et s'il le fait, cela signifie-t-il également la fin de ses responsabilités de mentor, quelles qu'elles soient ? Le reverrai-je un jour ?

Minute, papillon.

Pourquoi est-ce que je me soucie de le revoir ?

Je suis presque sur pilote automatique lorsque je dis à Venessa, un des spécimens les plus irritants de la horde d'assistants de Nero, que je suis attendue. Elle semble rester incrédule pendant un instant, puis elle me donne à contrecœur l'ordre de passer dans le bureau du patron.

Mes mains traîtres tremblent lorsque je pousse la poignée du bureau de Nero.

Les genoux chancelants, je trébuche dans la pièce spacieuse évoquant l'Art moderne, comme si c'était la tanière sombre et froide d'un terrible méchant.

CHAPITRE TROIS

Nero tourne son dos aux épaules larges. Il se tient à côté de l'un de ces bureaux chics permettant de travailler assis comme debout, et il est actuellement en position debout. Son torse est moulé par sa chemise et pendant que ses doigts sautent sur le clavier, ses muscles dansent sous le coton.

Je déglutis bruyamment.

Il se raidit légèrement. Sans se retourner, il dit :

— Assis.

Je suis tentée de répondre que je ne suis pas un chien, mais je me retiens. À la place, sans quitter des yeux le corps imposant de mon mentor/patron, je me laisse tomber sur la chaise très ergonomique des visiteurs.

Il continue à taper au clavier et mes yeux ne quittent pas son dos.

Que m'arrive-t-il aujourd'hui ?

Nero appuie sur un bouton de son bureau et celui-ci se tourne de 180 degrés. Il bouge en même temps que la rotation de son bureau et je me trouve bientôt face à son visage taillé au biseau.

— Je ne savais pas que ton bureau pouvait tourner de cette façon, dis-je, la bouche sèche.

Il ne répond pas, alors je me racle la gorge et j'ajoute :

— C'est plutôt cool.

— Je suis à toi dans un instant, dit-il d'une voix presque comique tant elle est grave et animale.

Ses grognements impressionnent toujours beaucoup les employées.

Toutes sauf moi.

En tout cas, je ne croyais pas que sa voix m'affectait. Aujourd'hui, je n'en suis pas aussi sûre.

Est-ce parce que sa voix a été émise par les lèvres sévères que je me souviens avoir embrassées ?

Non.

Ce n'est que la stupide gueule de bois qui perturbe mon esprit. Ça et l'adrénaline générée par mes angoisses à cause de mes recherches inadéquates.

Nero appuie sur un autre bouton de son bureau et l'objet glisse en position assise.

Il s'enfonce dans sa chaise de bureau comme si c'était un trône, ses yeux ne quittant jamais l'écran.

Ma nervosité se transforme lentement en irritation.

Combien de temps prévoit-il de me faire attendre ?

J'inspire afin de me calmer et je me rappelle qu'il peut me faire attendre aussi longtemps qu'il le veut. Il paie mon salaire et s'il souhaite me payer à rester assise, c'est ainsi.

Essayant de ne pas m'agiter, j'observe le bureau chic. Après tout, c'est peut-être ma dernière chance de le voir.

Le bureau de Nero fait la taille de mon appartement, et il contient une salle de sport, une petite bibliothèque et d'après les rumeurs, un sauna également.

La salle de sport et le sauna invoquent des images malvenues de sueur brillant sur le corps nu de Nero. Je scrute désespérément la pièce afin de penser à autre chose. Quelque chose qui ne serait pas sexy, comme un proctologue menaçant avec de l'urticaire qui travaillerait également pour le fisc.

Une magnifique peinture d'un paysage surréaliste attire mon œil. Tout en bas s'étire la crête argentée d'une montagne rappelant le Grand Canyon, tandis qu'en haut je vois des constellations inconnues avec sept lunes aux ombres différentes. Et au cas où ceci ne serait pas suffisamment étrange, une magnifique aurore boréale complète l'image.

S'agit-il d'une des peintures légendaires de Nero ?

D'après les ragots de bureau, Nero peint pour se détendre… c'est une histoire que je n'ai jamais crue. J'ai des difficultés à imaginer Nero, un modèle parfait de la personnalité de type A, se détendre.

— Tu as fait de bonnes recherches, dit Nero en fixant toujours l'écran.

— Tu me parles enfin ? dis-je en partie parce que je

n'arrive pas à croire qu'il fasse référence à mes estimations hasardeuses, et en partie parce que je me sens toujours vexée par son traitement… qu'il soit le patron ou pas.

— Tu devrais apprendre à accepter gracieusement un compliment quand tu le reçois.

Nero daigne enfin me regarder. Ses yeux gris-bleu semblent contenir une légère trace d'amusement, et si c'est vrai, c'est la première fois que je la vois.

— Ton analyse correspond à mon… intuition au sujet de ces entreprises.

J'écarquille les yeux à ce sous-entendu. Je suis à peu près sûre que sa prétendue intuition est un euphémisme indiquant des informations d'ordre privé – ou du délit d'initié, comme l'appellerait le SEC, l'organisme du gouvernement qui poursuit ce genre de crime.

— Merci, dis-je en prenant soin de ne pas clarifier ce que Nero voulait dire, afin de ne pas avoir besoin de me parjurer si le SEC m'interroge plus tard.

— Je veux que tu fasses le même bon travail pour ce portefeuille, dit Nero en tournant l'écran vers moi.

— D'accord.

Je regarde la liste d'entreprises, j'effectue une estimation mentale rapide et j'ajoute :

— Je pense que je devrais avoir terminé à la fin de la semaine prochaine.

— J'en ai besoin avant dix-sept heures aujourd'hui.

Nero retourne son écran et tape quelques instants

sur son clavier. Mon téléphone annonce l'arrivée d'un texto.

Je tapote mes poches afin de localiser l'engin. Lorsque je le trouve, je déroule rapidement son e-mail et je confirme l'impossibilité de ce qu'il me demande. Essayant de ne pas parler d'une voix brisée, je dis :

— Il y a environ vingt types d'actions sur cette liste.

— Vingt-six.

Nero détourne la tête de son écran et me regarde droit dans les yeux.

Je soutiens son regard sans cligner des paupières. Il doit être champion dans le domaine, car je suis la première à tourner la tête. En gardant le regard fixé sur son oreille gauche – et en remarquant que, bizarrement, il a un lobe très symétrique –, je dis :

— Ça ne fait pas beaucoup de temps.

— Je suis certain que tu peux y arriver.

Nero reporte son attention sur l'écran, comme si notre conversation était terminée.

Je reste assise à attendre pendant quelques secondes, afin de ne pas me lever pour le frapper. Lorsqu'il est clair que Nero a oublié ma présence, je me racle la gorge et j'ajoute :

— Qu'en est-il de ton rôle de mentor ?

— Je remplis ce rôle depuis que tu as commencé à travailler ici, dit-il en me regardant à nouveau. Tu es une des meilleures analystes…

— Je parle du fait d'être voyante.

La température de la pièce me semble désagréablement élevée, et avant de me rendre compte de ce que font mes mains, je défais le bouton supérieur de mon chemisier.

— Ah, ça.

Le regard Nero tombe sur ma clavicule exposée et prend un tel air de prédateur que je referme immédiatement le chemisier en regrettant de ne pas pouvoir également le couvrir d'une écharpe. En remontant son regard vers mon visage, il dit :

— Je pense que tu fais de grands progrès.

Je pose fermement les mains sur mes genoux et je souhaite fort qu'attraper son patron par le col de sa chemise amidonnée avant de le secouer soit un comportement de travail approprié. Cependant, comme la violence est mal vue à Wall Street, je stabilise ma respiration et je dis aussi faussement gentiment que je le peux :

— Qu'est-ce qui t'a donné cette idée ?

Il lâche son clavier.

— La façon dont tu t'es innocentée devant le Conseil de New York.

— Comment ça, le Conseil de New York ? dis-je en fronçant les sourcils. Tu veux dire le Conseil ?

Nero lève un sourcil.

— Tu ne crois quand même pas qu'un organisme exécutif de tous les Conscients du monde se soucierait d'un cas comme le tien ?

— Il y a donc d'autres Conseils ? Alors pourquoi est-ce que tout le monde parle *du* Conseil au lieu d'un Conseil ?

— J'imagine que c'est pour la même raison que les gens appellent Manhattan « la ville », dit Nero.

— D'accord…

Je décide de creuser cela plus tard et je demande :

— Alors, tu penses vraiment que j'ai fait de grands progrès en tant que voyante ?

— Tu n'es pas d'accord ?

Les yeux bleu gris de Nero prennent un éclat plus dur, faisant ressortir les anneaux sombres autour de ses iris.

Je lutte encore contre le besoin de regarder ailleurs.

— Non. J'ai eu de la chance d'avoir un rêve prémonitoire au sujet de ma rencontre avec le Conseil, sinon j'aurais…

— Tu as eu un rêve ?

Nero fronce les sourcils et me regarde avec intensité.

— Pas simplement une vision ? Raconte-moi tout.

Il croise les bras.

— Ce n'était pas seulement un rêve, il y en a eu plusieurs.

Alors, je raconte la fois où je me suis évanouie au cours de mon apparition à la télé, et comment ce rêve m'a averti d'une attaque de zombies imminente. Je décris ensuite le rêve qui m'a permis d'écouter la conversation de Chester et Béatrice, celui où j'ai vu les corps qui ont ensuite essayé de me tuer. Enfin, je passe au rêve dans lequel Béatrice a réanimé une femme mourante à l'hôpital et comment j'ai vu une version de ma rencontre avec le Conseil durant une sieste dans un taxi juste après avoir survécu à cette attaque.

Le rêve dont je ne lui parle pas, c'est celui dans lequel je l'ai embrassé – ou plutôt Kit.

L'expression de Nero est indéchiffrable pendant que je parle, mais lorsque je parviens au rêve que j'ai eu après m'être évanouie pendant un combat avec Béatrice, celui où j'étais poignardée à mort, les muscles de son cou se serrent et je remarque un léger tic de sa mâchoire. Je suppose qu'il n'aime pas savoir qu'il a failli perdre sa poule aux œufs d'or en forme de Sasha.

Pour conclure, je dis :

— Ce soir, je n'ai eu aucun rêve.

— Aucune vision pendant que tu es éveillée ?

Nero décroise les bras et un air contemplateur apparaît sur son visage.

— Je peux avoir des visions éveillées ?

J'ai des difficultés à cacher mon enthousiasme.

— La vision éveillée, est-ce bien ce que je crois ? Est-ce une vision de l'avenir où je…

— Et chaque rêve avait un rapport avec un événement stressant, ajoute Nero comme pour lui-même.

Il ne semble pas remarquer mes questions.

— Eh bien…

La porte s'ouvre derrière moi et Venessa entre en trombe.

— Monsieur – elle lance un regard presque amoureux à Nero – votre rendez-vous de 11 h 30 est là. C'est Monsieur…

— Très bien.

Nero secoue la tête comme pour en chasser mes problèmes ordinaires.

— Faites-le entrer.

Venessa me jette un regard funeste et referme la porte.

Nero indique son écran et dit :

— Il me faut ses recherches pour 16 h 45.

— Tu as dit dix-sept heures il y a quelques minutes. Maintenant, j'ai un quart d'heure de moins ?

Nero se lève, appuie sur un bouton et son bureau se glisse en position debout.

— C'est exact, dit-il froidement. Si tu as un problème avec ça, tu peux aller rejoindre les vampires de Goldman Sachs. Ils sont beaucoup plus détendus là-bas.

J'ai envie de lui demander s'il parle au sens propre – avec ma nouvelle vie, on ne sait jamais –, mais je me contente d'un « Oui, monsieur » suivi par un salut militaire. Malheureusement, il ne me regarde plus, scrutant à nouveau son écran d'ordinateur.

Je sais que je devrais partir, mais je ne peux pas résister.

— Si le fait de m'apprendre quoi que ce soit au sujet du monde des Conscients t'intéresse si peu, pourquoi devenir mon mentor ? Est-ce afin de m'empêcher de quitter ce travail ?

Au lieu de répondre, Nero feuillette la pile de papiers sur son bureau. Localisant une carte de visite miteuse, il me la tend.

— Appelle ce numéro pour l'Orientation.

— L'Orientation ?

— Je suis en retard pour ma réunion.

Il regarde la porte d'un air appuyé.

Je me lève brusquement et je sors du bureau d'un pas lourd.

Quand je vois qui a dû attendre la fin de ma conversation avec Nero, ma colère diminue considérablement.

Le visiteur de Nero a été maire de New York à une époque, et il est actuellement une des personnes les plus riches au monde.

Pourquoi est-il venu ici au lieu de faire venir Nero jusqu'à lui ?

Ce n'est pas la première fois que je me demande à quel point Nero est vraiment riche et influent… dans le monde humain normal, je veux dire. Car cette réunion implique qu'il l'est beaucoup.

Je me demande également si la visite de ce milliardaire est la raison pour laquelle je dois faire toutes ces recherches précipitées. Si Nero prépare une sorte de portefeuille personnalisé pour lui, la pression me semble logique.

Toujours déstabilisée, je me dirige vers la cafétéria.

La nourriture est ici fortement subventionnée par l'entreprise et elle est de la qualité d'un restaurant cinq étoiles. Aujourd'hui est un jour de cuisine française, alors je remplis mon plateau de quelques gougères et d'une baguette avec ma ratatouille. Après une courte hésitation, je prends une crêpe garnie à la banane pour le dessert et cinq minuscules tasses de café noisette.

Étant donné la fatigue que je ressens, s'ils proposaient une intraveineuse au café, je l'aurais sans doute posée également sur mon plateau.

Pendant que je fais la longue queue à la caisse, je planifie les recherches de vingt-six actions en quelques courtes heures. Une voix familière appelle alors mon nom derrière moi.

Je sursaute légèrement, laissant presque tomber le plateau sur le sol avant de le rattraper.

En me tournant, je reconnais Lucretia, la psychologue que Nero garde dans l'entreprise pour s'assurer que tous ses petits larbins-rouages restent en mode de fonctionnement optimal. Comme moi, c'est une Consciente, mais contrairement à moi, elle est une prévamp, ce que j'ai appris en la voyant la veille à mon Jubilé.

— J'espère que je ne t'ai pas fait peur, dit Lucretia de sa voix apaisante.

Elle se penche tout près de mon oreille.

— C'est juste que j'ai perçu une telle insatisfaction chez toi qu'il fallait que je dise quelque chose.

Je m'écarte de ses lèvres roses.

— Tu as quoi ?

Mon plateau tremble légèrement, alors je stabilise mes mains. L'adrénaline du salut de Lucretia doit encore embrouiller mon cerveau, car j'aurais pu jurer qu'elle venait de parler comme un Jedi, utilisant le verbe « percevoir »…

— Oh, tu ne savais pas.

Elle se penche encore et chuchote :

— Je suis une empathe.

Elle me regarde, dans l'attente, mais elle doit voir mon regard complètement vide, car elle ajoute :

— Je peux percevoir les émotions, particulièrement lorsqu'elles sont fortes.

Je cherche la meilleure question parmi des millions, mais tout ce que je parviens à articuler, c'est :

— Mais tu ne peux pas lire dans mes pensées, si ?

— Malheureusement, non.

Elle regarde autour d'elle pour s'assurer que personne ne nous écoute et elle clarifie à voix basse :

— Seulement les émotions. Malgré tout, c'est un bonus dans mon travail.

Bien sûr.

Une psy empathe.

Pas étonnant que ses talents soient aussi légendaires. Dans un monde de psychologues humains normaux, être empathe, c'est comme être le seul critique d'art avec des yeux, ou le seul gynécologue avec des bras, ou…

— Alors, qu'est-ce qui te trouble ainsi ? demande-t-elle, sans se pencher vers moi cette fois.

La queue avance et je la suis en me demandant si Lucretia est tenue par les accords de confidentialité dont nous avons discuté auparavant.

— Ce sera entre nous, dit-elle lorsque nous nous arrêtons à nouveau.

J'espère vraiment qu'elle ne vient pas de lire dans mes pensées, malgré son affirmation du contraire.

Je me balance d'un pied sur l'autre.

— Nero m'a donné beaucoup de travail, c'est tout.

— Je vois qu'il y a autre chose, dit-elle, ses yeux bleus remplis d'inquiétude. Tu devrais venir me voir pour une séance.

— Je vais y penser.

Ce n'est pas entièrement le mensonge. J'ai réfléchi juste après avoir dit ces mots et je décide de ne pas le faire. Elle se tient là, à me regarder patiemment, alors j'ajoute :

— En ce moment, je n'ai pas le temps.

— Je pourrais parler à Nero si tu…

— Non, dis-je, peut-être un peu trop vigoureusement. S'il te plaît, laisse-moi gérer mes propres problèmes.

— Bien sûr.

Elle me regarde avec une telle compassion que j'ai envie de me confier à elle tout de suite. Je résiste cependant à la tentation. Il me faudrait être bien plus désespérée pour tout avouer dans la queue de la cafétéria.

Dans le silence gêné qui suit, je remarque deux types qui nous regardent depuis là queue près de là, et j'en entends un dire à l'autre :

— Non, je ne crois pas qu'elles sont de la même famille.

Pas ça, pas encore.

Juste parce que nous sommes toutes les deux pales,

aux yeux bleus, minces et brunes, cela ne signifie pas que nous nous ressemblons.

Il me vient alors une pensée folle.

— Lucretia, dis-je en sentant accélérer mon pouls. As-tu des enfants ?

Elle se fige un instant avant de secouer la tête.

— Non, désolée. Je n'en ai pas.

Autant pour cette idée folle. Pendant un moment, je me suis demandé si elle pouvait être ma mère biologique. Malgré son apparente jeunesse, elle est âgée de plusieurs siècles et elle aurait très facilement pu avoir un enfant de mon âge – ou de l'âge de mon arrière-grand-mère. D'un autre côté, ce n'est pas une voyante, alors j'aurais dû y penser avant de poser la question.

Pendant que nous continuons à faire la queue, je me rends compte que quelque chose dans ma question l'a perturbée. Ai-je abordé un sujet difficile ?

— Je suis désolée, je ne voulais pas être indiscrète, dis-je doucement en me penchant vers elle. J'espère que je n'ai pas…

— Ce n'est pas grave, dit-elle avec un petit sourire pincé. Tu ne le sais sans doute pas encore, mais il n'est pas facile pour nous d'avoir des enfants avec des humains.

Elle baisse un peu plus la voix en disant cela et je lis entre les lignes.

Elle a dû avoir un amant humain à un moment donné, et ils n'ont pas pu avoir d'enfants ensemble.

Je veux encore une fois m'excuser de mon manque

de tact, mais nous sommes déjà à la caisse et le caissier dit d'une voix forte :

— Carte ou espèces ?

Je place mon plateau devant la caisse et je sors ma carte.

— Je paie pour nous deux, dis-je en désignant le plateau de Lucretia.

— Oh non, tu n'es pas obligée, commence-t-elle, mais je balaie ses protestations de la main.

— Non, je t'en prie, j'insiste.

Elle secoue la tête en souriant.

— Maintenant, tu dois vraiment venir me voir pour une autre séance.

— Peut-être, dis-je en supposant que ce n'est pas un mensonge, même s'il est très improbable que je le fasse. En ce moment, je ne le peux pas, vraiment. Beaucoup trop de travail.

— Et tu es certaine de ne pas vouloir que j'en parle à Nero ?

— Certaine.

Je m'écarte en ajoutant :

— Excuse-moi, s'il te plaît. Je dois aller entamer mon travail.

— Bon appétit, dit Lucretia. J'espère te voir bientôt.

— Merci, dis-je en m'échappant de la cafétéria.

Une fois assise à mon bureau, j'affiche plusieurs articles sur mes écrans et je les lis tout en dévorant la nourriture délicieuse sans réfléchir et sans véritable plaisir.

Dans le peu de temps dont je dispose, je ne peux

apprendre que les éléments de base de chaque entreprise. Je divise donc méthodiquement le temps restant en vingt-six parts égales et je n'accorde qu'un temps infime à chaque action.

À 16 h 30, j'ai l'impression que mes yeux saignent des ratios PER et des nombres de pertes et profits.

Je commence à écrire mes suggestions pour Nero. J'ai fait du mieux que j'ai pu, mais dans les circonstances, je considère mes recommandations comme des suppositions. Des suppositions n'ayant rien de logique. Un singe aux yeux bandés jetant des fléchettes vers mes écrans pourrait être tout aussi précis. D'un autre côté, il existe des recherches prouvant qu'en général, les singes jetant des fléchettes peuvent effectivement être aussi précis que les experts de la finance. Bien sûr, c'est davantage un commentaire sur les capacités des experts financiers à choisir les actions, ce qui est une des nombreuses raisons pour lesquelles j'ai toujours eu l'impression d'être assez inutile dans ce que je fais.

À 16 h 44, j'envoie tout à Nero par mail et je pousse un soupir de soulagement. C'est un soulagement injustifié, puisque je pourrais perdre mon travail – ou à tout le moins, ma prime de fin d'année – dans quelques minutes.

Dans le temps qu'il me faut pour marcher jusqu'à la bonbonne d'eau et revenir, un message de Nero attend dans ma messagerie.

Ça y est. Pauvreté, me voilà.

CHAPITRE QUATRE

JE REGARDE LE MESSAGE DE NERO EN CRAIGNANT QUE LA fatigue m'ait fait halluciner.

Bon travail, écrit-il. *Continue comme ça.*

Comment puis-je avoir fait du bon travail sans avoir eu le temps de faire une véritable analyse ? Et surtout, comment sait-il si vite que mes recommandations sont bonnes ? M'a-t-il encore donné des actions pour lesquelles il avait des « intuitions » illégales ?

Je me frotte les yeux et en vérifiant mon téléphone, je vois que j'ai deux textos de Felix.

Le déjeuner est vendredi à treize heures, au café Nargis. Voici un lien vers sa page Yelp.

Je suis le lien. Le menu et les commentaires sont très prometteurs, mais le café se trouve à Brooklyn, ce qui veut dire que la pause déjeuner sera plus longue – ce qui est bien – et qu'il faudra faire le trajet jusqu'à Brooklyn – ce qui est moins bien.

Je réponds : *Je serai là.*

Je lis alors son texto suivant.

J'ai vérifié les informations sur les occupants précédents de notre appartement. Ils ne semblent pas du tout russes, et puis personne n'est jamais mort ici. Cependant, j'ai découvert quelque chose que tu ne croiras jamais. Appelle-moi.

Intriguée, ce qui était l'intention de Felix, je demande à mon téléphone de passer un appel vidéo à Neophile – mon surnom pour Felix à cause de son obsession pour Neo de *Matrix*.

Le visage souriant de Felix apparaît au bout de quelques instants. Derrière lui se trouve un mur d'au moins une douzaine d'écrans et un engin devant être le dernier clavier ergonomique. Cela ressemble étonnamment aux claviers du film.

— Je savais que tu allais m'appeler.

Felix tourne dans sa chaise noire ressemblant à celle des dentistes et il me donne un aperçu d'une pièce géante qui ressemble à un centre de données rempli de superordinateurs.

— Et crois-moi, ça en vaut la peine.

— J'ai une journée merdique, dis-je. Peux-tu juste cracher le morceau ?

— Devine à qui appartient notre immeuble ? demande Felix en chantonnant.

— Au président des États-Unis ?

J'essaie de paraître joviale malgré le sentiment prémonitoire qui m'envahit soudain.

Felix secoue la tête.

— Un indice : il possède également le bâtiment dans lequel tu te trouves en ce moment même.

— Non, dis-je lorsque ma prémonition devient une certitude. Pas possible.

— Nero Gorin, dit Felix d'un air triomphant.

Je dois paraître aussi mal à l'aise que je le suis. Jusqu'ici, je me suis dit que je pouvais perdre mon appartement d'une seule façon : si Nero me virait de mon travail. Maintenant, il peut aussi choisir de ne pas renouveler mon bail si je l'énerve suffisamment. J'adore notre appartement et…

— Sérieusement, qu'est-ce qui t'arrive ? demande Felix en chuchotant.

L'inquiétude sur son visage est touchante. S'il était sur place, je le prendrais sûrement dans mes bras, même s'il réagit avec beaucoup de gêne quand je lui fais un câlin.

— C'est juste que j'ai beaucoup de travail.

Je pointe mon téléphone vers les écrans qui affichent encore plusieurs articles.

— En ce moment précis, Nero n'est pas vraiment ma personne préférée.

Comme en réponse à mes paroles, mon ordinateur sonne en indiquant l'arrivée d'un e-mail de travail venant de Nero.

Je tourne la caméra du téléphone vers moi.

— Je dois retourner au travail. Merci d'avoir cherché des informations sur le domovoi. Je t'en dois une.

— Aucun problème.

Son sourire est contagieux, alors je lui souris aussi avant de raccrocher.

La nouvelle liste d'actions de Nero est légèrement plus courte que la précédente – tout en méritant encore plusieurs jours de travail – et mon délai est : « avant que les marchés ouvrent demain matin ».

Je commande des plats mexicains à emporter et je me mets au travail. Quand la nourriture arrive, je suis tellement fatiguée que j'arrive à peine à réfléchir, et une fois que j'ai mangé mon burrito, le coma de la digestion s'associe à mon épuisement afin de réduire sévèrement la qualité de mes recherches déjà douteuses.

À 20 h 37, je tape mon rapport dans un e-mail pour Nero, mais je ne l'envoie pas. Étant donné mon délai, je planifie le départ de l'e-mail pour six heures le lendemain matin. Cela devrait donner assez de temps à Nero pour agir tout en donnant l'impression que j'ai travaillé particulièrement dur... peut-être toute la nuit.

Faisant de mon mieux pour faire croire que je sors seulement m'étirer les jambes, je me faufile discrètement hors du bâtiment et je commence à marcher sans réfléchir.

En traversant la rue, je sens quelque chose de gênant, une sorte de picotement entre mes omoplates.

Je regarde autour de moi, mais personne ne m'observe. Malgré tout, la sensation persiste.

Je croirais presque que quelqu'un du bureau a décidé de me suivre, mais mes collègues ne sont pas curieux à ce point.

Il me faut quelques minutes de plus pour me réaliser où je me dirige.

Un magasin de magie.

En général, j'achète les livres de magie et les accessoires en ligne, mais rien n'est comparable aux qualités apaisantes d'un magasin de magie. Avant ma puberté, un magasin de magie était comme un mélange de Toys'R'Us et d'un magasin de bonbons. Cependant, lorsque j'ai commencé à avoir de la poitrine, je me suis mise à moins fréquenter les magasins de magie à cause des regards lubriques des clients généralement masculins.

Une sonnette retentit lorsque j'entre.

La paranoïa précédente ne disparaît pas complètement et j'ai l'impression qu'un collègue curieux imaginaire se tient à l'extérieur, m'observant.

Oh et puis tant pis. Qu'il m'observe ! J'ai une vie en dehors du travail, et je n'en ai pas honte.

Manifestement, le magasin de magie ne s'en sort pas bien… je suppose que je ne suis pas la seule à faire mes achats en ligne. La moitié des étagères sont couvertes par des farces et attrapes comme des coussins péteurs et de faux étrons.

Le magasin est vide lorsque que je regarde autour de moi, mais un hipster à moustache d'environ mon âge apparaît un peu plus tard. Il écarquille les yeux en me voyant et sa moustache semble s'allonger dans les deux directions.

— Tu es Sasha, s'exclame-t-il. Je t'ai vue à la télé. Tu étais incroyable.

— Merci, dis-je, heureuse qu'il ne parle pas du fiasco de la révélation YouTube. Avez-vous des livres sur l'illusion d'attraper une balle au vol ?

Après les événements de l'autre jour, je me suis demandé si je ne devais pas m'acheter un pistolet. Je n'aime pas les pistolets comme Ariel, mais j'ai toujours eu envie d'explorer les illusions relatives aux armes à feu. Peut-être que toutes ces attaques de zombies étaient l'univers qui m'indiquait que c'était le moment.

— Tout ce que nous avons, c'est ceci.

Le hipster attrape quelque chose dans une grande bibliothèque et il me tend un petit livret.

J'y jette un coup d'œil. La publicité au dos décrit un tour dans lequel on fait chauffer une balle avec une allumette, ce qui fait partir le coup, sauf que la balle finit dans la bouche du magicien.

En gros, il manque la partie la plus théâtrale de l'illusion : le pistolet.

— Je voudrais un tour de plus gros calibre, dis-je.

— C'est tout ce que nous avons.

Il frise sa moustache.

Je ne suis pas vraiment surprise. Cette illusion est ridiculement dangereuse. Au moins six magiciens très célèbres sont morts en la pratiquant. Malgré tout, tous les prestidigitateurs importants de la télé en ont fait une version et je me suis toujours dit que je rejoindrais le club… en tout cas, jusqu'à ce que le fait d'être Consciente mette fin à mes espoirs de repasser sur le petit écran.

— J'ai ceci au sujet de la roulette russe.

Le type attrape un livret légèrement plus épais sur l'étagère et le pose devant moi.

— On met une balle dans un revolver, on fait tourner et on se tire dans…

— Je sais ce qu'est un tour de roulette russe, dis-je en essayant de ne pas montrer mon irritation.

Le type rougit.

— Je ne voulais pas sous-entendre que vous ne le saviez pas. Timothy nous fait expliquer certains tours à tous les clients. Hommes ou femmes.

Hommes ou femmes.

C'est comme de commencer une phrase par : Je ne veux pas paraître sexiste, mais…

— J'ai inventé ma propre roulette russe, lui dis-je.

Ce que je ne précise pas, c'est que sans pistolet, je n'ai jamais testé mon idée devant un public. Elle est donc peut-être mauvaise.

— C'est merveilleux, dit-il avec trop d'enthousiasme, cherchant clairement à faire oublier sa gaffe. Allez-vous la publier ?

Quelle bonne question !

Maintenant que je ne peux pas réaliser mes tours, dois-je publier mes idées, au lieu de le faire de façon posthume comme je l'avais imaginé pour rire, afin que d'autres magiciens puissent les utiliser ?

Non.

Les tours que j'ai inventés sont comme mes bébés et les donner à d'autres illusionnistes serait semblable à les abandonner à l'aéroport pour qu'une autre famille les trouve.

— Non, dis-je fermement. J'emporterai toutes mes affaires dans ma tombe.

Le type semble sincèrement déçu… ce qui signifie sans doute qu'il ne sait pas comment j'ai fait quelque chose à la télé et qu'il espérait apprendre le secret dans mon livre. Il veut certainement savoir comment j'ai poussé l'animatrice à nommer la reine de cœur avant de la montrer tatouée sur mon bras.

— Écoutez, dit-il d'un ton conspirateur en jetant un coup d'œil à la caméra de sécurité. En général, c'est moi qui démontre les tours, mais je me demandais si vous pouviez me montrer quelque chose.

Si son objectif était de se rattraper, il vient de réussir haut la main. Il n'y a pas de plus grand compliment d'un magicien à un autre que de demander à voir un tour. En général, tout le monde fait la queue pour montrer son talent.

J'hésite une seconde, me souvenant de l'interdiction faite par le Conseil de pratiquer la magie, puis je décide que ceci ne viole pas la règle. Ce type ne pensera jamais au grand jamais que je fais de la vraie magie. Il sait comment la plupart des tours fonctionnent.

Ne souhaitant pas montrer quelque chose que j'ai inventé moi-même, car je crains de me le faire voler, je répète pour lui ce que j'ai montré à Fluffster au petit-déjeuner. Peu d'éléments de ce tour peuvent tromper un type qui travaille dans un magasin de magie, mais avec un peu de chance, il appréciera mon exécution de toutes les manœuvres.

— C'était super, dit-il quand j'ai terminé.

Il se caresse la moustache d'un air pensif, me faisant penser que j'ai sous-estimé mes capacités à le tromper.

— Pas mal, dit une nouvelle voix rauque. Tes capacités à cacher les choses dans ta main sont assez bonnes. Pour une fille.

Je me tourne et je vois que le nouveau venu est un homme rondelet à la soixantaine et aux cheveux blancs. Je dois avouer qu'il a réussi à apparaître comme de nulle part.

— Timothy.

Le type des ventes ressemble à un lapin coincé par un renard. Comme moi, il n'a pas remarqué son patron qui s'approchait pour jeter un coup d'œil à ma performance.

Je croise le regard larmoyant de Timothy et je fronce les sourcils.

— Que voulez-vous dire exactement par « pour une fille » ?

J'ai déjà entendu parler de Timothy Bandicoot, le propriétaire de ce magasin. Il est un peu connu dans la communauté de magiciens de New York, surtout parce qu'il est une sorte de contradiction. Bien qu'il possède un magasin de magie, il a également une chaîne YouTube où il dévoile ses théories sur la façon dont les magiciens célèbres accomplissent leurs illusions. Ayant regardé une fois son programme, j'ai été déçue par quelques-unes des théories élaborées et impossibles qu'il proposait comme étant les méthodes prestidigitateurs.

On dirait maintenant qu'il n'a pas non plus de talent

pour le service au client. Je ne devrais sans doute pas être surprise par tous les faux cacas sur les étagères.

— C'était dit comme un compliment, dit Timothy en frottant la zone chauve et brillante en haut de son crâne, comme pour se porter chance. Il est difficile d'escamoter des choses quand on a des mains aussi petites et délicates que les vôtres.

— D'accoooord. Je lève les yeux au ciel.

— Vous dîtes donc que vous m'avez vu cacher les cartes, n'est-ce pas ?

— Mais bien sûr. Les cartes individuelles et le paquet entier.

— C'est étrange, dis-je. Parce que mon tour n'impliquait pas de cacher une carte toute seule.

— Impossible, répond Timothy. La fois où la carte a fini dans ta poche…

— Vous voulez parier ? Vous m'avez filmé.

Je montre sa caméra de sécurité.

— Nous vérifions la vidéo et si elle me montre en train de cacher une carte, vous obtiendrez mille dollars. Sinon, vous m'en donnez cinq cents.

Timothy jette un regard suppliant à son larbin à moustache. Du coin des yeux, je vois le type des ventes secouer la tête.

— Nous fermons bientôt, dit Timothy. Pas le temps de jouer.

— Alors je ferais mieux de partir.

Je me dirige vers la sortie d'un air triomphant.

— Tenez, dit le vendeur en me rattrapant.

Il me tend un livret avec un tour de roulette russe.

— C'est un cadeau de remerciement pour m'avoir montré vos tours.

Ses yeux semblent également ajouter : « et des excuses parce que mon patron est un con ».

— Merci, dis-je en tendant la main vers la poignée de la porte.

Par-dessus mon épaule, j'ajoute :

— Vous feriez peut-être bien de travailler pour un vendeur d'accessoires en ligne.

Je claque la porte et je me dirige vers le métro.

La sensation d'être espionnée revient. Nero pourrait-il m'avoir rendue folle avec toutes les recherches ? J'aimerais avoir enregistré le numéro de Lucretia ou d'un autre professionnel de la santé mentale pour vérifier cette théorie.

Je chasse cette pensée et je commence à lire mon cadeau quand je suis dans le métro. Le temps passe si vite que je manque presque mon arrêt.

En sortant de la station, je me rends compte que j'ai encore l'esprit trop confus pour rentrer chez moi. Heureusement, j'ai le remède parfait pour cela : une promenade dans Battery Park.

Nommé d'après les batteries d'artillerie qui étaient positionnées ici au cours de notre passé violent, ce parc est de loin mon endroit préféré de la ville. Il y a quelque chose d'incroyablement apaisant lorsque l'on marche au bord de l'eau du port de New York. Même mon impression d'être suivie s'estompe.

Enfin, presque.

Je marche tranquillement sur la promenade jusqu'à la marina.

Comme d'habitude, New Jersey est éclairé de l'autre côté de la rive, tout comme la Statue de la Liberté dans le port. La promenade est assez bondée, mais quand j'arrive à la marina – c'est-à-dire, que je m'y faufile illégalement – il n'y a personne.

M'arrêtant à côté d'un yacht à plusieurs millions de dollars, je pose mon derrière sur la jetée et je balance mes jambes au-dessus de l'eau. Je sors le livre de magie et je reprends sa lecture à la lumière du réverbère d'apparence antique.

Le livre énumère de nombreuses méthodes intéressantes pour la roulette russe. Certaines utilisent un faux pistolet, d'autres de fausses balles, et encore d'autres, un tour de passe-passe où il faut insérer une balle réelle dans un pistolet réel… ce qui était ce que j'envisageai de faire lorsque j'avais imaginé cette illusion.

Je suis soudain assaillie par un fort sentiment prémonitoire.

Est-ce que je viens inconsciemment de m'imaginer faire une erreur et m'exploser la cervelle pendant le spectacle ?

Mon subconscient a dû oublier que mes ambitions de carrière à la télé sont terminées. Et même si Ariel me laisse faire, je ne risquerai pas ma vie pour un tour, juste dans le but de divertir mes colocataires.

Enfin, je ne le crois pas. Peut-être pour l'anniversaire de Felix…

la lumière de la lampe derrière moi vacille.

Je suis sur le point de la regarder lorsque quelque chose d'inexplicable se produit.

Je suis assise sur la jetée, et l'instant d'après, je tombe dans l'eau.

Ma tête frappe quelque chose de métallique et le monde devient trouble.

CHAPITRE CINQ

MES PIEDS TOUCHENT L'EAU EN PREMIER, ENSUITE LE reste de mon corps sombre dans les profondeurs glaciales.

Le choc de l'eau froide m'éclaircit suffisamment l'esprit afin que je me souvienne de retenir ma respiration.

Cela fait de nombreuses années que je m'entraîne à retenir ma respiration pour une évasion sous-marine que je voudrais faire un jour. Tout cet entraînement me sauve sans doute la vie pendant que je continue à retenir ma respiration et que je nage vers la surface.

Tout comme je l'ai fait pendant mon entraînement, je commence à compter des Mississippi dans ma tête… mon record jusqu'ici est de soixante-dix-huit.

Ai-je été poussée, ou ai-je glissé? Et si j'ai été poussée, par qui?

Si quelqu'un me poursuit, il est peut-être dangereux de remonter à la surface.

D'un autre côté, d'après ce que j'ai lu sur le fait de se noyer, je choisirais peut-être le danger éventuel de celui qui m'a poussé au lieu de cette agonie infâme.

Quinze secondes.

Les gens ont l'instinct de ne pas respirer sous l'eau – un instinct si fort qu'il peut surmonter la peur de ne plus avoir assez d'oxygène. En tout cas, jusqu'au moment de rupture où il y a trop de dioxyde de carbone et trop peu d'oxygène. Cela force le cerveau à prendre cette inspiration optimiste et fatale. La vérité horrible sur la noyade, c'est que l'on est sans doute conscient lorsque cette inspiration involontaire a lieu.

En ouvrant les yeux, je nage sous l'eau, essayant de ne pas être vue depuis la jetée et de ne pas penser à toutes les saletés, les préservatifs usagés, les déchets animaux et humains, les bactéries et amibes potentiellement carnivores ainsi que tous les produits chimiques toxiques que la pluie peut apporter.

Ma tête me lance à l'endroit où je me suis cognée en descendant, la douleur perturbant ma concentration déjà compromise.

Vingt-cinq Mississippi.

Je ne sais pas à quel point je peux faire confiance à mes sens dans cette situation, mais j'aurais pu jurer voir une grande silhouette bloquant la lumière du lampadaire. La silhouette semble gigantesque… elle doit être déformée par l'eau.

Je scrute pendant quelques secondes.

Le désir d'inspirer devient tout mon univers. D'une façon ou d'une autre, c'est une centaine de fois plus angoissant que lors de mes séances d'entraînement à l'évasion sous l'eau, sans doute à cause de l'adrénaline. Paradoxalement, j'ai l'impression que mes poumons vont éclater à cause du manque d'air. Ceci n'est jamais arrivé à l'entraînement.

La panique prend la décision pour moi.

Je vais faire comme s'il n'y avait personne au-dessus.

Je cherche désespérément l'échelle sur le bord de la jetée.

J'en suis maintenant à quarante Mississippi, mais il est possible que la panique ait perturbé mon compte.

Lorsque je touche le métal de l'escalier, je me rends compte que j'ai fait une grave erreur.

Je n'ai pas pris en compte les effets de l'adrénaline et mon corps vient d'atteindre le point de rupture.

Contre ma volonté, je respire.

L'eau se précipite dans ma bouche et mon nez, puis envahit mes poumons.

J'ai l'impression que je viens d'inspirer du métal fondu.

Une teinte jaune-noir assombrit ma vue.

Tout en moi veut se débattre, mais je parviens à attraper l'échelle en métal et je commence à me tirer vers le haut.

Un volcan explose dans ma gorge.

Je perds toute notion du temps qui passe en me hissant sur une marche, puis une autre.

La douleur me rappelle le Rite. Tous ceux qui pensent que le supplice de la baignoire n'est pas une torture doivent inspirer de l'eau de cette façon. Je dirais n'importe quoi à n'importe qui pour que cela s'arrête.

Au prix d'un monumental effort de volonté, je me hisse encore d'une marche et je sens l'air frais du soir sur mon visage.

J'ai l'impression d'avoir la moitié de l'eau du port dans mes poumons. Prise par une nouvelle vague de douleur atroce, je tousse et je vomis et de l'eau s'échappe de mon nez et de ma bouche.

Les convulsions me font presque lâcher l'échelle, mais je m'y accroche comme si ma vie en dépendait – ce qui est sans doute le cas.

Si je survis à ceci, il n'y aura absolument jamais d'évasion sous-marine dans ma carrière – en supposant que l'on me rende ma carrière. Je n'irai sans doute plus jamais nager non plus. En fait, comme Lucifer, je laisserais tomber tout ce qui a trait au bain.

Je monte encore d'une marche sans savoir comment.

Mon cerveau doit être surchargé de douleur, car je ne me souviens pas des marches suivantes.

Je rampe lentement sur la jetée, comme si j'étais encore sous l'eau, et je m'évanouis subitement.

Je m'éveille d'un seul coup et je m'assois.

Il n'y a personne sur la jetée.

Je suis seule.

Ma poitrine est douloureuse comme si un éléphant

avait marché dessus – ce qui n'a aucun sens, sauf si je fais une crise cardiaque en plus de m'être presque noyée.

Prenant quelques respirations douloureuses, mais revigorantes, je me lève lentement.

J'ai mal à la tête et aux côtes, mais mon cœur bat d'une façon régulière. J'ai cependant tellement froid que si mes dents avaient des dents, elles claqueraient, elles aussi.

Je trébuche hors de la marina, avec l'impression de marcher sur des jambes comme des allumettes brûlées et ignorant les regards des promeneurs.

Sans le faire consciemment, je me mets à courir.

Je parie que la course ne serait pas recommandée par un médecin après l'épreuve que je viens de vivre, mais cela me réchauffe et retire une partie du coton dans mon esprit.

Pourquoi n'ai-je pas eu de rêve me prévenant de cette presque noyade ? Le Rite m'a-t-il enlevé mes pouvoirs ? Je croyais que le Mandat était une façon d'empêcher les Conscients de parler de notre existence, mais quelque chose s'est peut-être mal passé dans mon cas ? Et surtout, est-ce que quelqu'un m'a poussé dans l'eau, ou bien y suis-je tombée de ma propre volonté ? Cela semble improbable, mais si quelqu'un est à ma poursuite, où est-il et pourquoi ne m'a-t-il pas achevé quand j'étais évanouie ? Non pas que cela me gêne d'être encore en vie. Si mon apprenti assassin a changé d'avis, ça me va tout à fait.

À ce rythme, j'atteins mon immeuble en quelques

minutes. En montant dans l'ascenseur, je remercie le ciel qu'il n'y ait pas de voisins pouvant me voir.

Dans la surface réfléchissante de l'ascenseur, je ressemble à un mélange de chaton trempé, de serpillière usée et de gagnante d'un concours de tee-shirts mouillés.

Ariel me salue dans le couloir lorsque j'ouvre la porte.

— Waouh.

Elle me regarde avant de jeter un coup d'œil par la fenêtre.

— Je ne savais pas qu'il pleuvait.

— Il ne pleut pas.

Je dois sembler aussi misérable que je le suis, car je vois presque les rouages tourner dans le cerveau d'Ariel lorsqu'elle se lance dans ce que Felix et moi appelons affectueusement son « mode mère poule ».

— Retire ces vêtements mouillés et raconte-moi ce qui est arrivé, dit Ariel de sa voix stricte et pourtant préoccupée qui indique la pleine activation du mode.

Je commence mon explication en me dirigeant vers la salle de bains et je me déshabille.

Endossant son rôle de futur médecin, Ariel examine soigneusement mon crâne et mes côtes, secouant la tête pendant tout ce temps. Dans le miroir, je vois des hématomes sur ma poitrine. La marque sur ma tête n'est pas visible, mais je sens la bosse quand je la touche.

— Ce n'est pas bon, marmonne-t-elle en allumant la

douche pendant que je me brosse les dents afin de me débarrasser du goût dégoûtant de l'eau.

En crachant le dentifrice, je continue à raconter le sentiment de paranoïa qui a précédé ma quasi-noyade.

— Entre, dit Ariel en ouvrant la porte embuée de la douche et en me poussant sous le jet d'eau.

Au début, l'eau me semble brûlante, mais je m'y habitue vite et je récupère la sensation de mes orteils. Je frotte tout avec soin et quand je sors, je suis toute rose et rouge. Pendant que je me sèche, Ariel prend mes signes vitaux, me fait enfiler son peignoir en polaire et me traîne jusqu'à la cuisine.

— C'est vraiment très étrange.

Elle pose un bac de glace dans ma main gauche et elle me montre où je dois le tenir contre ma tête.

— Les bleus que tu as sur les côtes… j'en ai déjà vu de semblables. La première fois que j'ai fait un massage cardiaque dans l'armée, j'ai laissé des marques de ce genre, parce que je ne savais pas ce que je faisais et que j'ai appuyé trop fort sur le torse de la victime.

— Un massage cardiaque ?

Je refoule des images d'un inconnu inquiétant posant sa bouche sur la mienne.

— Je suis à peu près certaine que je respirais quand je suis sortie de l'eau.

— La personne qui l'a fait ne s'y connaît pas vraiment en premiers secours.

Ariel place une tasse de thé presque brûlant dans ma main droite.

— Mais pourquoi cette personne n'était-elle pas présente quand je suis revenue à moi ?

Je souffle sur le thé afin de le refroidir.

— Et pourquoi ne pas appeler le 911 ?

— Peut-être était-ce la personne qui t'a poussée ? Tu as dit voir quelqu'un à travers l'eau, et il n'y avait personne quand tu t'es réveillée.

Je fronce les sourcils et je bois prudemment mon thé.

— Ce n'est pas logique. Pourquoi essayer de me tuer, puis de me sauver ?

— L'objectif était peut-être de t'effrayer ?

— Mais pourquoi ?

Je bois une autre gorgée de thé. Je remarque vaguement que c'est une camomille avec du miel.

— En général, quand on fait peur à quelqu'un, on leur dit pourquoi. Du genre : « ne parle pas aux flics, sinon… »

Ariel se laisse tomber sur la chaise à côté de moi.

— Je suis d'accord. Ce n'est pas vraiment logique.

Je réajuste ma poche de glace.

— En parlant des flics, dois-je leur signaler ceci ?

Ariel tapote les doigts sur la table, son beau visage figé par des traits inquiets.

— Je ne crois pas qu'ils pourraient faire grand-chose pour toi, en supposant qu'ils te croient. De plus, s'il y a un rapport avec le fait que tu es Consciente, tu pourrais aussi avoir des problèmes avec le Conseil.

Super. Tout ce dont j'avais besoin.

— Existe-t-il une forme de police Consciente à laquelle je peux parler ?

— Vlad et ses employés le sont d'une certaine manière, répond Ariel. Je suppose que tu peux aller le voir, mais commence peut-être par ton mentor. C'est sans doute ce que Vlad te dirait de faire.

— Nero ?

Je pose ma tasse et je pince l'arête de mon nez.

— J'y suis obligée ? Ce n'est vraiment pas ma personne préférée en ce moment.

— Pourquoi ? Qu'a-t-il fait ?

— Rien, vraiment.

Je reprends la tasse et je bois avec colère une gorgée qui me brûle le palais.

— C'est juste qu'il m'a fait travailler beaucoup plus que d'habitude. Je suppose que ce n'est pas exactement un crime contre l'humanité.

Ariel lève les sourcils.

— Vraiment ? C'est tout ?

Je ne suis pas étonnée. D'une façon ou d'une autre, Ariel a perçu que j'avais un secret concernant Nero. Je ne lui ai pas parlé de l'histoire du baiser, et maintenant, ce n'est pas le bon moment de l'expliquer. En fait, je ne suis pas certaine qu'il puisse y avoir un jour un bon moment pour…

— Penses-tu que Chester pourrait être responsable ? Demande Ariel. Il a perdu son siège au Conseil à cause de toi, alors c'est peut-être sa vengeance ?

Il s'agit de quelque chose que j'ai déjà brièvement

considéré, mais je suis ravie que ce soit Ariel qui aborde le sujet.

— Penses-tu qu'il ferait quelque chose de ce genre ? Gaius a dit que j'étais protégée contre lui maintenant que je suis sous le Mandat.

— Je ne connais pas Chester personnellement, alors je ne peux pas te le dire, mais qui d'autre pourrait t'en vouloir ?

Je réfléchis.

— Tu sais, si c'était Chester, cela expliquerait l'étrange massage cardiaque.

Je fais passer la poche de glace de ma tête à mes côtes douloureuses.

— Si Chester m'avait tué, il aurait eu des problèmes avec le Conseil, mais là, j'ai juste fait un plongeon horrible et il ne risque pas de conséquences… sauf si je peux prouver qu'il est celui à m'avoir poussée dans l'eau.

— Si c'est le cas, tu dois en parler à Nero et lui dire que tu soupçonnes Chester, peu importe ce que tu penses de ton mentor en ce moment.

— Je vais y réfléchir, dis-je avant de bâiller bruyamment.

— Quoi qu'il en soit, pour l'instant tu ne sortiras nulle part sans moi.

Ariel se masse le poing droit avec la paume de sa main gauche.

— C'est n'importe quoi. Je dois travailler et toi tu as ton École de Médecine.

— Alors, arrête de rester tard au travail…

— Pour me faire virer. Non. Ce n'est pas la solution, mais j'ai une idée qui te plaira.

Ariel croise les bras.

— Quoi ?

— Et si je m'armais ?

— Toi, tu porterais un pistolet ?

Elle décroise les bras et semble si enthousiaste que l'on pourrait croire que je viens de proposer de lui masser les pieds pendant un an au lieu d'acquérir un engin qui peut me faire exploser les orteils.

— C'est bien mieux que de te traîner partout. Sans vouloir te vexer.

— Je vais appeler mon fournisseur, dit Ariel avec le même enthousiasme inapproprié. Sais-tu quel genre d'arme tu veux ?

— Je pensais à un revolver, dis-je en me souvenant du livre de magie maintenant noyé. Sauf si tu suggères autre chose.

— Je préfère un semi, mais un revolver pourrait être bien pour toi. Par exemple, si tu laisses tomber ton revolver sur le sol, il existe moins de risques que le coup parte accidentellement.

— J'espère ne jamais faire tomber mon pistolet imaginaire. Mais c'est bon à savoir.

— De plus, le revolver n'a pas de cran de sûreté.

Ariel se frotte le menton avec le pouce et l'index.

Je finis mon thé en une grande gorgée.

— C'est une bonne ou une mauvaise chose ?

— Si tu te trouves dans un combat d'armes à feu, avec toute l'adrénaline, tu pourrais oublier de le retirer.

Cela arrive plus souvent que tu ne le crois. De plus, un revolver a moins de chance de se coincer.

— Super.

Je lui rends la poche de glace.

— Pourquoi les gens achètent-ils autre chose que des revolvers ?

— Il y a un certain nombre de raisons pour lesquelles les forces armées et la police ne s'en servent pas.

Ariel range la poche de glace dans le congélateur.

— Par exemple, un revolver a beaucoup moins de munitions.

— Ce n'est peut-être pas très important pour moi. S'il se passe quelque chose, je ne crois pas avoir à tirer plus d'une ou deux balles. Du moins, je l'espère.

— Si nous comptons sur l'espoir, alors achetons un pistolet pour toi et espérons que tu n'en aies pas besoin, dit Ariel de son ton de vétéran sage. C'est mieux que d'en avoir besoin et de ne pas l'avoir.

— Je suis d'accord, dis-je en bâillant encore.

Ariel poursuit d'une voix sévère :

— Je t'emmène aussi au stand de tir ce week-end. Fini les excuses.

— Très bien, dis-je en bâillant. Nous irons en boîte et à l'entraînement de tir. Essaies-tu de me transformer en toi ?

— Ça doit être ton troisième bâillement, dit-elle en bâillant également.

Je dois être contagieuse.

— Va te coucher, dit-elle de son même ton strict. Maintenant.

— D'accord, maman.

Je sors de la cuisine et lorsque j'entre dans ma chambre, Fluffster m'accueille près de la porte et je le nourris.

Pendant qu'il mange, je sors mon téléphone de mes vêtements mouillés. À ma grande surprise, il fonctionne encore… il est donc véritablement étanche. Je place mon téléphone sur son chargeur, mais je le mets en silencieux afin de pouvoir dormir sans interruption.

— J'aime vraiment beaucoup ce foin, dit Fluffster dans mon esprit, et je me rends compte que dans ma fatigue causée par la chute de l'adrénaline, j'ai oublié qu'il peut communiquer avec moi.

— Elle est bio, lui dis-je. Pas de pesticides pour toi.

— Le foin bio est-il beaucoup plus cher que l'autre ?

La voix mentale de Fluffster me semble excessivement inquiète.

— Je ne crois pas pouvoir goûter la différence et…

— Je vais continuer à acheter du foin bio, dis-je en résistant à l'envie de lever les yeux au ciel. Si je mange bio, pourquoi pas toi ?

— Tu ne peux sans doute pas voir la différence non plus, grommelle Fluffster. Il doit alors remarquer mes bleus quand j'enfile ma chemise de nuit, car il demande :

— Tu es blessée ?

Il doit insister un peu, et je finis par expliquer à

mon chinchilla tout ce qui est arrivé. Si quelqu'un voulait rassembler des preuves sur mon instabilité mentale, un enregistrement de cette conversation suffirait sûrement à m'enfermer dans une pièce capitonnée.

— Tu devrais rester à la maison à partir de maintenant, dit-il quand j'ai terminé. Voilà ce qui arrive quand tu sors.

— Ta solution est aussi pratique que celle d'Ariel.

Il gonfle fièrement sa queue, alors je dois clarifier :

— Je veux dire par là que les deux solutions ne le sont *pas*.

Nous argumentons quelques minutes et il finit par abandonner… sans doute parce qu'il sait que je peux lui retirer ses amandes et son bain de poussière s'il m'énerve.

— Puis-je me blottir contre toi ? demande-t-il quand je finis par me coucher.

— Bien sûr.

J'ai lu sur Internet que les chinchillas n'aiment pas être serrés de cette façon, mais je suppose que cela ne s'applique pas à lui – ce qui est un rêve devenu réalité pour moi.

— Quand tu veux.

Posant mon domovoi tout doux et chaud contre ma poitrine comme un ours en peluche, je m'endors.

CHAPITRE SIX

Je me réveille.

Je n'ai pas eu d'autres rêves avec des visions. Les ai-je perdus pour de bon ?

J'ai beaucoup moins mal à la tête et à mes côtes, et quand j'ai avalé quelques pancakes myrtille-banane de Felix dans la cuisine, je me sens aussi bien qu'un vendredi matin normal.

Je mets même une robe pour le travail, histoire d'apaiser les parents conservateurs de Felix, que je rencontre au déjeuner aujourd'hui.

— Je ne crois pas que ce soit Chester qui t'a poussé dans l'eau, dit Felix quand je lui raconte mes aventures. Ce n'est pas son style.

— Alors que penses-tu qu'il se passe ? demande Ariel en mangeant un pancake avec les mains, comme une femme des cavernes.

Il se gratte la tête.

— Aucune idée. Je pourrais voir si des caméras de

sécurité ont enregistré l'incident, mais je ne compterai pas trop dessus.

Nous échangeons des théories pendant le reste du repas, mais aucune de nos idées ne peut expliquer le mystère de la jetée.

Je pars ensuite nourrir Fluffster, j'enfile des ballerines assorties à ma robe et je sors.

— N'oublie pas que nous déjeunons ensemble aujourd'hui, me rappelle Felix avant que je ferme la porte d'entrée derrière moi.

— Je te vois là-bas, dis-je en me précipitant au travail.

QUAND J'ARRIVE À MON BUREAU, DEUX E-MAILS DE NERO m'attendent.

Dans le premier, il fait l'éloge de mes bonnes décisions de la veille, alors je dois avoir fait un peu mieux qu'un singe aux yeux bandés… ma chance doit continuer à me soutenir.

Dans le deuxième message, Nero me demande de rechercher encore une autre foule d'actions avant le déjeuner : 50 % de plus que la veille.

Je fais de mon mieux dans mes recherches, mais pour les actions tombant dans la deuxième moitié de l'alphabet – environ un quart d'entre elles – je décide de tricher et de baser mes recommandations purement sur l'instinct, sans aucune donnée hormis le nom de l'entreprise.

J'espère ainsi que même si Nero perd de l'argent avec cette plus petite quantité d'actions, il diminuera ma charge de travail insensée au lieu de me virer.

En terminant mon résumé dix minutes avant le délai, je cherche quelque chose à faire avant de partir déjeuner.

Une carte de visite que Nero m'a donnée hier attire mon regard.

Avec tout ce qui est arrivé, j'ai complètement oublié « l'Orientation ». J'ai même oublié de poser des questions à mes colocataires là-dessus.

Je prends mon téléphone et je compose le numéro sur la carte.

— Dr Hekima à l'appareil, répond une voix grave et mélodieuse qui pourrait facilement servir de narrateur dans les documentaires animaliers. Comment puis-je vous aider ?

— Bonjour, je m'appelle Sasha.

Je verrouille mon ordinateur.

— Sasha Urban.

— Ah, dit le Dr Hekima avec excitation. Vous êtes la nouvelle étudiante dont on m'a parlé.

— Une étudiante ?

Je tourne sur ma chaise de bureau.

— L'Orientation est donc une forme d'études pour les C…

— Ceci ne convient pas pour une conversation au téléphone, m'interrompt le Dr Hekima, et pour la première fois, je décèle un léger accent, sud-africain, peut-être ? Pouvez-vous venir me voir aux heures de bureau ce samedi ?

— Bien sûr, dis-je. Où et à quelle heure ?

— Quatorze heures, cela vous convient-il ? demande-t-il en me donnant l'adresse, qui, malheureusement, se trouve dans le Queens.

— Oui, c'est bon, dis-je après un moment d'hésitation.

— Nous nous trouvons juste après la première station du Queens, si vous prenez le M...

— Je suis sûre que je trouverai. À très bientôt, Dr Hekima.

— À bientôt, dit-il avant de raccrocher.

Je regarde l'heure sur mon téléphone et je me lève d'un bond.

— Si je ne cours pas, je serai en retard pour le déjeuner avec la famille de Felix.

JE ME SUIS DÉJÀ RENDUE À BRIGHTON BEACH TROIS FOIS auparavant. Une fois pour nager et me promener, une fois quand Felix a convaincu Ariel et moi d'essayer « le meilleur caviar au monde » et une autre fois en passant pour me rendre au parc à thème de Coney Island. Connu sous le nom de Little Odessa, ce quartier possède la plus grande population d'immigrants russes de l'hémisphère ouest.

J'observe les devantures des magasins qui possèdent toutes des écritures cyrilliques. Si Fluffster appartenait vraiment à mes parents biologiques, alors ils parlaient sûrement le russe, ce qui signifie que si je n'avais pas été abandonnée à l'aéroport, j'aurais été capable de lire tous ces panneaux.

Je m'arrête à côté d'un bâtiment recouvert par des échafaudages pour une rénovation, ce qui est très courant à New York, et je sors mon téléphone. J'ai quelques minutes d'avance et d'après mon GPS, le restaurant se trouve à deux pâtés de maisons.

Soudain, je suis prise d'une vive sensation d'alerte.

Sans savoir pourquoi, je saute sur le côté.

Une brique s'écrase sur le trottoir où je me trouvais l'instant d'avant.

CHAPITRE SEPT

La sensation de danger ne s'en va pas.

Je saute instinctivement en arrière, trébuchant presque sur la carcasse de la brique.

Un seau de peinture atterrit là où je me trouvais, éclaboussant le trottoir en créant une peinture d'Art moderne.

Que se passe-t-il ?

Je force mon cerveau stupéfait à travailler et j'oblige mon corps à avancer vers le bâtiment.

Dès que je fais un pas, une clé à molette tombe dans la flaque de peinture, puis d'autres instruments suivent sous la forme d'une grêle métallique mortelle.

Je lève les yeux en commençant à courir. Sur le côté de l'échafaudage se trouve un de ces ascenseurs à cordes utilisés par les laveurs de carreaux et les ouvriers de chantier, mais celui-ci est incliné vers le sol. Les outils dangereux ont clairement glissé de là.

Je parie qu'ils brisent un million de règles en

utilisant cette chose sans fermer la zone de travail au public. Brighton Beach est-elle exemptée des lois de New York ?

Furieuse, je me précipite dans le bâtiment et je cours vers l'étage parallèle à la source de l'accident. Je suis bien décidée à dire ce que j'en pense.

Un homme énorme marche vers moi d'un pas lourd et je ralentis, en me demandant si courir était vraiment une bonne idée.

D'après la science moderne, la majorité des Européens et des Asiatiques possèdent environ 2 % d'ADN de Neandertal. Ce type semble en avoir reçu au moins cinquante fois plus. Il possède un front étroit et bosselé, des yeux enfoncés, et un crâne si énorme que le casque de chantier jaune ressemble à une kippa juive sur le sommet de sa tête.

— Comment puis-je vous aider ? rugit-il d'une voix de basse rivalisant presque avec celle de Nero, mais sans le côté sexy.

Non pas que j'ai remarqué le côté sexy de la voix de Nero.

Je fais appel à toute ma colère pour me donner du courage.

— J'ai failli me faire tuer par ça, dis-je en montrant la corde détachée de l'ascenseur.

Il regarde l'endroit que j'indique avant de se retourner vers moi.

— Ça ne peut pas être arrivé, dit-il comme s'il ne venait pas de voir l'équipement penché. Nous faisons très attention à la sécurité.

— Comment ça, cela ne peut pas être arrivé ? C'est arrivé, dis-je, outrée, avant de remarquer autre chose chez ce type.

Il semble être couvert d'une épaisse couche de fond de teint. Peut-être est-il sexuellement ambigu ? Ou alors il pourrait cacher des cicatrices horribles.

— Impossible, dit-il et quand il ouvre la bouche, je vois ses dents inférieures.

Elles sont si proéminentes que l'on dirait des défenses coupées.

En mettant de côté cette observation étrange, je me concentre sur le problème en cours.

— C'est juste là, avec tout le bazar qui manque, dis-je en pointant l'ascenseur d'un doigt frustré. Je n'ai pas essayé de me suicider.

— Il faudra que je fasse une enquête, dit-il en me montrant ses dents supérieures qui donneraient des cauchemars à n'importe quel orthodontiste. Merci d'avoir porté ceci à notre attention.

Ses yeux ont un éclat malveillant lorsqu'il dit cette phrase et je me souviens soudain de mon rendez-vous à déjeuner.

— Avec plaisir, dis-je en reculant prudemment. Je ne voudrais pas que quelqu'un d'autre soit blessé.

Il hoche la tête et son casque jaune tombe presque sur moi.

Je recule jusqu'aux escaliers et je cours aussi vite que mes jambes le permettent. Quelque chose chez ce type n'allait pas, particulièrement vers la fin de notre conversation.

À mon grand soulagement, le reste de mon trajet jusqu'au restaurant se fait sans incident.

Je me glisse à l'intérieur et je regarde autour de moi. Il y a un vrai look du Moyen-Orient, ce qui semble logique pour de la nourriture ouzbèke. L'odeur des oignons frits et du pain frais fait gargouiller mon estomac.

Felix me fait signe depuis une grande table à ma droite, où il est assis tout seul.

— Assieds-toi, dit-il lorsque je m'approche. Mes parents viennent de me faire savoir qu'ils sont sortis du train. Pardon. Ma mère est toujours en retard.

— Aucun souci.

Je me demande quelle chaise indiquera à ses parents que je ne suis pas sa petite amie et je m'assois sur la troisième à la droite de Felix.

— J'ai failli me faire tuer il y a une seconde.

— Quoi ?

Il lâche presque son menu de surprise.

— Quand ? Comment ?

— Une brique dans la tête, dis-je avant de lui raconter ce qui est arrivé.

Il fronce de plus en plus les sourcils pendant que je parle, et il tripote nerveusement le menu.

— J'avais peut-être tort ce matin, dit-il quand j'ai terminé. C'est peut-être bien Chester, finalement. Si je comprends bien son pouvoir, s'il veut que tu sois blessée, il peut augmenter la probabilité que les accidents arrivent quand il est près de toi.

Merveilleux.

— Il faudra que je parle à Nero, n'est-ce pas ?

— Absolument, répond Felix en jetant un coup d'œil à la porte d'entrée.

Je soupire et je décide de me concentrer sur quelque chose de plus joyeux.

— As-tu déjà fait l'Orientation ? dis-je lorsque Felix me regarde à nouveau.

— Bien sûr. Nous l'avons tous fait.

— En quoi ça consiste ?

Mon estomac se remet à grogner lorsque je sens quelque chose de frit.

Felix ricane.

— Nero t'envoie faire l'Orientation ?

Quand je lui jette un regard noir, il se remet à rire et explique :

— C'est comme le catéchisme pour les Conscients. Tu apprendras des notions de base sur notre espèce là-bas…

— Alors qu'est-ce qui est si drôle ? dis-je en fronçant les sourcils, même si je commence à comprendre.

— Rien. C'est juste que nous faisons ça pendant l'adolescence. Tu seras sûrement l'élève la plus âgée.

Il rit encore en secouant la tête.

Je me souviens que Gaius a parlé de son rôle de Héraut et comment il apprend qui ils sont aux petits Conscients. L'Orientation doit être l'étape suivante.

— S'il te plaît, ne me dis pas que je retourne au lycée.

Je regarde Felix avec une horreur seulement partiellement feinte.

— J'ai à peine survécu la première fois.

— Ce n'est qu'une fois par semaine, dit-il d'un ton rassurant avant de regarder l'entrée du restaurant. Ils sont là.

J'examine les nouveaux venus.

Pris séparément, il n'est pas immédiatement évident que ces gens sont les parents biologiques de Felix. Son père est majoritairement d'origine russe : il ressemble à un Caucasien bronzé, avec des traits slaves. Son gros ventre contraste particulièrement avec la minceur de Felix. Cependant, la plus grande différence réside dans la façon dont son père regarde les autres clientes féminines et moi : comme si nous étions des objets sexuels, et non des personnes.

La mère de Felix, au contraire, ne semble pas européenne du tout. Ses traits sont un mélange de caractéristiques asiatiques et du Moyen-Orient, son visage étant beaucoup plus rond que celui de Felix.

— *Kotek*, dit-elle et je sais que cela signifie « chaton » en russe, je pourrai donc taquiner Felix plus tard.

La famille de Felix fait partie des 5 % d'Ouzbekes parlant le russe au lieu – ou dans le cas de sa mère, en plus – de l'ouzbèke. C'est pour cela qu'ils vivent près de Brighton dominée par les Russes et c'est la raison pour laquelle Felix parle si bien le russe, mais presque pas l'ouzbèke.

Je ressens une pointe de jalousie en regardant ses

parents embrasser leur fils. Ma mère et mon père sont bien plus réservés dans leurs démonstrations d'affection.

— Sashen'ka, dit la mère de Felix en utilisant un des nombreux diminutifs de mon prénom qui est lui-même un diminutif d'Alexandra. Je suis contente de te revoir.

— Bonjour, Madame Fokin, dis-je en me levant pour lui serrer la main.

— Je t'en prie.

Elle attrape mon bras comme pour une manœuvre d'aïkido, mais au lieu de voler sur le sol, je finis dans ses bras, le visage presque enterré dans sa poitrine généreuse. Elle m'embrasse ensuite sur les joues, laissant certainement des traces de rouge à lèvres assorties à celles sur le visage de Felix.

— Je te l'ai déjà demandé. Appelle-moi Zamira.

Je m'extirpe de son étreinte avec un sourire gêné.

— C'est vrai. Pardon, Zamira.

— Et appelle-moi Ruslan, dit le père de Felix en faisant un pas vers moi, comme pour me prendre lui aussi dans ses bras.

À mon grand soulagement, Zamira lui jette un regard noir qui le pousse à rétrograder son câlin en une poignée de main plus formelle.

Sa main est moite et calleuse, alors je la relâche plus vite que ce que dicte sans doute l'étiquette.

Tout le monde prend une chaise et ouvre son menu.

J'observe les mots qui ne me sont pas familiers, mais avant d'avoir l'occasion de les déchiffrer, je suis submergée de suggestions de délicatesses ouzbèkes que « je dois goûter ».

Pour le premier plat – on « doit » avoir au moins trois plats dans ce restaurant –, je choisis une soupe nommée *lagmon*... une fois que Felix et son père m'ont tous les deux assurés qu'il n'y a pas de viande de cheval dedans. La viande de cheval fait partie de la cuisine ouzbèke traditionnelle. Et puis, au moins, ce ne sont pas des foies de chatons. Pour le deuxième plat, le hors-d'œuvre, je choisis des raviolis à la vapeur appelés *manti,* et pour le plat principal, je choisis une sorte de pilaf nommé *plov*. Un bon pain de type tandoor, le *lepyoshka*, accompagnera tout cela.

Notre serveur est un bel homme grand qui semble être russe plutôt qu'un authentique Ouzbek.

Il me voit le fixant et il me fait un clin d'œil.

Zamira lui jette le regard noir qu'elle avait réservé à son mari, et je grimace intérieurement. Pourquoi n'aime-t-elle pas que je reçoive de l'attention de la part des hommes ? Sauf si Felix a raison, et qu'elle pense toujours que nous sommes ensemble malgré les démentis de Felix.

Le père de Felix passe notre commande en russe et le serveur se dépêche d'échapper au regard de Zamira.

— Sasha et moi sommes en pause déjeuner, on ne peut pas quitter longtemps le travail, dit Felix après s'être assuré que le serveur soit parti. Pouvons-nous commencer par ce qui nous intéresse ?

Sans laisser à ses parents le temps d'accepter – car

ça ne serait sûrement pas le cas –, Felix se lance dans une explication au sujet de Fluffster.

— C'est intéressant, dit Ruslan quand son fils a terminé. Je peux vous dire tout de suite que ce domovoi n'est pas celui de Felix. Mon grand-père en avait bien un, mais il vit avec mon père en Russie.

Le serveur apporte nos boissons et nous interrompons notre conversation. Felix, Zamira et moi recevons des thés dans des bols au lieu de tasses. Ruslan a choisi quelque chose de plus fort : une boisson alcoolique nommée *bozo*. Quand je commence à ricaner, Felix précise que la préparation pétillante est faite à partir de millet bouilli et fermenté et qu'aucun clown, même ceux qui s'appellent Bozo, n'a été blessé au cours de l'élaboration de cette boisson.

Felix boit du thé de son bol avant de le reposer.

— Bon. Nous savons que ce n'est pas mon domovoi et qu'il n'a pas été laissé par un des voisins. Ce doit être celui de Sasha.

— C'est vrai, acquiesce Ruslan en posant son bozo. Mais cela ne signifie pas qu'il a vécu avec ses parents biologiques.

En se tournant vers moi, il demande :

— De quelle nationalité sont tes parents adoptifs ? S'agit-il de Conscients ?

— Non, ils sont juste américains, dis-je, honteuse de ne jamais m'être vraiment informée sur ce sujet.

— Felix et Ariel ont rencontré ma mère et elle n'avait aucune aura du Mandat. Je n'ai pas vu mon père depuis le Rite, mais je suis à peu près certaine qu'il n'est pas Conscient non plus. Quoi qu'il en soit, je vais le rencontrer bientôt et vérifier cela.

— Tous les immigrants américains ne viennent-ils pas de quelque part ? dit Zamira avec sagesse. En tout cas, si on creuse sur plusieurs générations.

— Oui, et la deuxième génération oublie souvent ses origines.

Ruslan jette un regard perçant à Felix, semblant signifier : « prends garde que tes enfants ne le fassent pas – à supposer que quelqu'un veuille avoir des enfants avec toi alors que tu n'as pas réussi à garder deux femmes parfaites ».

Le serveur apporte les soupes et le pain lepyoshka, alors je retiens ma réponse jusqu'à son départ.

— Je peux demander à mes parents s'ils ont des racines russes.

J'arrache un morceau de pain et j'examine ma soupe. Elle contient des nouilles épaisses et des morceaux gras de bœuf et d'agneau, ainsi que du poireau et de la ciboulette.

— S'ils ont du sang russe, demande-leur s'ils avaient des animaux domestiques, dit Ruslan en soufflant sur sa soupe *tushpera*.

— En parlant de ça – Zamira tient sa cuillère près de sa bouche – avais-tu des animaux domestiques en grandissant ?

Je prends prudemment une cuillerée de mon lagmon.

— Non.

— Peut-être quand tu étais petite ? demande Felix.

— Peut-être. Mais j'en doute. Ma mère est allergique au fait de s'occuper des choses.

Felix glousse… il a rencontré ma mère. Ses parents s'assombrissent cependant et je me souviens un peu tard de l'importance de respecter ses parents dans leur culture.

Afin de cacher mon faux pas, je porte la cuillère à ma bouche et la saveur épicée m'empêche de me concentrer sur autre chose pendant quelques instants. Je fais suivre la soupe par une bonne bouchée de lepyoshka et je résiste à la tentation de gémir de plaisir. Quand je reprends enfin mon souffle, je demande :

— Connaissez-vous une façon d'aider Fluffster, le domovoi lui-même, à se souvenir de ses origines ?

Ruslan pêche une raviole dans sa soupe.

— Chaque fois qu'un domovoi prend l'apparence d'un animal, il forme des souvenirs, mais lorsque cet animal meurt, les souvenirs ne passent pas à la forme suivante prise par le domovoi. Je crois que le mot est « l'amnésie » ? Je sais que c'est arrivé au domovoi de mon grand-père, au moins cinq fois.

— Donc, dis-je lentement en me laissant le temps d'appliquer la logique à cette idée étrange. Si je n'ai pas eu d'animal domestique, le dernier ensemble de souvenirs de Fluffster avant de devenir un chinchilla daterait de l'animal domestique qu'il a été pour ses derniers propriétaires… qui pourraient être mes parents biologiques.

Ruslan avale la raviole.

— Exactement.

— Existe-t-il une façon de le guérir de son amnésie ?

Je tourne ma cuillère dans la soupe. Je suppose que la réponse sera négative.

— Non, dit Zamira.

— Peut-être, dit Ruslan en même temps.

Zamira fronce les sourcils en regardant son mari.

— Tu parles de cette histoire à dormir debout ? Ton grand-père plaisantait sans doute, et puis nous ne savons pas si elle est la même Baba Yaga que…

— Tu me laisses parler, femme ? dit Ruslan avec sévérité en posant sa cuillère.

À mon avis, la façon dont il a frappé la table avec sa cuillère frise le caprice, mais Zamira arrête de parler et le pire est qu'elle prend un air contrit.

Le serveur apporte le deuxième plat. Tout le monde reste assis dans un silence gêné pendant quelques longues secondes avant que Ruslan se remette à parler.

— Le domovoi de mon arrière-grand-père était un chien, dit-il. Et puis un jour, mon grand-père a trouvé son père et le chien morts. Alors quand il a pris un chat – que le domovoi a immédiatement possédé – mon grand-père a voulu demander ce qui était arrivé au domovoi. Cependant, il a été confronté au même problème que toi.

Il semble peiné par ce souvenir et je me demande s'il était présent au cours de ce drame familial.

Zamira pose une main rassurante sur l'épaule de son mari lorsqu'il dit :

— Mon grand-père a consulté Baba Yaga et elle l'a aidé à retrouver ses souvenirs…

— Pour un certain prix, précise Zamira.

— C'est vrai, acquiesce Ruslan d'un air morose. Il n'a pas pu contrôler le sable qu'il aimait tant pendant une décennie après avoir vu la sorcière.

Je réfléchis et je hausse les épaules.

— Étant donné à quel point mes rêves prophétiques sont peu fiables, vivre sans durant dix ans ne serait pas un trop grand fardeau.

— Ne dis jamais une telle chose à voix haute.

Zamira regarde autour d'elle comme si la sorcière de l'histoire pouvait soudain bondir hors de sa cachette.

Felix avale sa nourriture et dit :

— Tu ne veux pas dire que la Baba Yaga de cette histoire est la même personne qui possède le restaurant à quelques pâtés de maisons d'ici ? *Izbushka Na Kurih Nojkah* ?

Il me regarde et il précise :

— Ça signifie « une hutte sur pattes de poulet ».

— Je n'en ai aucune idée, dit Ruslan en fourrant un samossa dans sa bouche. Ça ne semble pas très probable, n'est-ce pas ?

— Baba Yaga est une sorcière des contes russes, explique encore Felix. Et il se trouve qu'il y a une sorcière Consciente à New York portant le même nom. Elle a mauvaise réputation.

— Avec un nom comme Baba Yaga, ce n'est pas étonnant.

Zamira découpe élégamment un petit morceau de son kebab avant de poursuivre.

— Même si ce n'est pas *la* Baba Yaga, pense au genre de personne qui adopterait ce nom. Que dirais-tu de quelqu'un prenant un alias comme « La Vilaine Sorcière de l'Ouest » ?

— C'est la Méchante Sorcière de l'Ouest, rectifie Felix, et il reçoit un regard noir de la part de ses deux parents.

— Si j'étais toi, je chercherais un autre moyen de découvrir qui sont tes parents, me dit Ruslan.

— En ce cas, pourquoi lui as-tu raconté cette histoire ? demande Zamira.

Je m'attends à un autre caprice de Ruslan, mais il se contente de soupirer.

— Tout le monde a le droit de connaître ses origines.

Un long silence s'ensuit. Je pique mon manti/ravioli avec la fourchette et je me demande si j'aimerais aller voir quelqu'un qui a pris le nom de la Méchante Sorcière de l'Ouest si cette personne pouvait m'en apprendre plus sur mes parents biologiques.

— Alors, dit Zamira en jetant un regard sévère à Felix, si tu n'es pas avec Sashen'ka ou Arielechka comme tu le prétends, comment suis-je censée avoir des petits-enfants ?

Je manque m'étouffer avec mon ravioli et Felix devient si écarlate que je crains que quelqu'un veuille préparer un borscht avec lui.

— Il se trouve que j'ai rencontré quelqu'un, dit Felix

lorsque sa couleur diminue jusqu'à prendre la teinte de l'ancien drapeau soviétique. C'est juste que je ne veux pas me porter malchance en en parlant.

Je suis tentée de lui demander d'autres détails, mais je ne le fais pas au cas où il viendrait d'inventer cela pour apaiser ses parents… ce qui est probable.

Je mange un autre ravioli et je remarque que Zamira me fixe. M'examine-t-elle à la recherche de signes de jalousie à cause de la révélation de Felix ?

Le serveur arrive juste à temps pour éviter que Felix doive donner des détails sur la fille mystérieuse – et peut-être imaginaire.

— Si tu n'es pas avec Felix, as-tu un homme dans ta vie ? demande Ruslan d'un ton que j'utiliserais pour dire quelque chose du genre « es-tu vraiment sûr d'avoir vu ce Chupacabra sous le train ? »

Je me sens rougir.

— Non. Je suis très célibataire.

Felix rougit encore. Il vient sûrement de se souvenir de ce qu'Ariel lui a appris l'autre jour : que je n'ai pas eu de relation depuis deux ans.

Notre serveur apporte le plat principal juste à temps. Dès qu'il est parti, j'oriente la conversation vers la cité de Samarcande : un sujet auquel Zamira et Ruslan ne pourront pas résister.

Pendant que je mange mon *plov*, j'apprends tout sur leur ville d'origine, qui est « l'une des villes les plus anciennes d'Asie centrale à être continuellement habitée ».

Nous parvenons à rester sur ce genre de sujet plus

sûr pendant le restant du repas. Lorsque le serveur apporte la note, j'indique les restes de mon plat et je dis :

— C'était le meilleur plat de riz que j'ai mangé. De manière générale, la nourriture était excellente.

Mes paroles font encore plus plaisir aux Fokin qu'au serveur, et ils insistent pour que je vienne chez eux très prochainement afin d'essayer des versions faites maison des plats que je viens de manger.

— C'est une bonne idée, dis-je aussi évasivement que possible tout en posant ma carte de crédit sur la note.

— Qu'est-ce que c'est ?

Ruslan regarde ma carte comme si elle risquait de le mordre.

— je paie le déjeuner, dis-je. Vous m'avez tellement aidé et…

— Non.

Il prend la carte et il la pose devant moi.

— Pas question.

Je hausse les épaules et je reprends ma carte en décidant de leur envoyer un joli cadeau pour leur prochain anniversaire de mariage.

Ruslan paie la note et nous faisons nos adieux.

Je dois retourner au travail, mais comme cela ne se trouve qu'à quelques pâtés de maisons, je décide d'aller jeter un coup d'œil au restaurant où se cache la sorcière des légendes russes.

Grâce à mon téléphone, je le trouve facilement sur Yelp. La méchante sorcière fait preuve de rigueur :

l'endroit possède des commentaires à cinq étoiles plus ou moins unanimes.

En passant les deux pâtés de maisons et demi, j'aperçois l'endroit. Je n'avais pas vraiment besoin de l'adresse. Étant donné ce que les Fokin m'ont dit, j'aurais pu le trouver visuellement.

Le restaurant a été conçu de façon à imiter une hutte géante à plusieurs étages, et elle possède des pattes de poulet à l'endroit où d'autres bâtiments auraient des colonnes.

Je m'approche et je touche les pattes. On dirait qu'il s'agit de véritables peaux de poulet. C'est effrayant. Il doit s'agir d'une sorte de latex spécial.

Je monte en courant l'escalier en bois qui craque jusqu'à l'entrée de la hutte, et je tire sur la poignée.

La porte est fermée à clé.

Je vois alors le panneau avec les heures d'ouverture. Le restaurant est fermé en ce moment et n'ouvrira qu'à dix-sept heures. Je programme le numéro écrit sur le panneau dans mon téléphone et je règle une alarme pour appeler l'endroit à dix-huit heures… ce qui devrait leur donner une heure pour ouvrir.

Je cherche une voiture sur Uber et je m'appuie contre un lampadaire en utilisant ce temps pour vérifier mes e-mails de travail.

Il y a quelques messages de Nero, mais avant que je puisse les lire, je suis saisie d'une sensation impossible à décrire, mais très familière.

C'est le même sentiment de danger que lorsqu'une

brique a failli me frapper, mais il est beaucoup plus violent.

Une poussée d'adrénaline accélère brusquement mon pouls et je lève la tête de mon téléphone.

Un fourgon noir fonce vers moi à la vitesse d'une voiture de course.

CHAPITRE HUIT

Je saute sur le côté.

Le fourgon frappe le lampadaire contre lequel je venais de m'appuyer.

Le crissement du métal cassant le plastique assaille mes oreilles et l'odeur de caoutchouc brûlé envahit mes narines.

Sans plisser les paupières, je fixe le fourgon dont l'avant se transforme en accordéon sous la pression et fais pencher le lampadaire vers moi.

Avec un grognement de métal, la base du lampadaire se détache du trottoir et tombe comme un arbre coupé.

Je saute sur le côté une seconde avant que le panneau de sens unique attaché au lampadaire ait le temps de transpercer mon cou.

Incrédule, j'observe le désastre devant moi en haletant.

Cela vient-il vraiment de produire ?

Et quel était le problème de ce conducteur ?

En me rendant compte que l'idiot pourrait être en danger, je sors mon téléphone avec les doigts tremblants et je compose le 911 pour signaler l'accident.

Lorsque l'on me demande comment va le conducteur, je leur dis que je n'en ai aucune idée. La voiture est trop abîmée pour voir à travers le pare-brise, et j'ai peur de m'approcher pour vérifier.

Étant donné la chance que j'ai aujourd'hui, la voiture pourrait exploser, ou pire.

Une fois que j'ai raccroché, il me vient à l'esprit que la malchance – ou en tout cas, la malchance à elle seule – n'est peut-être pas la raison de toutes ces mésaventures. Je cherche frénétiquement Chester dans la foule de curieux qui se forme.

Il s'agit du deuxième accident de la journée.

Si l'ancien Conseiller n'est pas impliqué, c'est vraiment une sacrée coïncidence.

Mes mains arrêtent enfin de trembler, et lorsque j'entends des sirènes, je sors mon téléphone pour vérifier la voiture qui est censée venir me chercher.

J'aurais dû le deviner.

La voiture est déjà là.

C'est celle qui a failli me tuer.

J'inspire profondément et j'appelle une nouvelle voiture. Pendant ce temps, un camion de pompiers et une ambulance arrivent sur la scène au milieu du hurlement strident de leur sirène.

Je regarde avec une curiosité morbide les pompiers

qui forcent sur la voiture endommagée pour l'ouvrir. Lorsque la portière s'ouvre, j'entends la personne à l'intérieur crier quelque chose de la voix féminine la plus grave que j'ai jamais entendue. Soit cela fait cinquante ans que cette dame fume des cigarettes sans filtre, soit c'est un étrange effet secondaire de l'accident.

— Reposez-moi, rugit-elle quand les secours l'attachent sur un brancard. Vous ne voyez pas que je vais bien ?

Ma voiture arrive et lorsque je monte à bord, j'aperçois la femme qui crie toujours sauter de son brancard et partir en courant comme une folle.

Comment fait-elle pour être aussi en forme après cet accident terrible ?

Lorsque nous nous éloignons, je l'aperçois brièvement et je me rends compte que ceci n'était peut-être pas une femme après tout. Même si elle a de la poitrine, elle est solide comme Hulk. Est-elle championne de body-building ? En tout cas, son physique pourrait partiellement expliquer comment elle fait pour bouger après l'accident.

Même si je ne distingue pas très bien son visage, je vois une couche de maquillage aussi épaisse qu'un mur et des traits qui ont dû être exagérés par l'utilisation de stéroïdes anabolisants. Ou alors, comme le type précédent, elle a de l'ADN de Neandertal.

Quelque chose en rapport avec cette idée d'ADN fait naître une théorie nébuleuse, mais j'ai beaucoup de difficultés à réfléchir avec toute l'adrénaline encore présente en moi.

Pour me calmer, je commence les exercices de respiration que Lucretia m'a appris l'autre jour. Après quelques minutes, j'arrive à me convaincre d'affronter les e-mails de Nero.

Comme le veut la nouvelle routine, le premier message est rempli de bonnes nouvelles. Apparemment, Nero a demandé à un trader d'investir selon mes suggestions et quelques actions ont déjà doublé de prix depuis le déjeuner – ce qui est un succès presque sans précédent. C'est particulièrement étrange, car ces actions extraordinaires viennent de la liste que je n'ai pas du tout analysée, dont j'ai seulement utilisé les noms afin de titiller mon intuition.

Mes pouvoirs ont-ils aidé avec ses actions, ou bien ai-je juste de la chance ? D'ailleurs, mes pouvoirs ont-ils sauvé lorsque les accidents récents ont presque eu lieu ?

Si oui, est-ce que cela peut être la raison pour laquelle je n'ai pas eu de rêves prophétiques dernièrement ? J'aurais certainement eu l'utilité d'un rêve pour m'avertir des choses tombant sur ma tête et des voitures essayant de s'écraser contre moi, mais peut-être que les rêves ont « su » d'une certaine façon que je m'en sortirais bien toute seule ?

Et si j'ai utilisé une intuition surnaturelle, était-ce ce que Nero voulait dire en parlant de vision éveillée ? Si c'est le cas, c'est un terme terrible, car je m'attendais à ce que quelque chose de ce nom soit, eh bien, plus *visuel*.

Je n'ai pas besoin de pouvoir de voyance pour deviner le contenu du mail suivant, et Nero ne me déçoit pas. Il veut que je fasse des recherches sur d'autres actions et cette liste est encore plus longue. Clairement, mon patron se moque complètement de la façon dont je lui fais gagner autant d'argent, il veut simplement traire cette vache à lait jusqu'au bout.

Lorsque je me rends compte que je me suis déjà comparée deux fois à une vache aujourd'hui, je décide dorénavant d'utiliser la métaphore de la poule aux œufs d'or.

Comme je m'en suis tellement bien sortie avec mes choix d'actions sans faire de recherches, je vais appliquer cette « stratégie » à trois quarts des actions sur cette nouvelle liste… ce qui devrait me permettre de passer environ cinq minutes sur chaque élément du quart restant et avec un peu de chance, de rentrer chez moi à une heure raisonnable.

Je commence à travailler sur mon téléphone, mais un texto d'Ariel interrompt mon jeu de devinettes financières.

Felix m'a raconté l'accident sur le chantier. As-tu déjà parlé à Nero ?

J'envoie un texto à Felix pour lui faire savoir qu'il est le plus grand colporteur de ragots que j'ai jamais rencontré et j'envisage de suivre le conseil de mon amie.

Avec tout le travail que je fais pour mon patron, pourquoi ne pas le forcer à être utile, pour changer ?

En ouvrant ma messagerie de travail, j'écris un message très bref à Nero :

Puis-je te parler en personne ?

Sa réponse est presque instantanée.

J'ai un créneau mardi à 11 h.

Il va me faire attendre quatre jours ? Je serre la mâchoire et je commence à écrire une réponse colérique avant de m'arrêter. Pourquoi suis-je si contrariée ? Étant donné à quel point j'avais des réticences à lui parler pour commencer, cette réaction est irrationnelle. Je suppose que je veux qu'il prenne son rôle de mentor au sérieux. D'un autre côté, il ne sait pas que ceci a un rapport avec cela.

Je modifie mon coup de gueule en :

C'est urgent. Besoin de toi comme mentor.

Cette fois, sa réponse est encore plus rapide :

Peux-tu parler au téléphone maintenant ? S'il faut que ce soit en personne, je ne rentre de San Francisco que demain.

Je ne savais pas qu'il était absent. Cela rend sa proposition du mardi légèrement plus raisonnable, alors je suis ravie d'avoir changé d'avis concernant mon mail méchant.

Mon téléphone sonne avant que j'aie le temps d'envoyer une réponse affirmative.

C'est un appel vidéo de Nero.

Inspirant profondément pour me calmer, je décroche.

Nero doit être à la salle de sport, car je vois

l'équipement de torture derrière lui. Je ne suis pas étonnée que la salle de sport chic dans laquelle il se trouve soit équipée par le meilleur équipement de visioconférence, ce qui signifie que mon patron n'a pas besoin de tenir un téléphone, comme nous autres. Ce qui est plus dérangeant, c'est que cet équipement vidéo me donne un très bon aperçu de la sueur sur le front de Nero et des veines qui apparaissent sur les muscles gonflés sous son tee-shirt sans manches moulant.

Un tee-shirt qui donne l'impression qu'il vient d'être trempé dans du caramel.

En constatant que je le fixe en salivant – à l'idée du caramel, bien sûr – je relève mon regard vers son visage. Vois-je de l'inquiétude dans ses traits de prédateur, ou de l'irritation parce que sa séance d'entraînement a été interrompue par un sous-fifre sans importance ?

— Est-ce qu'on t'a fait du mal ?

Son menton fort et ses pommettes saillantes, soulignées par la sueur de son visage, lui donnent une expression particulièrement féroce.

S'il se mettait soudain à grogner et à mordre la caméra, je ne serais que légèrement surprise.

— Je vais bien, dis-je. Mais j'ai failli mourir.

— Raconte-moi tout.

Il croise les bras sur son torse. Je ne sais pas si son objectif était de montrer ses biceps et ses pectoraux, mais le geste accomplit cela avec succès.

Je me concentre afin de maintenir le contact visuel et d'éviter de reluquer le corps terriblement canon de mon patron. Je lui raconte mon plongeon récent dans le port, les choses qui ont failli me tomber dessus, et l'accident de voiture. Je mentionne également ma théorie au sujet de Chester.

— Tu fais bien de m'informer au lieu d'impliquer les autorités, dit Nero quand j'ai terminé. Je vais rappeler à Chester comment il peut faire pour rester en vie.

La façon dont il le dit me fait frissonner. Je ne voudrais certainement pas être à la place de Chester s'il m'arrivait quelque chose.

Je vois un mouvement derrière Nero. Un visage que j'ai récemment aperçu sur la couverture du magazine Forbes apparaît à la caméra et dit :

— Tout va bien ? J'aurais besoin d'un coup de main.

Je le fixe, stupéfaite. Le partenaire d'entraînement de Nero est le PDG d'une plateforme de réseaux sociaux populaire et l'une des personnes les plus riches de la planète. Il a sans doute gagné plus que mon salaire annuel au cours des quelques minutes qu'il a dû attendre Nero à cause de moi.

— Tout va bien, dit Nero à son pote milliardaire. Donne-moi juste une seconde.

— Je n'ai rien de plus à ajouter, dis-je aussi vite que possible. Tu devrais y aller.

— Malgré tout, parlons-en en personne mardi.

Nero tend le bras pour toucher quelque chose sur la caméra devant lui : un mouvement qui m'offre un gros plan sur son bras musclé.

— Bien sûr, dis-je à bout de souffle, et la communication est interrompue.

Je retourne à ma liste d'actions en secouant la tête, fixant mon téléphone pendant le reste du trajet.

Lorsque j'arrive à mon bureau, je parviens à avancer beaucoup plus vite dans mes recherches, grâce aux écrans multiples et au clavier adapté. J'en suis presque à la moitié quand j'ai tellement faim que cela m'empêche de me concentrer.

Je me rends à la cafétéria et je prends un curry vert Thaï avec du riz collant à la mangue. Pendant que je fais la queue à la caisse, mon téléphone me rappelle de joindre Baba Yaga.

Je compose le numéro.

— *Izbushka Na Kurih Nojkah*, dit une voix féminine agréable parlant le russe couramment.

— Bonjour. Pourrais-je parler avec la propriétaire de votre établissement ?

— Je transmets votre appel au manager, dit la fille avec un fort accent. Ne quittez pas.

— *Dobriy vecher*, dit une voix masculine quelques secondes plus tard.

Une voix d'os secs pulvérisés par un mortier géant.

— Bonjour, dis je avec méfiance. Je voulais parler à la propriétaire. Est-elle présente ?

— Et vous êtes ? demande l'homme dont l'anglais est meilleur que sa collègue.

— Je m'appelle Sasha. Vous ne me connaissez sûrement pas, mais…

— Vous êtes venue fouiner plus tôt dans la journée ? Vous avez touché une des pattes de poulet ?

— Euh, oui…

— Vous êtes Sasha Urban, n'est-ce pas ? Une nouvelle membre de notre illustre communauté ?

Ce restaurant est-il une couverture pour le KGB ? Comment peut-il savoir que je suis venue plus tôt ? Et d'ailleurs, comment connaît-il mon nom ?

— C'est moi, dis-je prudemment. Existe-t-il une newsletter de la communauté dont je n'ai pas connaissance ?

— Nous prenons soin d'être bien informés à l'*Izbushka,* dit-il fièrement.

— D'accord.

J'essaie de ne pas paraître aussi mal à l'aise que je me sens.

— Puis-je parler à Madame Yaga ?

Un bruit effroyable sort du téléphone et il me faut quelques instants pour comprendre que ce type est en train de rire.

— Elle ne parle jamais au téléphone à qui que ce soit, mais elle vous parlera en face à face.

— Ce serait sûrement mieux, dis-je en regrettant de ne pas le croire moi-même. Pouvez-vous fixer un rendez-vous pour moi, s'il vous plaît ?

— Soyez là lundi à onze heures, dit-il d'un ton autoritaire. Ne soyez pas en avance. Ne soyez pas en retard. Demandez-moi et je vous conduirai jusqu'à elle.

— Et vous êtes ?

Je pose mon plateau à côté de la caisse et je tends ma carte de crédit.

— Où sont mes manières ? dit la voix d'un ton

moqueur. Je suis Koschei. Vous pouvez me considérer comme le manager de cet établissement.

— D'accord, Monsieur Koschei. À lundi.

Le manager caquette encore comme un méchant dans les films. Ce type semble s'amuser des termes honorifiques de Monsieur et Madame. Il parvient enfin à contrôler son rire et dit :

— À bientôt, *Mademoiselle* Sasha.

Je raccroche et j'essuie mes paumes de main poisseuses sur ma robe avant d'attraper mon plateau et de retourner au bureau.

Le reste de la journée s'écoule comme dans un brouillard. Quand j'ai fini ma charge de travail inhumaine, je suis complètement épuisée. J'ai mal au cou, mal aux yeux, et je pourrais dormir vingt heures à la suite.

Éteignant mon ordinateur pour le week-end, je retire mes chaussures à talons de travail, j'enfile des ballerines et je sors.

Typiquement, le vendredi je prends ma vespa, mais comme elle est morte honorablement, mes options sont le métro ou un taxi.

Tous les taxis jaunes qui passent sont déjà occupés, et lorsque je sors mon téléphone, je vois que les applications d'appels de voiture ont un pic d'utilisateurs, ce qui signifie qu'il me faudra attendre plus longtemps et payer très cher. Comme le métro ne se trouve qu'à un pâté de maisons, je m'y traîne.

Je somnole pendant le reste du trajet, mais je me réveille à temps pour sortir à ma station.

En marchant sous les lampadaires, je fais une analyse déprimante de ma vie. Une partie de la raison pour laquelle je voulais quitter le fonds d'investissement de Nero et devenir une illusionniste, c'était l'espoir de pouvoir voir la lumière du jour. Maintenant que ma carrière dans la magie a disparu, la charge de travail supplémentaire qu'il me donne sans cesse me fait…

Mes pensées sinistres sont interrompues par un piéton et son chien près de là.

Le chien est une monstruosité acajou de la race des Mâtins de Naples. C'est une créature massive qui semble peser au moins 70 kg pour 90 cm de haut.

Ayant été attaquée par un carlin quand j'avais huit ans, je suis mal à l'aise. Voir des chiens pareils éveille les mêmes émotions en moi que ce que nos ancêtres primitifs devaient ressentir à la vue d'un lion… d'accord, les anciens humains auraient sans doute été légèrement plus calmes s'ils avaient vu un lion en laisse marcher à côté d'une autre personne.

Peu importe à quel point ce chien est effrayant, c'est son propriétaire qui attire mon attention. Il est tellement énorme et musclé du dos que son chien ressemble à un chihuahua par comparaison. Que se passe-t-il avec toutes ces personnes géantes ? Est-ce que quelqu'un a ajouté des stéroïdes dans l'eau du robinet ?

Je me souviens alors de la semi-théorie qui m'est passée par la tête quand j'ai vu la femme qui avait failli me frapper avec la voiture.

En marchant plus vite, je passe la main dans mon sac et j'y dissimule mon téléphone, de telle façon que le grand type ne le verra pas quand je passerai devant lui.

J'accélère et lorsque le chien s'arrête pour un besoin naturel, je les dépasse.

Sans regarder en arrière, je prends discrètement une photo avec la caméra de mon téléphone et je ralentis ma démarche.

Dans ma vision périphérique, je vois le grand type et son chien passer à côté de moi, alors je m'accroupis pour faire semblant d'attacher mes lacets inexistants.

Quand ils sont à quelques mètres devant moi, je pousse un soupir et je vérifie la photo que je viens de prendre.

Comme je le craignais, cet homme a également le look Neandertal. En fait, son pourcentage de cet ADN pourrait bien être plus élevé que celui du type du chantier et de la femme de l'accident.

Je me lève, je me tourne et je m'éloigne de l'homme massif avec son chien d'un pas rapide.

Cela fait deux fois aujourd'hui que j'ai vu des gens avec un génotype spécifique, et deux fois que j'ai failli me faire tuer dans un accident.

Coïncidence ? C'est peu probable.

Et maintenant, je viens de voir une autre personne qui pourrait être le grand frère des deux premiers.

De plus, quand je me noyais, j'ai vu quelqu'un d'extrêmement grand à travers l'eau.

Alors, pour une raison qui m'est inconnue, un groupe de personnes qui se ressemblent cherche à me faire du mal. Je devrais peut-être avoir honte du stéréotype de Neandertal, mais j'ai des difficultés à croire que ce type n'est pas d'une certaine manière relié aux personnes précédentes avec cette silhouette.

Je suis sans doute au bord d'un autre « accident ».

Mon cœur bondit contre ma poitrine lorsque j'accélère le pas. Avec un peu de chance, pour Chester ou d'autres observateurs, je semble juste être pressée, comme n'importe quelle autre New-Yorkaise.

Je suis à quelques pâtés de maisons de mon immeuble, et même si je prends un chemin détourné pour y arriver, je devrais être rentrée dans quelques minutes, à ce rythme-là.

Quand j'atteins le coin de la rue, je jette un coup d'œil en arrière vers l'homme suspect et son complice canin avant de tourner.

Ils se trouvent à plus d'un demi-pâté de maisons de moi, ce qui est une bonne chose, mais le propriétaire me regarde directement, ce qui n'est pas une bonne chose.

Le géant semble à la fois énervé et déçu.

Je crois que jusqu'à maintenant, il ne s'était pas rendu compte que je m'étais éloignée.

À ma grande horreur, il crie quelque chose à son chien et il défait la laisse.

Les plis de la tête écrasée du chien semblent former un ricanement diabolique lorsque la créature massive me charge.

CHAPITRE NEUF

Je tourne les talons et je cours vers mon immeuble.

En un court instant, je passe dans la partie fuite de la réaction de fuite ou combat. Mon cœur bat à toute vitesse et je sens presque le goût du cortisol et de l'adrénaline dans ma bouche qui se dessèche rapidement.

C'est exactement ce que les peuples primitifs ont dû ressentir quand ils étaient pourchassés par ce lion hypothétique.

Pendant que mes pieds frappent le trottoir, je pense à Netflix. Ils ont récemment eu un documentaire sur l'entraînement K9, où des gens en costumes rembourrés se faisaient vicieusement mordre les bras, les jambes et les fesses.

Je donnerais n'importe quoi pour avoir un de ces costumes rembourrés maintenant.

La bête derrière moi grogne et aboie.

Je n'ose pas regarder par-dessus mon épaule, mais le bruit semblait plus proche qu'un demi-pâté de maisons, ce qui signifie que le chien me rattrape.

Déversant toute ma volonté dans les muscles plombés de mes jambes, je cours de toutes mes forces.

La rue devant moi se transforme en un tunnel sombre.

La flexion de mes jambes et les battements de mon cœur sont comme une application que je fais travailler en arrière-plan, tout comme le tempo rapide de ma respiration haletante.

L'aboiement grogné se répète, beaucoup plus près cette fois.

Je passe le coin de la rue et je vois enfin mon immeuble, ce qui m'encourage.

Mes poumons cherchent désespérément l'oxygène et j'ai l'impression que mes jambes expulsent l'acide lactique par mes pores, mais je lutte pour surmonter ces désagréments avec ma volonté de fer.

Ignorant la douleur, je me concentre sur mon immeuble… qui ne se trouve plus qu'à quelques mètres.

Les griffes du chien grattent le trottoir derrière moi lorsque j'ouvre la porte du vestibule.

Je suis presque en sécurité quand une mâchoire énorme se referme sur le bas de ma robe, me tirant en arrière.

Avec un cri, je m'agrippe à la porte et je me pousse en avant, laissant un morceau de tissu dans la mâchoire de la créature juste avant de claquer la porte.

Gardant en tête le propriétaire malveillant du chien

– ainsi que le fait que certains chiens savent ouvrir les portes – je file jusqu'aux escaliers et je monte à mon étage.

Me faire presque dévorer les fesses a fait des merveilles pour les muscles douloureux de mes jambes.

Quand j'arrive dans le couloir, je redoute d'être accueillie par l'homme de Neandertal ou son chien, mais il est vide.

Ne prenant aucun risque, je me précipite vers ma porte et je ne me permets un soupir de soulagement qu'en verrouillant la porte derrière moi.

Je suis violemment assommée par la baisse soudaine de l'adrénaline. D'un seul coup, mes jambes se liquéfient et je m'appuie contre le mur avant de glisser jusqu'à m'asseoir sur le sol.

C'est ainsi qu'Ariel et Fluffster me retrouvent en sortant de la chambre d'Ariel après quelques secondes.

— Qu'est-ce qui ne va pas avec elle? demande Fluffster à Ariel dans un message mental de groupe qui résonne également dans ma tête.

— Sasha?

Ariel s'accroupit devant moi.

— Qu'est-ce qui ne va pas?

Je lèche mes lèvres sèches.

— Je viens de faire une séance de cardio très intense… comme tu m'as toujours dit de le faire.

— Elle est en état de choc, nous dit mentalement Fluffster, et quand je regarde son visage, j'aurais pu jurer que le domovoï parvient à transformer ses traits de rongeurs en une expression d'inquiétude très humaine.

Je reprends mes esprits en faisant un effort.

— Ça va aller.

Je retire mes ballerines et je commence à masser mes mollets brûlants.

— J'ai été pourchassée par un chien, c'est tout.

Je leur fais alors un récit de ma journée, et je les vois devenir tous les deux de plus en plus perturbés.

— Je t'ai dit de ne pas quitter la maison, projette sévèrement Fluffster dans mon esprit quand j'ai fini mon histoire.

— Et je t'ai dit de me prendre partout où tu iras, dit Ariel à voix haute, tout aussi durement.

— Je ne vais pas être prisonnière de ma maison.

Je fais glisser mes jambes afin d'étirer mes ischio-jambiers douloureux.

— Et tu ne peux pas non plus m'accompagner partout en tant que chaperon.

— Peux-tu au moins me laisser t'escorter quand je suis libre ? demande Ariel avec un regard suppliant.

Je lui souris.

— Bien sûr. Et je vais aussi acheter un pistolet dès demain matin.

Je regarde Fluffster. Que sait un chinchilla paranormal avec une amnésie récurrente au sujet des armes ? Juste au cas où, je décide de lui expliquer.

— Fluffster, les pistolets sont ces objets qui peuvent…

— Je sais à quoi servent les pistolets, aboie le

domovoi. J'ai vu Ariel nettoyer le sien et surtout, j'ai YouTube.

— C'est bon à savoir. Maintenant, il me faudrait de l'eau.

Je rassemble mes pieds sous moi, puis je m'accroupis et je tends la main vers Ariel. Elle se lève et elle m'aide à remonter.

Je marche en boitillant jusqu'à la cuisine, je me verse un verre d'eau et j'attrape une boîte de céréales pour ingérer du sucre bienvenu.

Ariel et Fluffster, qui m'ont suivi, me regardent m'asseoir sur ma chaise comme une femme de quatre-vingt-dix ans.

— Bon.

Ariel marche jusqu'à la cafetière et elle y verse des grains frais.

— Je t'accompagne chez cette Baba Yaga.

— J'y vais aussi, dit Fluffster, qui semble moins sûr de lui qu'Ariel.

— Très bien.

J'ouvre la boîte de céréales, je fourre des glucides dans ma bouche et je les fais passer avec de l'eau.

— Dans tous les cas, il se pourrait que j'aie besoin de toi là-bas, dis-je à Fluffster. Enfin, si tu as envie de retrouver la mémoire.

Fluffster saute d'abord sur mes genoux, puis sur la table.

— Pas si cela te met en danger. Je ne sais pas si mes souvenirs en valent la peine.

— Je ne serai pas en danger si Ariel nous accompagne.

Je pose un petit tas de céréales devant Fluffster.

— Et si tu récupères tes souvenirs, je pourrais apprendre qui sont mes parents biologiques… et ça, ça en vaut la peine pour moi.

Fluffster fait craquer son encas entre les dents au lieu de me répondre, et je reporte mon attention sur Ariel, remarquant pour la première fois à quel point elle est bien vêtue.

Avec ses talons hauts et sa robe moulante, elle aurait pu sortir tout droit d'un magazine de mode.

— Tu vas quelque part ? m'enquis-je en examinant son maquillage impeccable et le minuscule sac sur son épaule.

Elle me jette un regard coupable en se versant une tasse de café.

— Il y a une fête. Des gens de médecine que tu ne connais pas.

Ariel n'est pas aussi mauvaise menteuse que Felix, mais je suis certaine qu'elle invente l'histoire sur le moment.

— Une fête avec ton « ami » Gaius ? dis-je d'un ton rusé.

Elle s'assoit et cache ses yeux en soufflant sur son café.

— Une fête.

— N'allons-nous pas déjà à une fête demain soir ? dis-je, incapable de la laisser tranquille.

— Demain, nous allons en boîte.

Elle lève les yeux de sa tasse, les coins de sa bouche remontant pour former un sourire.

— Il me tarde que tu voies l'Earth Club et…

— N'est-ce pas beaucoup de fêtes ? Même pour toi ?

Attrapant encore une poignée de céréales sucrées, je les fourre dans ma bouche et je me prépare à entendre d'autres démentis et rétropédalages de la part d'Ariel.

— Un colis est arrivé pour toi par la poste.

Elle se lève et elle attrape un colis jaune en haut du frigo.

— Il vient de *Darian*.

Elle souligne le nom, égalant mon ton rusé précédent.

— Je parie que c'est le cadeau de Jubilée qu'il a promis.

Je lui arrache le cadeau des mains et je fixe le nom de Darian sur la section « expéditeur » de l'étiquette avant de me rendre compte que je n'ai encore jamais vu un changement de sujet aussi magistral. Je décide de le laisser passer et j'étudie l'adresse sur le colis.

Je suis déçue de voir que Darian a inscrit l'adresse du studio télé où il a fait semblant de travailler, au lieu de sa véritable adresse.

Tant pis pour mon idée foireuse de le harceler chez lui afin de recevoir un véritable entraînement de voyante.

Explosant presque de curiosité, je déchire le paquet.

Je regarde son contenu, complètement découragée.

L'objet noir à l'intérieur ne peut être qu'une seule chose, mais ça ne fait aucun sens.

— Son cadeau est une VHS ?

Je jette un coup d'œil à Ariel pour avoir des explications, mais mon amie se contente de hausser les épaules.

— On enregistrait des films sur ces choses-là, mais on a arrêté de les utiliser avant que je te reçoive, dis-je à Fluffster en lui montrant le machin en plastique noir. Hollywood a arrêté de les vendre il y a plus de dix ans.

Fluffster hoche sagement la tête. Il n'a clairement pas vu de documentaire YouTube sur les cassettes vidéo.

Ariel arrête de souffler sur son café assez longtemps pour me jeter un regard hésitant.

— Felix a peut-être un lecteur dans lequel tu peux le mettre ?

— Bien sûr, dis-je. Il le garde juste à côté de son boulier et de son modem de première génération.

— Pas besoin d'être sarcastique.

Ariel sort son téléphone et tapote quelque chose.

— Sa chambre est remplie de bazar informatique.

— Le matériel informatique dernier cri n'a rien à voir avec un magnétoscope antique, dis-je. Ce n'est pas grave, je parie que je peux trouver ce qu'il me faut en ligne.

— Ne devrais-tu pas demander à Felix avant d'acheter quelque chose d'inutile ? intervient Fluffster d'un ton mental assez grognon. Cette maisonnée fonctionne déjà assez difficilement comme ça.

— Qu'est-ce qui t'a donné cette idée ?

J'attrape des céréales dans la main et je bouge

comme pour les poser devant lui, mais je m'arrête au dernier moment.

— Tu as piraté mon compte bancaire, ou quoi ?

— J'ai fait une déduction logique, répond Fluffster sans jamais quitter ma main des yeux.

Me sentant coupable d'utiliser son encas préféré comme un chantage sous-entendu, je pose les céréales à côté du chinchilla et je le gratte sous le menton.

Le téléphone d'Ariel annonce l'arrivée d'un message. Elle le regarde et soupire.

— Felix n'a pas de lecteur VHS.

Je parie que Felix lui a dit quelque chose de beaucoup plus sarcastique que simplement « je n'en ai pas », mais je n'insiste pas.

— Alors c'est réglé, dis-je. Il faudra que je me passe de cinquante dollars.

Fluffster paraît mécontent, mais encore une fois, Ariel change de sujet comme une experte.

— Laisse-moi voir la photo du type avec le chien.

Je fais apparaître l'image sur mon téléphone et je tourne l'écran vers Ariel.

Elle me le prend des mains, fronçant les sourcils en examinant soigneusement le type.

— On dirait un orque, dit-elle. Sauf qu'il porte du maquillage.

— Un orque ?

Du regard, je cherche le soutien moral de Fluffster, mais mon domovoi de compagnie semble tout à fait calme en mâchant sa version de la malbouffe.

— Un orque comme dans *Le Seigneur des Anneaux* et *World of Warcraft* ?

Étant donné que mon nouveau paradigme comprend des vampires et des zombies, un orque ne semble pas si étonnant que cela.

— Oui, un orque.

Ariel boit son café avec un sourire satisfait.

— Les orques sont en fait de grandes brutes qui vivent dans les Autremondes. Comme leurs frères fictifs, ils ont une teinte verdâtre – ce qui explique le maquillage que quelqu'un a collé sur ce spécimen. Je croyais qu'ils n'avaient pas l'autorisation de venir dans notre monde, mais je suppose que quelqu'un en a quand même transporté.

Elle fronce les sourcils.

— Cela signifie que la personne derrière tout cela a de l'influence. Beaucoup d'influence.

Je finis le reste de mon eau pour lutter contre ma bouche soudain sèche.

— Ou en d'autres mots, il s'agit d'autres preuves contre Chester.

— Exactement, confirme Ariel. Tu dois faire très attention si tu croises encore une autre de ces créatures. Les orques sont incroyablement forts – comme tu le vois sûrement à leur taille. Ils sont aussi connus pour leur sale caractère, ils sont immunisés contre…

— Est-ce qu'un pistolet peut les abattre ? dis-je en posant mon verre sur la table avec un peu trop de fermeté.

Ariel aime clairement la direction que je prends.

— Oh oui. On dirait qu'acheter un pistolet est devenu obligatoire.

— Non pas que c'était facultatif, de toute façon, dis-je en marmonnant avant de me lever. Il vaut mieux que j'aille dormir afin que tu puisses aller à ton rendez-vous secret.

— À la fête, dit Ariel d'un ton défensif en se levant elle aussi.

— N'oubliez pas d'éteindre les lumières, ajoute Fluffster quand je le soulève et que je suis Ariel hors de la cuisine. Votre dernière facture d'électricité était honteuse.

Étant donné qu'il ne peut pas me voir quand je le porte, je me permets de lever les yeux au ciel. Est-ce que tous les domovoi s'inquiètent à ce point des finances de la maison, ou bien avons-nous simplement de la chance ?

J'éteins cependant la lumière.

En arrivant dans ma chambre, j'ouvre mon ordinateur portable et je cherche quelques références de lecteurs VHS sur eBay. Je trouve une enchère qui se termine dans une seconde et je mise quarante-six dollars. Ma mise l'emporte, alors je paie immédiatement et je choisis d'accélérer la livraison quand on me le demande. Cependant, je ne mentionne pas le coût supplémentaire de la livraison à Fluffster, car il pourrait me reprocher une autre dépense « inutile ».

Me sentant comme un citron pressé, je me couche et je m'endors immédiatement.

J'AI LES YEUX FERMÉS POUR LE BAISER LE PLUS DÉLICIEUX de ma vie.

Des doigts agiles suscitent des étincelles en caressant mon visage.

Nos langues dansent le fox-trot, puis la samba, puis le swing.

Dire que je suis excitée serait un euphémisme. Ce que je ressens par rapport à une excitation normale, c'est comme le concerto de Mozart par rapport au tintement du camion de glaces.

Ses paumes se trouvent maintenant dans mon dos, me faisant cambrer lorsque l'énergie chaude s'étale le long de ma colonne.

Que m'arrive-t-il ? Il ne s'agit que d'un baiser.

Je retiens un gémissement et j'oublie toute forme de raison lorsque le sang bat dans mes tympans, et que mon visage, mon cou et ma poitrine brûlent à cause des millions de vaisseaux sanguins qui se dilatent.

Une tension physique et mentale grandit en moi et je suis sur le point de le supplier de faire quelque chose… mais je ne sais plus ce que c'est.

— Es-tu d'accord pour faire ça ? murmure la voix la plus sexy que j'ai jamais entendue.

C'est comme si toutes les excitations de ma vie se rassemblaient en une seule explosion, comme si les deux dernières années d'abstinence s'étaient transformées en deux cents.

Bref, je deviens un garçon dans l'adolescence.

— Oui, dis-je – ou bien je le gémis –, mais je me rends alors compte que je ne sais pas du tout à quoi il fait référence. Et s'il voulait simplement trier ma collection de livres de magie par ordre alphabétique ?

Ses doigts défont le haut de ma chemise et c'est la meilleure idée que qui que ce soit ait pu avoir. Bon sang, je veux qu'il arrache le reste. Mes vêtements sont comme une camisole de force serrée contre ma peau, dont je ne peux m'échapper malgré tous mes talents.

Puis il embrasse mon cou et la sensation me traverse en une vague explosive. Tous les muscles de mon corps convulsent, puis tremblent violemment lorsqu'il transfère ses baisers jusqu'à mon épaule.

Un sentiment vague de danger se forme quelque part au fond du flux d'endorphine. Si je réagis si violemment à un simple baiser, qu'arrivera-t-il quand nous nous tripoterons ?

Il mordille le lobe de mon oreille et le plaisir devient si intense que mon inquiétude remonte plus près de la surface… avant d'être noyée sous une autre vague de béatitude.

Ses lèvres passent sur ma clavicule, et une nouvelle explosion secoue ma chair, agitant mon corps entre ses bras. Le sentiment de danger n'est plus qu'un souvenir distant, pourtant une partie rationnelle de moi se demande si je fais la crise la plus étrange de l'histoire de la médecine.

— Nous devrions nous arrêter, est ce que je veux dire, mais à la place, un gémissement orgasmique est tiré de mes lèvres.

Je me sens devenir plus faible lorsque la vague d'extase suivante surcharge toutes mes terminaisons nerveuses.

Je me rends compte que je suis sur le point de m'évanouir… *à cause d'un baiser.*

La nouvelle explosion est une supernova et je suis plongée dans l'obscurité.

CHAPITRE DIX

Je me réveille en sursaut et je m'assois brusquement.

Les contours sombres de ma chambre calment ma respiration, mais mon pouls reste très élevé. De plus, je suis excitée comme un rhinocéros en chaleur.

J'ouvre le tiroir de ma table de nuit pour attraper Copperfield – mon surnom pour la baguette magique de « massage » Hitachi –, mais une colère grandissante m'empêche d'utiliser mon ami fidèle.

C'est déjà assez pénible de ne pas avoir eu de rêve prophétique quand j'en avais besoin, mais maintenant j'ai des rêves érotiques à la place ?

Ou était-ce une vision ?

Et tout aussi important : qui était-ce, dans mon rêve ?

Encore Nero ?

La voix ne ressemblait pas aux grognements profonds et reconnaissables de mon patron, mais d'un autre côté, qui sait comment elle sonnerait dans un rêve ?

Je range Copperfield en rougissant.

Pas moyen que je l'utilise avec l'image de Nero dans la tête.

Je regarde le réveil.

Il est deux heures du matin, ce qui signifie que je suis officiellement en week-end. Pas étonnant que j'ai l'impression de pouvoir dormir dix heures de plus.

En me souvenant de l'excursion au stand de tir avec Ariel, je me rends compte que je n'ai peut-être pas ce luxe, alors je me recouche, bien décidée à dormir autant que possible.

Je me pelotonne sous les couvertures, essayant de chasser le rêve de mon esprit, mais il me faut encore une heure avant que le sommeil me refasse l'honneur de sa présence.

Le stand de tir a une odeur de testostérone et de poudre, et il y a des posters de pistolets ainsi que des références au deuxième amendement partout.

Les quelques types présents un samedi à onze heures – c'est-à-dire au petit matin – fixent Ariel avec une admiration qui frise l'acte de baver. Ce qui n'est pas étonnant, je suppose. Non seulement elle est magnifique, mais en plus elle vient régulièrement ici et elle peut sans doute tous les battre au tir de précision.

Nous nous approchons d'un grand étalage de pistolets lorsque quelqu'un tire un coup de feu dans l'autre pièce. Malgré les bouchons d'oreille profondément enfoncés et un casque par-dessus, le tir est plus bruyant que la roulette du dentiste… et tout aussi amusant.

— Prend un pistolet, n'importe lequel, dit Ariel.

En tout cas, c'est ce que je crois qu'elle dit. J'ai du mal à l'entendre à cause du matériel de sécurité. Pour être certaine que je la comprends, elle agite le bras au-dessus d'une vitrine d'armes pour me tenter. Toutes les armes me semblent presque identiques.

— Un revolver ?

Je crie en indiquant le plus petit que je vois.

— Ça, c'est qu'elle sorte ?

— Ah, crie le type derrière le comptoir. Un très bon choix.

Il crie alors un monologue sur le pistolet, mais même si son volume est élevé, je n'enregistre que deux choses : il s'agit d'un exemple de revolver classique Smith & Wesson J-Frame, de calibre .38, le plus petit qu'ils proposent.

Je tire sur la manche d'Ariel.

— Est-ce que ce calibre suffira pour un…

Une douleur violente et insupportable m'arrête avant que je puisse prononcer le mot « orque ». Cela passe très vite, mais sur le moment, j'ai eu l'impression de me faire poignarder avec des aiguilles sur tout le corps.

Ariel me jette un regard inquiet et indique mon

aura invisible à toutes les personnes ne faisant pas partie du Mandat.

Évidemment.

J'ai failli briser le Mandat en disant le mot « orque ». Comme les vampires et les autres types de Conscients, les orques sont des êtres dont les simples humains ne sont pas censés connaître l'existence.

J'ai peut-être eu de la chance cette fois. Ariel a saigné des yeux, de la bouche et des oreilles quand elle a failli briser le pacte de silence imposé par le Mandat. En essuyant mon nez, je confirme que j'ai évité la phase de saignement plus sévère du programme de découragement du Mandat.

Il faudra que je fasse davantage attention à ce que je dis, car le Mandat est un peu trop zélé. Le mot « orque » fait partie de la culture populaire, et le type aurait sûrement compris ma question comme une plaisanterie au lieu de soudain se mettre à croire aux orques…

— Ce calibre ne suffira peut-être pas à abattre un *ours,* dit Ariel. Pour cela, tu as plutôt besoin de ce magnum .44.

Elle indique un gros revolver.

— C'est ce que Clint Eastwood a utilisé dans *L'Inspecteur Harry.*

— Il fait la taille de mon avant-bras. Il me faudra commencer à porter un sac en bandoulière pour cacher une arme aussi énorme.

Constatant que je prévois mon activité illégale à

voix haute, je regarde le type d'un air aussi innocent que je le peux et j'ajoute :

— Hypothétiquement.

Le type me fait un clin d'œil et fait des guillemets avec les doigts.

— Hypothétiquement. Bien sûr.

— D'accord, dis-je fermement. Je vais essayer le magnum.

— Certaine ? me demande le type alors qu'Ariel et lui échangent un sourire entendu assez irritant. Il y a un recul assez fort.

— Je peux le supporter aussi bien que vous, dis-je en les regardant tour à tour, me demandant pourquoi Ariel supporte – et participe – à ce qui semble au fond être une attitude sexiste.

Je me souviens alors de sa super force et une partie de ma bravade s'évapore.

Le type sort solennellement l'arme gigantesque et il me la montre. Le pistolet possède une sorte de beauté morbide.

Si j'avais un jour voulu une arme rendant bien sur scène, ce grand garçon aurait été parfait.

Lorsqu'il a terminé la démonstration, le type des ventes nous désigne une allée à chacune et Ariel se met avidement à tirer avec le pistolet qu'elle a acheté pour l'occasion, pendant que je reçois ma leçon.

Quand le type a fini de m'expliquer les bases, il m'avertit encore une fois de faire attention au fort recul, et je me trouve debout dans la bonne position en train de me préparer à viser le gros canon vers une cible en papier.

La cible est bien, bien plus petite que l'un des orques, alors si je peux la toucher, je ne devrais pas avoir de mal avec un orque.

Mon pouls accélère.

Tenir la mort dans vos mains de cette façon s'avère être étonnamment excitant.

Je me sens puissante. Comme si quelqu'un devrait intervenir et m'arrêter, mais personne ne le fait.

Je comprends pourquoi Ariel vient si souvent ici.

— Penche-toi en avant, crie le type et j'obéis. Garde toujours le doigt hors de la gâchette jusqu'à ce que tu sois prête à tirer.

Comme mon œil droit est le dominant, je l'utilise pour aligner les viseurs avant et arrière, laissant la cible devenir un peu floue. Je ne suis pas surprise que viser avec un pistolet diffère du lancer de couteaux.

Essayant de calmer le tremblement de mes mains autant que possible, je retiens ma respiration et je serre la gâchette.

L'air est chassé de mes poumons lorsque le tir fait vibrer les fondations du bâtiment. Le recul me fait presque lâcher mon arme.

C'est comme si un canon à l'ancienne venait de se décharger dans mes mains.

Ariel et le type me regardent avec des sourires satisfaits, alors je serre les dents et je fais semblant de ne pas sentir la douleur dans mes poignets.

En gardant le visage aussi impassible que possible, je vise encore.

Parce que je sais maintenant à quoi m'attendre, mon cœur bat encore plus vite, mais j'ignore mon angoisse et je tire.

Bien que je sois plus stable sur mes pieds cette fois, le recul est encore plus douloureux – peut-être parce que je me suis raidie ?

Je pousse un juron silencieux. Dire que le recul est « fort », c'est un euphémisme.

Je tire encore.

Cette fois, la douleur est plus facile à tolérer… ou bien mes mains sont en train de s'engourdir. Si le Conseil ne m'avait pas interdit de faire de la prestidigitation, il me faudrait sans doute m'inquiéter de la plus grande crainte des artistes faisant des tours de passe-passe : le syndrome du canal carpien.

Décidant de repousser mes limites, j'utilise le reste des six balles aussi vite que je le peux.

Lorsque je demande une recharge, le type me regarde avec un peu de respect.

La deuxième fois n'est pas plus facile, mais je commence à me sentir plus à l'aise avec l'arme.

À la troisième recharge de mon pistolet, Ariel arrête son propre entraînement et vient m'observer avec une fierté presque maternelle.

— Ça suffit pour la première fois, dit-elle quand j'ai terminé mes six dernières balles. Regardons comment tu t'en sors.

Le type retire ma cible en papier et calcule mon taux de réussite comme étant de 40 %.

— C'est vraiment pas mal, dit Ariel en examinant les trous dans le torse et la tête de la cible. Particulièrement pour une première fois.

C'est peut-être l'analyste financière en moi, mais je comprends que mon taux de réussite signifie que je raterai plus de la moitié de mes tirs. Pour moi, ce n'est pas bon, mais qui suis-je pour contredire une ancienne soldate ?

En sortant mon téléphone, je prends une photo de ma toute première cible, essayant – sans y parvenir – de ressentir de la fierté. Je regarde alors l'heure sur mon téléphone et je me rends compte que je dois bientôt me rendre à mon rendez-vous avec Dr Hekima.

— Je t'y conduis, bien sûr, dit Ariel lorsque je lui rappelle mon emploi du temps. Nous devons juste faire un arrêt rapide ici dans le New Jersey.

Elle doit sans doute parler de l'achat du pistolet illégal.

Super. Il me tarde.

Nous retournons au Hummer d'Ariel. C'est un cadeau de son père qui apporte à Ariel une joie directement proportionnelle à la consommation de la chose. Une des raisons pour laquelle mon amie est tout le temps fauchée est la facture exorbitante de parking qu'elle doit payer à notre propriétaire… je suppose que je devrais dire « à Nero » étant donnée la révélation de Felix.

Nous conduisons pendant une demi-heure, au

cours de laquelle je me masse discrètement les mains. Non pas qu'Ariel le remarquerait si je le faisais ouvertement. Elle semble être dans une de ses humeurs étranges et concentrées pour conduire, où elle ne fait attention qu'à la route et à rien d'autre. Quand elle est ainsi, elle ne parle pas et ne répond à aucune question. Je croyais que cela avait un rapport avec son service dans l'armée, alors je n'ai jamais cherché à me renseigner. Tout ce qui est lié à l'armée est un terrain miné.

Elle se gare enfin à côté d'un bâtiment ressemblant à une maison hantée transformée en centre de distribution de crack.

— Attends là, dit-elle quand elle me voit prudemment défaire ma ceinture de sécurité. Je reviens très vite.

Je verrouille toutes les portières et j'attends, me demandant à quel point ce serait ironique si je me faisais tuer en achetant un pistolet censé me protéger.

Après ce qui me semble être les plus longues dix minutes de ma vie, Ariel sort de la maison hantée d'un pas remarquablement sautillant.

— Voici ton cadeau de Jubilé, dit-elle en ouvrant un sac en papier marron pour en sortir un pistolet identique à celui dont je viens de me servir au stand de tir. S'il te plaît, utilise-le avec sagesse.

— Je ne suis pas sûre qu'avoir cette chose est vraiment sage, dis-je, sans pouvoir m'empêcher de lui prendre le pistolet avec révérence.

— C'est au cas où tu serais confrontée à des orques.

Ariel me tend une boîte de balles.

— Comme je l'ai dit avant, espérons que tu l'as sans en avoir besoin.

— Bien sûr.

De ma meilleure voix de narratrice, j'énonce :

— Je vais l'appeler Harry.

Ariel démarre la voiture.

— À cause de *L'inspecteur Harry* ? Ou de *Harry Potter* ?

— D'après Harry Houdini.

Je rentre l'adresse du Queens dans le GPS de mon téléphone et je pose le portable sur le support.

— Évidemment.

EN ARRIVANT SUR L'AUTOROUTE, JE RANGE HARRY ET LA plus grande partie des balles dans la boîte à gants, gardant une seule balle dans ma main. Quand Ariel ne regarde pas, je fais des expériences de tours de passe-passe avec.

Il se trouve que certaines techniques qui fonctionnent pour les pièces marchent tout aussi bien pour une balle de calibre 45.

Au début, je m'entraîne seulement à la sentir et à tester ce que ça fait de vraiment transférer la balle d'une main à l'autre. Je trouve que ce genre d'exercice rend mes gestes aussi naturels que des mouvements réels. Puis, j'essaie la manœuvre classique où on fait tomber l'objet dans la main : je tiens la balle entre mon pouce et les deux premiers doigts de la main droite et ma main gauche fait semblant de prendre la balle, alors qu'en réalité, la balle tombe de façon à être dissimulée dans la main droite. De là, je développe une variation du tour dans lequel on laisse la balle – ou la pièce – briller dans la main qui est censée avoir pris l'objet, et les spectateurs jurent sur la santé de leur mère que l'objet doit être dans la main en question, car ils l'y ont « vu ». J'essaie ensuite de faire la manœuvre avec les yeux fermés, puis avec…

— Voici ton arrêt, dit Ariel, et je me rends compte que j'ai été si absorbée par mon entraînement de tours de passe-passe que je n'ai même pas remarqué qu'elle garait le Hummer.

— Garde cette balle pour moi, dis-je à Ariel et je lui fais une manœuvre de sorte que la balle semble être dans ma main droite.

— Bien sûr, dit-elle en tendant la main.

Lorsque j'ouvre ma main vide et qu'aucune balle ne tombe, Ariel pousse un petit cri.

Se remettant très vite, car elle m'a déjà vu faire de telles choses avec de nombreux petits objets, elle dit :

— Bien joué. Mais s'il te plaît, ne tire pas des balles hors des oreilles de petits enfants. Il ne faudrait pas que tu termines sur une liste du gouvernement.

Sans répondre à sa plaisanterie, j'empoche la balle et je me dirige vers le bâtiment devant nous.

— Je suis ici pour voir le Dr Hekima, dis-je au garde de sécurité rondelet dans le hall d'accueil.

— Il vous attend. Vous pouvez aller en classe tout de suite.

Je demande où est cette « classe » et au bout de quelques minutes, je me trouve au cinquième étage, « en classe ». Je ne sais pas très bien d'où vient ce surnom, étant donné à quel point cet endroit est un dépotoir. Cela ressemble davantage à un groupe de soutien pour les sniffeurs de colle anonymes les jours où ils ne trouvent pas de meilleur lieu. Avec des chaises pliantes contre les murs, une cafetière de café croupi et la peinture murale qui tombe, ceci ne ressemble pas du tout à une salle de classe et manque généralement de tout ce qu'il faut dans le domaine de ce qui est classe. Un homme – la seule personne dans la pièce – se lève de l'une des chaises pliantes avec un sourire chaleureux.

— Bonjour, Sasha. Je suis le Dr Hekima.

Si Morgan Freeman était engagé pour jouer Albert Einstein – s'il peut jouer Dieu, il peut jouer Einstein – le résultat ressemblerait beaucoup au Dr Hekima, jusqu'aux cheveux gris ébouriffés et l'intelligence dans ses yeux.

— Bonjour, dis-je. Ravie de vous rencontrer.

— Prenez une chaise.

Dr Hekima traîne des pieds jusqu'à sa chaise et s'assoit prudemment.

J'essaie de choisir la chaise la moins usée et j'en prends une dont l'assise est légèrement déformée et couverte de traces de peinture. Ignorant la toile d'araignée à l'arrière, je déplie la chaise au milieu de la pièce avec des crissements bruyants et je m'assois.

— Maintenant, dit le Dr Hekima. Vous avez un choix à faire.

— Un choix ?

Je croise les bras.

— Quel choix ?

— Vous pouvez commencer avec la nouvelle classe au semestre prochain, dans quelques mois, dit-il de sa voix apaisante avec un léger accent. Ou bien demain, auquel cas vous aurez seulement raté quelques cours.

— Pouvons-nous revenir légèrement en arrière, s'il vous plaît ?

Je décroise les bras.

— Peut-être en commençant par une explication de ce qu'est l'Orientation ?

— Bien sûr, dit le Dr Hekima avec un sourire.

Le mot « explication » semble le rendre fou de joie.

— L'Orientation est une institution dans laquelle on instruit les nouveaux membres de la communauté des Conscients.

— Comme le catéchisme ? dis-je d'un ton méfiant, répétant les paroles de Felix.

— Le seul point commun est que nous nous rencontrons le dimanche.

Il remonte ses lunettes sur le nez d'un geste entraîné de son majeur – n'ayant clairement pas conscience que ce geste donne l'impression qu'il fait un doigt.

— L'Orientation n'a pas d'équivalent direct dans le système éducatif humain.

— Alors, quel genre de choses enseignez-vous ?

J'observe la pièce miteuse, mais je ne vois aucun équivalent Conscient d'une table des éléments, ni même une carte du globe.

— Et surtout, si je commence demain, que vais-je avoir manqué ?

— Hmm.

Il sort son téléphone et consulte des notes.

— Ah. Oui. Nous avons couvert l'histoire du système de Mandat, dit-il d'un ton professoral, sans quitter l'écran des yeux. En lien avec cela, nous avons également parlé de la nécessité de cacher l'existence des Conscients.

Il lève la tête en s'animant un peu plus.

— Nous avons discuté en profondeur des conséquences religieuses, philosophiques, politiques et autres si le secret de notre espèce était révélé un jour… c'est un sujet qui génère toujours une bonne participation de la classe. Cette fois-ci, nous avons pris des scénarios de la fiction humaine, depuis les X-Men jusqu'aux Jedi, et…

Je glousse, mais je manque m'étrangler quand il me jette un regard sévère. Dr Hekima est clairement ceinture noire quand il s'agit de gérer l'impertinence de ses élèves.

— Pardon, dis-je. Continuez.

— La réaction X-Men serait de nous craindre suivant la tactique « craignez ce que vous ne comprenez pas ». Ceux parmi nous qui possèdent de grands pouvoirs seraient traités comme des armes de destruction massive, alors qu'une personne avec des pouvoirs comme le vôtre pourrait être utilisée en tant qu'outil de renseignements…

— On dirait une dystopie, dis-je en réprimant un frisson à l'idée d'être enfermée dans un bunker souterrain avec l'obligation de faire des prédictions géopolitiques pour la CIA… une tâche qui rendrait même les recherches de Nero amusantes en comparaison.

Il hoche la tête.

— Une dystopie, en effet. Et qui contraste bien avec le scénario Jedi, plutôt utopique. Dans la franchise Star Wars, les Jedi sont extrêmement puissants, mais ils n'ont pas été craints ni utilisés pour ce qu'ils ne voulaient pas…

— Jusqu'à ce qu'ils se fassent éliminer. Attention spoiler !

— Oui, mais il s'agissait des Sith.

Tenant toujours son téléphone, il jette un coup d'œil discret à sa montre.

Comme je trouve la conversation fascinante, je fais semblant de ne pas avoir vu son geste.

— Je considérerais les Sith comme une sous-catégorie de Jedi, poursuit-il, au moins pour cette analogie. Ce ne sont pas les humains qui ont commis un génocide… ce qui est le moteur principal de ce scénario.

— Mais les vampires n'ont-ils pas le pouvoir de

faire oublier aux gens que les Conscients existent, même si le secret était révélé ? Cette discussion n'est-elle donc pas inutile ?

Il regarde encore sa montre et je fais encore semblant de ne pas le voir.

— Je vois déjà à quel point ce sera stimulant de vous avoir dans mes cours. Vous posez les bonnes questions.

— Merci. Mais je remarque que vous n'avez pas répondu.

— Étant donné comme mes élèves sont jeunes et impressionnables, je reste normalement loin de ce sujet, dit-il en jetant un coup d'œil discret à son téléphone. Cependant, vous semblez être une jeune femme mûre et intelligente, alors je peux vous dire que oui, même si notre secret sortait, en fonction de la nature de la révélation, certaines mesures pourraient être prises.

Il regarde encore une fois sa fichue montre.

— Les vampires et les autres Conscients ont accès aux humains à tous les niveaux du pouvoir, depuis les dirigeants de grandes corporations jusqu'aux chefs de gouvernement. Ils peuvent les orienter dans une direction intéressante pour les Conscients. Dans certains cas, les Conscients eux-mêmes ont des postes importants. Par exemple, les piliers de la plupart des entreprises du crime organisé sont sans doute des manipulateurs, car cette position dans la société leur permet de s'épanouir grâce au chaos d'une façon qui ne révèle pas l'existence des autres Conscients.

Je n'ai pas de mal à imaginer quelqu'un comme

Chester gérer un cartel de la drogue. Je me souviens également des commentaires de Nero au sujet des vampires chez Goldman Sachs, et j'en ai le tournis.

Il devait parler littéralement.

Un tas de questions tourne dans ma tête, alors je lâche celle qui semble la plus pertinente.

— Et si le secret sortait de façon énorme ? Par exemple, si un changeforme se transformait en licorne rose invisible en direct à la télé ?

— Les humains pourraient toujours nier la vérité. L'expliquer comme étant des effets spéciaux ou quelque chose de cette nature. Mais s'ils ont commencé à le croire, j'ai peur que nous découvrions lequel des nombreux scénarios fictifs était le plus réaliste.

Il déverrouille son téléphone cette fois et il le fixe un instant avant de terminer par :

— Personnellement, je pense que nous serions – comme le diraient mes étudiants – foutus.

— D'accord, mais si…

— Je suis vraiment désolé de devoir couper court à ceci.

Il lève la tête de son téléphone avec un regard plein de remords sincère.

— J'ai un autre engagement, et nous sommes en train de déborder.

— Juste quelques dernières questions, dis-je rapidement. Si ça ne vous dérange pas.

Il acquiesce.

— Les éléments dont vous avez discuté dans vos

premiers cours sont-ils nécessaires pour le programme à venir ?

— Non.

Il passe une main dans ses cheveux ébouriffés et emmêlés.

— Je ne crois pas que nous ayons couvert quoi que ce soit de trop fondamental jusqu'ici.

— Dans ce cas, puis-je commencer demain, mais ensuite suivre quelques cours de rattrapage lorsque le groupe de Conscients suivant commencera son semestre ? Je détesterais rater quoi que ce soit, mais je suis aussi très impatiente de commencer à apprendre dès que possible.

— Hmm. Ce n'est pas habituel, mais Monsieur Gorin a fait tant d'éloges sur vous que…

Je suis tellement surprise que je rate ce qu'il dit ensuite. Nero a fait des éloges sur moi ?

—… Et merci beaucoup d'être venue me voir aujourd'hui, entends-je lorsque je me reconcentre sur ce que dit le Dr Hekima. Je vous verrai demain à quinze heures.

Il se lève et il me tend la main.

— J'ai été ravie de vous rencontrer, Sasha.

— C'est un plaisir, pour moi aussi.

Je lui serre la main et je pars à contrecœur.

En marchant jusqu'à la voiture, je réfléchis aux choses que j'ai apprises. Malgré l'idée d'être entourée d'adolescents, je suis assez excitée au sujet du cours du lendemain… et des autres qui suivront.

— Comment va ce bon vieux Dr Hekima ? demande Ariel lorsque je monte dans la voiture.

— Je n'ai pas de bon point de comparaison, dis-je. Il était plutôt occupé.

Elle démarre la voiture et sort de sa place de parking.

— Je suis surprise qu'il ait pris le temps pour toi. Personne ne le voit jamais en dehors des cours.

J'attache ma ceinture de sécurité.

— C'était peut-être une faveur pour Nero. Je suppose que mon patron fait quelques-uns de ses devoirs de mentor, finalement.

— J'ai toujours eu l'impression que Nero n'était pas aussi terrible que tu le faisais paraître, dit Ariel avec un visage presque diabolique. En fait, c'est presque comme si tu…

— Je suis affamée, dis-je sévèrement. On s'arrête manger quelque part ?

— Felix a envoyé un texto.

Elle klaxonne contre le taxi jaune et fait un doigt à un autre conducteur lorsqu'elle change brusquement de voie.

— Il a fait quelque chose qui s'appelle « dolma »… d'après ma recherche sur Google, il s'agit de poivrons farcis et/ou de choux avec de la viande.

— Nous allons donc à la maison, dis-je avec l'estomac qui gargouille. Nous ne voudrions pas décourager le passe-temps culinaire de Felix.

— Tout à fait, dit Ariel avec un sourire espiègle. Souviens-toi de notre plan diabolique : nous disons merci comme si nous étions sincères, même si ce n'est pas le cas, et nous n'oublions pas de faire de nombreux compliments au chef.

— C'est moi qui ai inventé ce plan diabolique, tu te souviens ?

Je sors la balle de façon à pouvoir m'entraîner un peu plus quand nous arriverons sur l'autoroute et qu'Ariel passera à nouveau dans son mode de conduite muette.

— C'EST INCROYABLE, DIT ARIEL EN MORDANT DANS UN gros poivron farci de viande épicée.

Si elle fait semblant, elle est si douée que même moi – l'experte en illusions – je ne le vois pas, et Felix rayonne presque de joie.

— Ma mère m'a envoyé la recette par e-mail après notre déjeuner avec Sasha, dit-il. Elle voulait que je la donne à l'une d'entre vous, mais je me suis dit que ce serait sexiste, et puis vous savez à quel point j'aime cuisiner.

— En plus, dis-je la bouche pleine de poivron et de viande délicieuse, si Ariel cuisinait, ce serait une insulte. Pour nos papilles.

Ariel lèche sa fourchette.

— Tu peux parler, nous nous souvenons tous de ton festin de l'illusion.

Felix frissonne visiblement à ce souvenir et Ariel se met à rire.

Je dois faire des efforts pour rester sérieuse.

— Hé. Je maintiens que c'était une de mes meilleures idées.

— Je ne sais pas du tout de quoi vous parlez, dit Fluffster en levant la tête d'une assiette de luzerne. Je ne savais pas que Sasha cuisinait.

— Je cuisine, dis-je, sur la défensive, mais Ariel et Felix ricanent.

Je leur jette un regard noir avant de me tourner vers Fluffster.

— Quoi qu'il en soit, ils font référence à une unique fois où j'ai voulu créer une illusion culinaire en utilisant *synsepalum dulcificum*. C'est une plante aussi connue sous le nom de fruit miracle, dis-je lorsque tout le monde me regarde sans comprendre. La miraculine dans cette baie fait quelque chose de très étrange. Elle recouvre les récepteurs de la langue de sorte qu'une personne mangeant de la nourriture acide comme des citrons va les percevoir comme étant sucrés.

Ariel glousse encore.

— Oui. Alors elle a fait un gâteau de citrons. À ne pas confondre avec gâteau au citron.

— Le gâteau le plus acide qui existe, intervient Felix.

— Exactement. Mais j'ai discrètement ajouté les fruits du miracle dans notre trou normand.

— Sans rien expliquer, précise Felix.

— Pour sa défense, dit Ariel, le résultat était très sucré. Le jour de l'illusion, en tout cas.

Je ricane.

— Oui, ils ont adoré. Mais le lendemain, je suis sortie à toute vitesse de la salle de bains parce que j'entendais tous ces jurons et ces cris désespérés. Ils ont essayé de manger les restes, tu comprends... sans manger d'abord les fruits du miracle.

— C'était horrible.

Felix frissonne encore une fois.

— Mes mâchoires se sont figées.

— On dirait que vous avez encore gaspillé de la nourriture, dit Fluffster d'une voix mentale mécontente, mais j'y décèle quand même une envie de rire.

Felix secoue la tête, puis il regarde Ariel et moi.

— Alors, j'ai une question pour vous deux.

Il jette un regard d'excuses en direction de Fluffster avant de poursuivre.

— En tant que femmes.

Ariel, qui fourrait un autre poivron farci dans sa bouche, s'étrangle à tel point que je me prépare à effectuer une manœuvre de Heimlich.

Felix baisse les yeux vers son assiette presque vide.

— Bref, si je voulais divertir une dame... pensez-vous que je pourrais cuisiner ce repas précis pour elle ?

En déglutissant bruyamment, Ariel avale le poivron avec lequel elle s'étranglait et débite :

— Qui ? Quoi ? Quand ? Comment ?

Je suis sur le point de l'imiter en le bombardant de questions, mais je me souviens alors qu'il a parlé d'une fille à ses parents.

On dirait qu'il ne l'a pas simplement inventée pour les apaiser.

— Ce n'est pas quelqu'un que vous connaissez, dit Felix. Je ne sais même pas jusqu'où ça ira. J'essaie juste de décider quelle activité serait la meilleure et…

— Je pense que cuisiner pour le premier rendez-vous, c'est peut-être un peu trop.

Je pose ma fourchette un peu trop brusquement. Quelque chose me dérange, et je ne sais pas du tout quoi.

Serais-je jalouse ?

Non. Ce n'est pas logique.

Si je suis perturbée, c'est seulement parce que Felix a toujours gardé ses béguins en interne, craquant pour Ariel ou moi… comme le devrait n'importe quel bon mari polygame. Il s'avère maintenant que son cœur est une créature capricieuse.

Enfin, tant mieux pour lui. S'il veut une espèce de pouffiasse, il peut l'avoir.

— Je lui proposerais de boire un café, dit Ariel. Et si tout se passe bien, Netflix pour décompresser.

Apparemment, elle ne partage pas mes réticences au sujet de la situation.

Felix ne rougit pas, alors il ne doit pas savoir que « Netflix pour décompresser » est un code pour le fait de coucher ensemble.

Je me force à sourire et je dis :

— Je suis d'accord.

Je prends ma fourchette et je poignarde un autre poivron.

— Et si elle vient, et qu'il se trouve que tu as de bons restes de quelque chose que tu as cuisiné personnellement, elle sera très impressionnée, sans aucune pression inutile.

— Je suggère des « restes » de tes œufs mimosas au saumon fumé.

Ariel prend une bouchée vorace de poivron farci.

— Ou peut-être cette version russe avec le caviar rouge ?

— Et, dit Fluffster dans nos têtes, laissez-moi lui montrer comment je me lave dans mon bain de poussière. Cela semble vraiment impressionner les deux femmes auxquelles j'ai été exposé.

— Ou n'importe qui avec des yeux, ajoute Ariel.

— Et qui sait ce qui est mignon, poursuis-je.

Felix sort son téléphone et prend des notes.

— Merci.

— Bien sûr, dis-je, tu peux oublier tout ce que nous venons de dire et accompagner ta nouvelle amie avec nous à l'Earth Club ce soir.

Ariel saute presque de joie et d'excitation.

— En supposant que c'est une Consciente, bien sûr. Il y aura de la danse, de la musique…

— Ce n'est pas une Consciente, et elle est prise ce soir.

Felix cache le téléphone et porte son assiette à l'évier.

— Et puis, je préfère de loin quelque chose de tranquille.

— Et toi, alors ? lui demande Ariel. Tu nous accompagnes ce soir ?

— Je ne crois pas que ce soit une bonne idée, répond Felix en rinçant son assiette avant de la poser dans le lave-vaisselle. Ce serait comme la tromper.

Ariel fait de grands yeux dans son dos.

— Vous n'avez même pas encore eu de véritable rendez-vous.

— Et nous allons juste danser dans un club, pas participer à une orgie, dis-je avant de regarder Ariel. N'est-ce pas ?

— Pas d'orgie, confirme-t-elle.

Elle ajoute doucement :

— Sauf si tu en veux une.

— Imagine ce que dirait ma dame si nous nous mariions et puis que je lui disais que j'étais allé en boîte sans elle, *après l'avoir rencontrée*, dit Felix d'un air totalement sérieux.

— C'est quoi une orgie ? demande Fluffster.

Nous tombons presque tous – à l'exception du chinchilla – à la renverse de rire.

Entre quelques gloussements spasmodiques, je parviens à hoqueter :

— Je suppose que nous avons trouvé les limites de l'éducation YouTube.

Mon commentaire fait encore plus rire mes amis, jusqu'à ce que je constate que Fluffster me fixe en fronçant les sourcils au-dessus de ses yeux noirs… ce qui me fait presque éclater encore plus de rire.

Finalement, nous arrêtons de taquiner Fluffster et

Ariel se propose d'expliquer ce qu'est une orgie.

— Nous devons partir, dit-elle quand elle a fini de corrompre l'esprit innocent du pauvre chinchilla.

— Sasha et moi avons des rendez-vous de manucure et pédicure avant notre aventure à l'Earth Club.

Je n'étais absolument pas au courant. Si on m'avait demandé mon avis, j'aurais précisé que mes ongles étaient encore parfaits après le Jubilé, mais que pouvais-je faire ?

Ariel obtient toujours ce qu'elle veut dans ce genre de choses.

NOS SOINS DÉGÉNÈRENT EN SOINS DU VISAGE.

Il devient bientôt clair qu'Ariel a décidé de recréer le relooking du Jubilé que Nero avait organisé pour moi l'autre jour, mais avec un budget plus raisonnable et en me laissant choisir mes vêtements.

En rentrant à la maison après avoir été dorlotée et fait du shopping, je m'échappe dans ma chambre pour m'habiller.

J'enfile le nouveau jean, le chemisier élégant que j'ai concédé à Ariel, et la nouvelle paire de bottes. Un coup d'œil dans le miroir me suffit à confirmer que cet ensemble ira très bien avec ma nouvelle veste en cuir.

Comme d'habitude, afin de rendre la corvée du maquillage plus agréable, je me rappelle que la peinture du visage est une sorte d'illusion. De cette façon, je peux me forcer à en mettre, et Ariel n'aura pas besoin de faire semblant que nous ne sommes pas arrivées ensemble.

Pour compléter ma tenue, je range mon nouveau pistolet dans un sac en bandoulière que je passe sur l'épaule. Si je dois porter un pistolet de cette façon, il faudra que j'achète d'autres sacs pour les assortir à différentes tenues.

— Oh waouh, s'exclame Felix quand je me pavane dans le salon. Tu es magnifique.

Fluffster ne se plaint pas des achats inutiles, alors je prends son silence pour un compliment.

Ariel entre alors dans la pièce.

Personne ne trouve les mots… même pas Fluffster, qui sait communiquer par la pensée.

Elle a triché.

Ceci n'est pas quelque chose que nous venons d'acheter, car nous ne nous sommes pas arrêtées à l'hypermarché BDSM.

Tout le corps d'Ariel est serré dans du cuir noir, ou alors c'est du latex. Le pantalon moulant et brillant révèle chaque muscle de ses jambes de danseuse, et ses chaussures noires soulignent également ses atouts. Son haut colle à sa peau de si près que l'on voit ses abdos. Je ne sais pas du tout comment elle a pu y entrer, comme dans le pantalon, d'ailleurs.

Pour couronner le tout, elle a attaché ses cheveux, tenus ensemble par quelque chose qui ressemble à une aiguille de tricot ou un tournevis… c'est difficile à voir sous les boucles.

Elle ne pourrait pas suinter plus de sex-appeal si elle se tenait là en lingerie Victoria's Secret.

— Tu es une dominatrice ou Catwoman ? dis-je en essayant sans succès de rompre le sortilège. Et si c'est ce dernier, ne crois-tu pas aller un peu trop loin dans ton addiction pour Batman ?

— Non, dit Felix d'une voix rauque. Je crois qu'il s'agit d'une version beaucoup, beaucoup plus moulante de la tenue de Trinity, dans *Matrix*.

— C'est juste quelque chose à la mode à l'Earth Club ces derniers temps, dit Ariel en s'essuyant le torse avec les mains.

Elle semble un peu gênée.

— Je peux me changer si…

— Non, disons Felix et moi en chœur.

— Tu es superbe, clarifié-je.

— Pas besoin de te changer, dit Felix en se raclant la gorge. Crois-moi.

Ariel fait un sourire rayonnant à tout le monde.

— Super. Je vais aller me maquiller.

— Ça, c'était sans maquillage ? dis-je à personne en particulier.

— Elle pourrait se faire tellement d'argent dans le mannequinat, me suggère Fluffster par la pensée. Je le lui ai déjà dit. Pourquoi est-ce que personne ne se soucie de faire des économies dans cette maison ?

— Espèce de mac à fourrure.

J'attrape le chinchilla et je frotte la fourrure divine contre ma joue.

— Si Ariel veut devenir médecin, elle doit être

médecin, pas mannequin. En outre, les médecins gagnent bien leur vie.

Cela semble apaiser le domovoi et nous nous installons en attendant Ariel.

J'ai l'impression qu'une heure s'est écoulée lorsqu'elle sort. Nous la regardons tous à nouveau, muets d'admiration… mais je ne sais pas si c'est à cause du maquillage de style gothique qu'elle vient de mettre ou de l'impact toujours efficace de sa tenue de super héroïne sexy.

— Nous ferions mieux de partir, me dit-elle. Le temps s'écoule différemment là où nous allons.

Je me lève du canapé et je m'étire.

— Prenez quelque chose de chaud, exige Fluffster dans nos têtes. Il fait froid dehors.

Résistant à l'envie de plaisanter en disant que quelqu'un ferait des mitaines en fourrure parfaite, je prends mes gants en cuir noir, je fais passer mon écharpe préférée autour du cou et j'enfile un bonnet sur ma tête.

Ariel met son long manteau de pluie, ce qui m'évoque des scènes de comédie romantique où la fille va chez le garçon en ne portant rien sous un tel manteau.

— Laisse le sac, dit Ariel au sujet de mon sac en bandoulière/étui à pistolet.

— Mais j'ai le…

— Ils ne te laisseront pas entrer avec un tel… crime contre la mode.

Elle pince les lèvres et elle secoue la tête comme

pour dire : « n'argumente pas, sinon nous devrons expliquer ce pistolet aux autres ».

— Bon, très bien.

Je retire le sac lourd avec un certain soulagement.

— C'est pour cela que tu me gardes auprès de toi, dit Ariel, et je ne peux m'empêcher de sourire à cause du double sens.

Je la vois laisser les clés de son Hummer sur le crochet à côté de la porte.

— Tu ne conduis pas ?

— C'est tellement compliqué de se garer à l'aéroport JFK, dit-elle en ouvrant la porte. De plus – elle ricane –, il se pourrait que je sois légèrement ivre au retour.

Nous quittons l'appartement et nous marchons vers l'ascenseur quand je demande :

— JFK est le meilleur moyen d'atteindre les Autremondes ?

— Malheureusement, oui.

Ariel se glisse gracieusement dans l'ascenseur et je la suis.

— S'il existe des portails à LaGuardia, ils ne sont pas accessibles à ceux parmi nous qui forment le bas de la chaîne alimentaire des Conscients.

Je ne peux m'empêcher de sauter sur place d'excitation.

— Ces choses-là s'appellent officiellement des portails ? C'est ainsi que je les ai surnommés dans ma tête.

— Tout le monde les appelle les portails, mais il

existe peut-être un terme plus officiel que je ne connais pas.

Ariel range une mèche de cheveux indisciplinés sous mon bonnet.

— Comment se fait-il que tu ne le saches pas ? dis-je lorsque nous quittons l'ascenseur.

Ariel sort son téléphone pour appeler une voiture.

— Je pense que tu es si curieuse parce que tu viens d'être propulsée là-dedans. Tu es comme une touriste qui visite New York pour la première fois.

— Hé, dis-je en faisant semblant d'être vexée. Retire ça.

— Une touriste domestique, dit-elle, pince-sans-rire. Avec un sac banane et une carte en papier.

— D'accoooord. Et toi tu es l'habitante trop cool qui n'a jamais été à la Statue de la Liberté ou visité l'Empire State Building ?

Ariel croise les bras sur sa poitrine.

— C'est ça. Et je déteste Times Square.

Je ne peux m'empêcher de sourire. Aucune de nous n'a visité la Statue de la Liberté alors que nous vivons à distance de marche du ferry pour Ellis Island.

— Alors, dans lequel des Autremondes nous rendons-nous ?

— Il s'appelle Gomorrhe, dit Ariel lorsqu'une voiture noire s'arrête au bord du trottoir.

— Y a-t-il beaucoup de feu et de soufre, là-bas ?

Elle marche jusqu'à la voiture.

— Tu verras. Allons-y.

Lorsque nous arrivons à JFK, nous nous dirigeons vers la porte secrète qu'Ariel a utilisée la dernière fois que nous étions là.

Comme je ne porte pas de bandeau aujourd'hui, j'examine les murs des couloirs menant à la grande salle avec les portails.

Les tunnels sont terriblement ordinaires… ce que j'aurais pu deviner, d'après le lino que j'avais vu sous nos pieds la dernière fois.

La seule chose étrange sur notre trajet est le côté inutilement labyrinthique des couloirs : il y a des croisements à chaque pas. Cependant, Ariel parcourt le chemin d'un air confiant. Elle a clairement mémorisé le trajet.

En restant silencieuse, je sors mon téléphone et je commence une nouvelle page du bloc-notes : je tape G pour gauche et D pour droite chaque fois que nous tournons. Plus tard, j'aurais un moment, je mémorise serais également ce chemin.

— Où finirons-nous si nous nous trompons de chemin ? dis-je lorsque nous entrons dans un couloir plus long.

Ariel hausse les épaules

— Un trou rempli de serpents ? Quand mon père m'a montré le chemin jusqu'à la plateforme de correspondance, il m'a conseillé de ne jamais me tromper, alors je ne l'ai jamais fait. Si ça se trouve, tous ces couloirs ont leurs propres plateformes.

Comment peut-elle ne pas se soucier de telles choses ? Est-ce simplement l'analogie de la touriste ? Je commence à croire qu'Ariel n'a pas les gènes de la curiosité… en tout cas en ce qui concerne les Conscients.

Nous tournons encore quelques fois et je décide de faire vérifier mes notes à Ariel avant d'essayer de m'orienter seule dans cet endroit. S'il y a bien un trou avec des serpents quelque part, je ne veux pas tomber dedans. Je m'arrête également de parler, afin de cartographier l'endroit aussi précisément que possible.

Au bout d'un moment, le sol sous nos pieds devient l'espèce de chrome glissant dont je me souviens de notre dernière excursion.

Nous devons nous approcher de ce qu'Ariel a appelé la plateforme.

La porte suivante est fermée. Ariel l'ouvre et demande théâtralement :

— Prête ?

Puis, elle entre sans attendre.

Mon pouls accélère en la suivant.

— Waouh, dis-je en murmurant, admirant l'endroit où je me trouve.

La pièce circulaire fait la taille de Madison Square Garden, et tout autour de nous se trouvent des portails de plasma multicolore. Des câbles géants sortent du plafond et rejoignent la base de chaque portail, et une énergie ressemblant à de l'électricité se déverse visiblement, comme si une espèce de savant fou essayait de réanimer Frankenstein. J'en ai la tête qui tourne.

La facture d'électricité de cette pièce doit correspondre au PIB d'un petit État.

— Pas de bonds aujourd'hui, dit Ariel en indiquant un portail turquoise près de là.

— Tu veux dire qu'on ne prend pas le portail jusqu'à une autre plateforme, puis un autre portail ?

J'ai mal au cou à force de regarder en bas, en haut et tout autour de nous.

— Exactement.

Ariel se promène jusqu'au portail turquoise.

— Existe-t-il autant de mondes que de portails ? dis-je en faisant un geste de la main pour englober la multitude autour de nous.

— Loin de là, répond Ariel, dont la nonchalance est terriblement irritante. Il existe un nombre infini de mondes. Ceux que nous appelons les Autremondes ne représentent qu'une goutte dans l'océan, il ne s'agit que des mondes auxquels on peut accéder par les portails existants. Ici, à JFK, les portails ne mènent qu'à une petite fraction de tous les mondes accessibles, mais avec suffisamment de bonds, on peut atteindre tous les autres… même si dans certains cas, il vaut mieux pas.

— Comment sais-tu qu'il existe des mondes auxquels les portails ne mènent pas ?

Je m'arrête et je regarde autour de moi afin d'estimer le nombre de portails dans la salle, mais j'abandonne vite.

— Et pourquoi est-ce dangereux ?

Ariel hausse les épaules et se remet à marcher en expliquant :

— Je me base sur ce que le Dr Hekima nous a dit pendant l'Orientation. C'est un expert des portails, alors il sait de quoi il parle. En ce qui concerne les dangers, il nous a aussi dit que nous ne devions pas voyager au hasard. Il existe des mondes où l'on meurt dès que l'on sort du portail.

Je la suis.

— On meurt ? Pourquoi ?

— Cela varie.

Elle s'arrêta à côté du portail turquoise.

— Tu es prête ?

J'ai envie de rester et d'en apprendre plus sur les Autremondes pendant quelques mois, mais j'ai encore plus envie de voir l'exemple d'un véritable autre monde. En me disant que je peux interroger Ariel, Felix, ou même le Dr Hekima plus tard, je hoche frénétiquement la tête.

— Prête.

Ariel franchit le plasma turquoise. Partout où son corps touche la surface brillante, il disparaît, comme s'il était coupé.

Quand elle a entièrement disparu, je fais un pas hésitant vers le portail.

J'ai la chair de poule.

— C'est parti, dis-je à la salle vide, et je passe le portail.

CHAPITRE ONZE

— Bienvenue à Gomorrhe, dit Ariel d'un ton triomphal.

En regardant autour de moi, j'hésite à me pincer pour être sûre qu'il ne s'agit pas d'un rêve élaboré.

Bien qu'il soit dix-sept heures à JFK, il fait déjà nuit sur ce monde. Le ciel est clair, ce qui me permet une vue impossible.

Une vue qui confirme le fait que nous ne sommes plus dans le Kansas, ou à New York.

Il n'y a pas de lune dans le ciel. À la place, l'obscurité au-dessus de nous est dominée par ce qui ressemble à une nébuleuse majestueuse : un nuage interstellaire de poussière et de glace. Les jaunes et les rouges forment de longues colonnes, m'évoquant étrangement le feu et le soufre sur le point de tomber du ciel.

En détachant le regard des cieux surréalistes, j'observe le reste. Nous nous trouvons dans un espace extérieur ressemblant au Colisée, qui doit servir de plateforme de portails, sauf que – et j'ai du mal à croire que je ne l'ai pas remarqué tout de suite – il se trouve en haut d'un énorme gratte-ciel.

Fascinée, je contourne le portail afin de regarder en bas.

Le bâtiment est effroyablement grand. Il est au moins dix fois plus grand que ce que l'on trouve sur Terre. Comment se fait-il que nous n'ayons pas froid à cette altitude ? La planète doit être bien plus chaude, ou bien il y a un chauffage invisible autour de nous. Sans parler du fait qu'il doit y avoir un approvisionnement en oxygène.

Le sommet du bâtiment doit aussi être une attraction pour les touristes, car je vois quelques télescopes autour du périmètre. Je me précipite vers l'un d'entre eux et je regarde dedans.

Si l'on prenait tous les gratte-ciels des villes de la Terre telles que New York, Dubaï, Shanghai, Paris et Moscou, afin de les mettre ensemble dans une ville énorme, le résultat resterait misérable par rapport à ceci. Cette mégapole étendue évoque le croisement de Disneyland avec Times Square et cela me donne envie de descendre et d'en explorer tous les recoins.

Ariel pose la main sur mon épaule.

— Je suppose que tu es impressionnée ? Ne te sens pas mal si c'est le cas, cet endroit a été conçu dans ce but.

— Ça doit être énorme.

Je m'écarte du bord du bâtiment.

— La ville de Gomorrhe est bien plus grande que les

États-Unis d'Amérique. Le monde – ou la planète – de Gomorrhe fait environ la même taille que la Terre, alors les terres restantes de la planète sont utilisées pour nourrir la population insensée de la ville.

Je siffle doucement et je me tourne pour regarder Ariel. Je remarque quelque chose d'étrange et je me frotte les yeux dans le but de m'assurer que je ne subis pas les effets secondaires d'une surcharge d'admiration.

— Ton aura, dis-je lorsque rien ne change. Elle a disparu.

— Eh bien, oui, dit Ariel avec nonchalance. Tout comme la tienne. Nous n'en avons pas besoin ici, à Gomorrhe.

Je baisse les yeux vers le sol réfléchissant et je remarque en effet que la mienne a disparu aussi. En levant la tête, je demande :

— L'aura est-elle spécifique à notre monde ?

— Non.

Je ne sais pas si j'imagine le léger ton suffisant qu'elle utilise. Peut-être est-elle contente de savoir quelque chose que je ne sais pas après avoir été stupéfiée par tous mes tours de magie.

— L'aura est spécifique aux humains.

— Comment ça, spécifique aux humains ?

Je me masse les tempes en espérant envoyer davantage de sens vers mon cerveau plutôt lent.

— Gomorrhe est un des mondes dans lesquels aucun humain ne vit.

Ariel se dirige vers le milieu du toit et elle me fait signe de la suivre.

En la rejoignant, je continue :

— Comment ça, il n'y a pas d'humains ?

J'indique la ville gargantuesque.

— Il y a clairement quelqu'un qui vit ici.

— Ce sont tous des Conscients, dit Ariel par-dessus son épaule. Donc, pas besoin d'aura.

— Attends.

Je m'arrête de marcher.

— Notre peuple est-il originaire de ce monde-ci ?

— Non.

Ariel s'arrête également. Elle incline la tête en se tournant vers moi.

— J'aurais dû attendre que tu aies terminé ton Orientation avant de te conduire ici. Ce sera une nuit de « pourquoi », n'est-ce pas ?

— Alors ce n'est pas notre monde d'origine, mais tout le monde est Conscient, redis-je en ignorant sa plainte. Pourquoi ?

— Je vais te donner quatre questions de plus, ensuite nous profiterons de la soirée, dit-elle, même si son exaspération me semble un peu fausse. Il est évident que les Conscients vivent ici parce qu'ils ont découvert ce monde inhabité par les humains, l'ont trouvé agréable et ont décidé d'y vivre. En tout cas, ceux qui n'avaient pas de pouvoir pour commencer.

Elle se remet à marcher vers le milieu, où j'aperçois une petite structure.

— Que veux-tu dire par « pas de pouvoir pour commencer » ?

J'accélère afin de la rejoindre.

— Tous les Conscients n'ont pas un pouvoir mesurable. Mais nous autres, qui en avons, nous le perdons dans les mondes comme Gomorrhe, explique-t-elle. Les mondes sans humains.

— Ah bon ? dis-je, ne sachant pas si j'aime perdre mes pouvoirs juste pour aller en boîte – peu importe à quel point elle est cool.

— Ne t'inquiète pas, dit Ariel en accélérant. C'est un processus très lent. Il faut beaucoup de temps avant que tu sois complètement drainée.

— Drainée ?

— Est-ce la troisième question ?

Ariel s'arrête à côté de la structure où nous nous dirigions. Cela ressemble à un ascenseur, une impression confirmée lorsqu'Ariel appuie sur un bouton à côté des portes réfléchissantes.

Je lui jette un regard noir.

— Veux-tu bien arrêter de compter mes questions ?

— M'expliqueras-tu tous tes tours ? dit-elle d'un ton vindicatif. Particulièrement celui où tu as lévité dans notre cuisine ?

— Très bien, j'ai compris.

C'est nul d'être l'arroseur arrosé. J'envisage brièvement d'expliquer autre chose que le tour dont elle vient de parler, mais le tourbillon de questions dans ma tête m'empêche de penser à un exemple que je veux bien révéler.

— Que veux-tu dire par « complètement drainée » ? Ou plus précisément, veux-tu dire qu'en vivant sur ce monde, un Conscient perdrait complètement ses pouvoirs ? Et, dans ce cas, est-ce permanent et alors, pourquoi vivre ici ? En dehors des gens sans pouvoir, je veux dire ? Et aussi, pourquoi ? Avons-nous besoin des humains pour que les pouvoirs fonctionnent ?

Les portes de l'ascenseur s'ouvrent au moment où je marque une pause pour reprendre mon souffle.

Ariel se glisse dans l'ascenseur et appuie sur le gros bouton du rez-de-chaussée.

— Il y a eu cinq, peut-être même six, questions.

— Allez.

Je lui fais mes plus grands yeux de chaton.

— S'il te plaît ? Explique ça et je ne demanderai rien d'autre aujourd'hui.

Je croise les doigts dans mon dos et j'ajoute :

— Promis.

Ariel lève les yeux au ciel.

— Tu te rends compte que je te vois croiser les doigts dans le miroir ? Et que tu n'as pas cinq ans ?

— Si je réponds à tes questions rhétoriques condescendantes, est-ce que tu augmenteras mon quota de questions ?

Je pose les mains sur mes hanches.

Les portes de l'ascenseur s'ouvrent. Étant donné la hauteur de ce bâtiment, c'est le trajet en ascenseur le plus rapide que j'ai fait.

Ariel sort et dit par-dessus son épaule :

— D'accord. Je vais te l'expliquer jusqu'à ce que nous arrivions au club…

Le vestibule de l'immeuble est le fantasme de tout architecte et conservateur de musée. On dirait la progéniture de la station Oculus de New York et du musée Guggenheim.

— Tu ne m'écoutes même pas, dit Ariel quand je la heurte, la bouche ouverte.

— J'écoute.

Je la regarde dans les yeux.

Elle soupire.

— Il existe des mondes vides, des mondes contenant à la fois des humains et des Conscients, et des mondes habités uniquement par des Conscients.

Il se pourrait même qu'il existe des mondes réservés aux humains, mais ceux-là n'auront par définition pas de portail qui y mène, puisque c'est nous qui les avons construits.

J'ai l'impression que ma tête va exploser. J'ai un million d'autres questions, mais je sais que si je l'interromps, elle pourrait définitivement arrêter de tout m'expliquer.

Elle se remet à marcher.

— Pour les mondes où nous cohabitons, nous semblons avoir besoin des humains afin de garder nos pouvoirs.

— On dirait que nous sommes des espèces symbiotiques, ne puis-je m'empêcher de murmurer.

Ariel fronce les sourcils.

— Qu'as-tu dit ?

— Des symbiotes.

J'accélère le pas afin de suivre les grands pas d'Ariel.

— Comme les petits poissons qui nettoient les plus

gros. Ou les bactéries bénéfiques qui composent une grande partie du corps de tout le monde.

— Des symbiotes, dit-elle. Je sais ce que c'est. Et, beurk. Quoi qu'il en soit, si nous restons sur un monde sans humains, nous finissons par perdre nos pouvoirs de façon permanente. D'un autre côté, cet effet est négligeable en une seule soirée. Et en ce qui concerne la volonté de vivre ici, la plupart des gens sont nés ici et ils restent donc où ils sont nés. Tout comme les gens nés dans des endroits inhospitaliers sur la Terre y restent souvent, malgré l'existence de New York.

Elle me jette un coup d'œil et nous échangeons des sourires entendus de New-Yorkaises.

— Comment les humains ont-ils fait pour aller dans d'autres mondes ? Et les extraterrestres ? Est-ce que ces mondes ont d'autres espèces douées de sens en dehors de nous ?

— Même si je connaissais les réponses, tu n'as plus droit aux questions.

Ariel regarde en arrière afin de s'assurer que je la suis, voit mon air déçu et ajoute avec plus de gentillesse :

— Je ne le sais pas, de toute façon. Typiquement, les humains ne peuvent pas traverser les portails, alors je ne crois pas que c'est ainsi qu'ils se sont étalés sur d'autres mondes. Je ne suis pas sûre que même le Dr Hekima puisse satisfaire ta curiosité. Tu es comme un caprice de la nature, certaines personnes ont de gros index, toi, tu as un « pourquoi » géant au centre de ton cerveau.

Tout en sachant que ce n'était pas l'intention d'Ariel, je prends ses commentaires comme un compliment.

Nous parvenons à des portes tournantes menant hors du bâtiment, et Ariel pousse l'engin lourd en le touchant à peine, le faisant tourner pour nous :

je suppose que je n'ai pas besoin de gaspiller une question sur : « Pouvons-nous au moins utiliser nos pouvoirs dans ce monde ? » Puisqu'elle le peut clairement. De plus, dans mon cas la question est inutile, sauf si je décide de faire une sieste.

— Waouh, dis-je en arrivant dehors. Cet endroit, c'est comme Vegas sous cocaïne. Et stéroïdes.

La cacophonie de posters de divertissements, de structures exotiques, d'hologrammes en 3D, de lumières et de personnes vêtues de façon très colorée menace de me donner la migraine.

— Nous n'avons pas besoin d'aller loin, dit Ariel en indiquant un gros bâtiment couvert d'une collection d'enseignes néon en allemand, italien, portugais, néerlandais et toutes les autres langues de la Terre, plus une écriture en runes qui me rappelle les symboles gravés par Béatrice dans les corps qu'elle animait. Il s'agit peut-être de la langue originelle des Conscients ? La version anglaise du signe déclare « Earth Club ». Une écriture plus petite vante : « La meilleure vodka de tous les Autremondes ».

Il y a une queue énorme pour entrer, mais cela ne perturbe pas Ariel. Elle m'attrape la main et elle me traîne vers des portes bleu océan qui semblent être faites de marbre.

Un videur les garde.

Un videur énorme qui est vert.

Il ressemble au frère perdu des orques qui ont failli me tuer, mais il ne porte pas de maquillage. Avec un peu de chance, il ne travaille pas avec eux… un espoir confirmé par le regard vide qu'il me jette avant d'examiner Ariel d'un air approbateur.

— C'est un orque ? Lui dis-je aussi doucement que possible.

Le videur doit avoir une ouïe particulièrement aiguisée, car il lève les sourcils et regarde Ariel comme pour dire « Qui est cette idiote que tu nous apportes ? Elle est trop bleue pour entrer ».

— Elle est avec moi, dit Ariel fermement en me serrant la main avec tant de force que mes os se mettent à craquer. Elle marche tout droit vers le videur.

— Voici Sasha. Elle travaille pour Nero Gorin, affirme-t-elle lorsque le type ne bouge pas. Il est également son mentor.

Je ne crois pas que le videur aurait bougé aussi vite si elle lui avait donné un coup de poing de toute sa force boostée.

— Ils connaissent Nero ici ?

Si elle me répond, je ne l'entends pas par-dessus le rythme assourdissant qui assaille mes tympans et fait vibrer mes organes internes.

— Bienvenue à l'Earth Club, crie Ariel dans mon oreille. Que la fête commence.

CHAPITRE DOUZE

CELA NE RESSEMBLE À RIEN QUE J'AI DÉJÀ VÉCU.

Le sol sous mes pieds est fait de verre, nous permettant de voir plusieurs étages au-dessous, chacun possédant sa propre piste de danse transparente. L'impression générale de chaque étage rappelle la cantine de *Star Wars*. Il y a des Conscients de toutes sortes de formes et de tailles, depuis un géant qui me rappelle celui qui me surplombait durant la cérémonie du Rite, jusqu'à des individus minces aux oreilles pointues – des elfes ? – une gamme de personnes extrêmement petites – des nains ou des leprechauns ? – et un être occasionnel de la taille de Clochette – des fées ? – qui plane autour de nous avec des ailes de colibri.

Mes yeux menacent de tomber de mes orbites. Si j'avais bu quelque chose, j'aurais cru avoir ingéré des hallucinogènes. Même si j'ai fortement ajusté ma vision du monde au cours des derniers jours, l'équilibre que j'avais pu atteindre est maintenant fracassé en petits éclats de la taille des fées.

Et de penser que j'avais eu du mal à croire aux vampires.

En parlant de vampires, cet endroit doit être particulièrement populaire auprès d'eux… en tout cas, je suppose que toutes ces personnes pâles en tenue noire avec des lunettes de soleil en sont. Je suis aussi intéressée de voir que la plupart des – peut-être – vampires sont accompagnés par des partenaires de danse portant des tenues noires moulantes en cuir qui ressemblent beaucoup à celle que porte Ariel.

Lorsque je reprends suffisamment mes esprits pour regarder au-dessus de moi, je vois que l'étage supérieur est une grande piscine où des gens et des dauphins nagent ensemble. À mieux y regarder, j'aperçois également ce qui doit être des sirènes : des gens avec des queues de poisson et des nageoires. Et bon, pourquoi pas ?

— Il s'agit de dauphins garous et d'hommes-poisson, me crie Ariel dans l'oreille quand elle a vu mon regard. Tu veux aller nager avec eux ?

— Je crois que je vais m'en tenir à la danse pour l'instant.

Ariel lève le pouce en secouant les hanches au rythme de la musique.

Son enthousiasme est si contagieux qu'il passe outre ma crise de vision du monde, et je commence également à bouger en rythme.

Le style de la musique est impossible à identifier.

Elle est jouée par des instruments que je n'ai encore jamais entendus. Peut-être une sorte de synthétiseur ?

Si ça trouve, il pourrait s'agir d'un chant de sirène.

Je perds Ariel de vue une seconde, et en la cherchant, mon attention est attirée par quelque chose.

Je reste figée, les yeux grands ouverts.

Darian danse à quelques mètres de moi... et il danse avec *moi*.

En fait, il ne danse évidemment pas avec moi, mais avec quelqu'un qui me ressemble exactement, mais qui porte une tenue différente.

Je force mes membres paralysés à bouger afin de pouvoir confronter l'étrange duo, mais avant de les atteindre, ils se mettent à s'embrasser.

Je m'arrête juste à côté d'eux.

Ils ne remarquent pas ma présence, et je ne peux m'empêcher de voir l'air béat du visage de Darian et la manière dont l'autre « moi » a imité tous les détails du vrai moi... sauf peut-être l'enthousiasme avec lequel elle l'embrasse.

Elle lui suce presque les amygdales.

— Qu'est-ce qu'il se passe ? crié-je aux amants. Est-ce une sorte de plaisanterie perverse ?

Darian sursaute visiblement et ouvre les yeux, son regard tombant sur sa partenaire, puis sur moi.

Il saute en arrière comme s'il s'était brûlé et il pâlit brusquement.

L'autre moi me fait un clin d'œil et se transforme instantanément en la Conseillère Kit, la femme changeforme qui adore manifestement embrasser les gens sous des apparences trompeuses.

— Sasha…

Darian fait un pas vers moi, son accent britannique devenant plus fort.

— Je ne savais pas. Je veux dire, je savais que tu allais être ici – je l'ai vu dans une vision –, mais je ne me suis pas rendu compte qu'elle…

Je lui jette un regard noir.

— Tu as cru que j'allais t'embrasser ? Tu as vu *ça* dans une vision ?

Il regarde tour à tour Kit et moi, et son visage est la définition même de l'incompréhension.

— Je…

— Je ferais mieux de partir, dit Kit.

— Non, répondons-nous en chœur.

— Tu as intérêt à avoir une bonne explication, dis-je à Kit.

Elle fait la moue.

— Je veux juste mon propre voyant à moi. Est-ce si mal ?

Darian serre les poings, mais Kit se transforme en géant féroce et ce que Darian était sur le point de faire ou de dire disparaît.

— Profitez du club, grogne Kit de la voix tonitruante du géant, avant de se retransformer en elle-même et de partir, laissant derrière elle une légère odeur de fleurs de cerisier.

Je fixe Darian.

Il semble ne pas savoir quoi dire… ce qui est clairement inhabituel pour lui.

Une main apparaît sur mon épaule.

— Tout va bien ? demande Ariel.

— Oui, lui mens-je. J'allais partir.

— Sasha, attends, dit Darian, mais je l'ignore, pressée d'échapper à la situation gênante.

Ariel me traîne sur la piste de danse et nous nous mêlons à la foule des corps dansants. Entre la musique qui pulse dans mes os et les lumières stroboscopiques qui frappent mes yeux, je ne peux pas rassembler mes pensées suffisamment pour vraiment analyser l'incident.

Kit a joué le même tour à Darian, prouvant que le voyant ne sait pas tout.

Et qu'apparemment, il veut m'embrasser.

D'accord.

Passons à autre chose.

Nous dansons pendant un moment jusqu'à ce que je constate qu'Ariel nous guide lentement à travers la foule vers l'arrière du club, où se trouve le bar.

— J'ai soif, me dit-elle, et je hoche la tête, essuyant la sueur de mon front.

Un verre me ferait du bien, à moi aussi.

Voilà ma promesse de ne plus jamais toucher à l'alcool après le Jubilé qui passe par la fenêtre.

Les clients autour du bar sont aussi divers que ceux sur la piste de danse, avec seulement quelques spécimens ressemblant à des humains.

Un très beau spécimen me fixe avec un sourire et

un éclat sensuel dans ses yeux ambrés. Il est aussi beau qu'il n'est pas mon genre. Avec ses traits parfaits et presque féminins, les mèches claires et brillantes comme dans une pub de shampooing lui tombant sur le visage, il évoque Leonardo DiCaprio dans *Titanic* ou n'importe quelle autre membre de boys band que les adolescentes vénèrent en ce moment. Je préfère normalement que mes hommes soient plus masculins… si j'avais voulu ce genre de beauté, j'aurais dragué Ariel. Cependant, il y a quelque chose de fascinant chez cet inconnu. Et – mais je pense qu'il doit s'agir d'une sorte d'illusion olfactive – je crois pouvoir le sentir, et c'est l'odeur la plus délicieuse qui soit…

Je vois que l'expression enthousiaste d'Ariel se transforme en regard noir.

Détachant les yeux de l'inconnu sexy, je suis son regard.

Là, se reposant sur un tabouret de bar en marbre bleu, se trouve Chester, l'ancien Conseiller qui a engagé Béatrice pour me tuer.

Il doit remarquer que nous le fixons, car sa bouche se courbe en un sourire de satyre. Il lève son verre de martini d'une main et nous salue de l'autre… comme si nous étions ses meilleures amies.

Ariel marche vers lui à grands pas, sa tenue moulante montrant la tension des muscles de son dos.

Je la suis, la mâchoire serrée, tout en jetant un autre coup d'œil à l'inconnu intéressant… qui surprend mon regard et me fait un autre sourire ensorcelant.

La piste de danse en verre se transforme en marbre

bleu – peut-être pour marquer la zone du bar – et lorsque je franchis ce seuil, le volume de la musique tombe d'une centaine de décibels. Il est maintenant possible d'entendre le murmure des clients du bar, et même le cliquetis des verres sur le bar en pierre.

Si Chester n'était pas là, j'aurais rompu ma promesse de ne plus poser de questions et j'aurais interrogé Ariel sur le fonctionnement de cette rupture apparente des lois de la physique acoustique. En l'occurrence, j'essaie juste de la suivre.

— Toi, dit Ariel d'un ton si fort que certains des autres clients du bar la dévisagent.

— Moi, dit Chester avec un ricanement. Et toi tu es toi, et elle – il me montre du doigt – est-elle, et eux – il indique la piste de danse – ce sont eux, et…

— Ce n'est pas le bon moment pour faire le clown, affirme Ariel d'un ton terrifiant. Tu as essayé de tuer Sasha.

Chester boit une gorgée de sa boisson couleur rubis en me regardant.

— Elle est toujours aussi en retard sur les événements ? Cet incident avec Béatrice est maintenant de l'histoire ancienne. Il est temps de passer à autre chose.

— Je parle de quelque chose de bien plus récent, et tu le sais.

Ariel passe la main dans ses cheveux et d'un geste brusque, elle en sort quelque chose, laissant l'épaisse masse tomber en cascade dans son dos.

Non seulement elle ressemble à Xena la princesse

guerrière maintenant, mais elle tient également une longue arme pointue.

— Il est très probable que ton poinçon rate mes organes vitaux, dit Chester avec un rictus confiant. Comme tu dois le savoir, les chances sont toujours de mon côté.

— Est-ce que tu viens de massacrer une citation de *Hunger Games* ? dis-je à Chester avant de chuchoter à Ariel : tu devrais répondre par « do you feel lucky, punk ? »

Ariel nous jette un regard froid à tous les deux avant de grogner :

— Je peux te poignarder jusqu'à ce que tu n'aies plus de chance.

— Et ensuite ?

Il nous fait un sourire diabolique.

— Être une prostituée de sang pour un des Exécuteurs ne te place pas au-dessus de la loi.

Je vois qu'Ariel est sur le point de lui sauter dessus, alors je pose une main apaisante sur son épaule, tout en me demandant si le terme péjoratif qu'il vient d'utiliser fait référence à l'étrange relation entre Ariel et Gaius.

— Comme tu en as certainement conscience, dis-je d'un ton aussi condescendant que possible, il y a eu une série d'accidents malencontreux dans ma vie dernièrement. La malchance est ton mode opératoire. Tout comme l'embauche d'hommes de main. Tu comprends donc ce que ça nous inspire.

L'épaule d'Ariel se détend légèrement sous mes doigts.

— Sasha a informé Nero de ces accidents, dit-elle à Chester. Tu crois vraiment qu'il te laisserait vivre s'il lui arrivait quelque chose ?

Le sourire suffisant de Chester disparaît.

— Je ne sais pas du tout de quoi vous parlez.

— De ça.

Je sors mon téléphone et je lui montre la photo de l'orque.

— As-tu oublié un de tes larbins ?

— C'est un orque.

Chester pose sa boisson et veut attraper mon téléphone. Ne lui faisant pas confiance, je le récupère.

— Cet orque a lâché un chien sur moi, dis-je en frissonnant presque à cause du souvenir. Cette bête a failli me manger.

Chester tend la main pour boire une gorgée avant de s'arrêter.

— Peu importe ce que ça vous inspire, dit-il d'un air sérieux qui semble presque déplacé sur son visage. Cela fait des années que je n'ai pas traité avec un orque.

— Des orques. C'est au pluriel. Il y a eu de nombreuses tentatives pour me tuer.

Il ferme les yeux et il se masse les tempes avant de les ouvrir à nouveau.

— Vous croyez vraiment que je suis stupide à ce point ? J'engage Béatrice pour te tuer.

Il tend la main droite et il plie son petit doigt.

— Je suis pris sur le fait et – il plie son annulaire – tu obtiens la protection du Mandat, ce qui signifie que celui qui te tuera mourra également s'il se fait prendre.

Il plie son index.

— Alors, dans un acte de stupidité ultime, je fais venir des orques sur Terre, ce qui est une autre violation punie par la mort, d'ailleurs, et puis je leur demande de te tuer ?

Il plie le pouce, ce qui ne laisse plus que son majeur dressé devant nous.

— Enfin, dit-il, cerise sur le gâteau, mes orques ratent leurs tentatives de meurtre répétées ?

Il plie le majeur.

— Béatrice a échoué.

Je sens toujours une bonne odeur et mes yeux ne peuvent s'empêcher de regarder l'inconnu aux yeux ambrés. Lui, cependant, semble maintenant absorbé par sa boisson et il ne regarde pas dans ma direction. Je me force à me tourner vers Chester en disant :

— Cela suit un schéma établi.

— Avec l'intervention de Darian, sans doute, répond Chester d'un ton méprisant. Les pouvoirs des voyants annulent ceux des êtres comme moi – c'est pour cela que je voulais empêcher une autre voyante d'être formellement introduite dans la communauté des Conscients de New York.

Il me regarde avec franchise – en tout cas, avec autant de franchise que ce dont ses yeux de serpent sont capables.

— Tout ce bazar n'était pas personnel, poursuit-il. Maintenant que tu fais partie de la communauté, je suis obligé de supporter ton existence.

— Je suis sûre que Nero n'a rien à voir avec ta

bienveillance soudaine envers Sasha. Tu es seulement un bon citoyen Conscient et tu joues le jeu par bonté de cœur, dit Ariel.

Je suis surprise par la dureté de son ton – elle doit encore être énervée par la mention de « prostituée de sang ».

Chester attrape son verre.

— Quel est le problème si Nero fait partie de ma décision ? Je n'ai pas de dent contre lui.

Il boit une gorgée de liquide rose.

— Quand c'était Darian qui la voulait tellement – il me regarde – ça, ça rendait les choses plus spéciales pour moi. Mais de l'eau a coulé sous les ponts maintenant.

— Tu ne t'attends quand même pas à ce que l'on croie ces conneries, dis-je.

Du coin de l'œil, j'aperçois l'inconnu qui sent bon examiner mon visage avec attention.

— Tu as perdu ton siège au Conseil à cause de moi, poursuis-je en reportant toute mon attention sur Chester. Tu veux que j'imagine que tout est pardonné et oublié ?

— C'est aussi à Darian que j'en veux pour cela, pas à ses pions temporaires, répond-il en baissant les lèvres. Lui et moi nous avons des comptes à nous rendre, mais tu ne fais pas partie de ma liste… sauf si cette conversation se prolonge.

Je regarde Ariel.

Elle semble hésitante.

Ce qu'il dit possède assez de logique pour paraître

vrai, mais d'un autre côté, c'est le cas des meilleurs mensonges.

— J'ai engagé Béatrice parce que ta mort devait être rapide, explique Chester. Maintenant qu'il est trop tard pour t'empêcher d'être protégée, ma vengeance ne serait pas si directe, ni si impulsive. Je pourrais par exemple simplement augmenter drastiquement ton risque d'avoir un cancer du sein ou…

Il arrête de parler, car l'arme d'Ariel est posée sur sa gorge.

Je cligne des paupières de manière répétée. Je n'ai pas vu mon amie bouger… mais j'étais peut-être un peu distraite par la bonne odeur de l'inconnu aux yeux ambrés.

— Bien sûr, je ne ferais jamais quelque chose d'aussi maladroit que de donner le cancer à quelqu'un.

Chester boit comme s'il n'avait pas remarqué l'aiguille pointée sur sa gorge.

— Comme je l'ai dit, l'eau a coulé sous les ponts.

— Ariel ? dit une voix hypnotique et familière. Tu t'amuses sans moi ?

En me tournant, je reconnais Gaius. Ses lunettes de soleil sont posées sur son front et je vois ses yeux de ciel arctique zoomer sur Ariel comme des missiles autoguidés.

Retirant la menace du cou de Chester, Ariel attache ses cheveux. Le poinçon disparaît si discrètement que je suis tentée de lui demander comment elle l'a fait, afin de pouvoir ajouter la manœuvre à mon répertoire de tours de passe-passe.

— Je suis ravie d'avoir bavardé avec vous, Mesdames, dit Chester en posant des billets que je ne reconnais pas sur le comptoir avant de se lever en marmonnant : Et j'utilise le terme librement.

Il s'éloigne en sautillant et Ariel le fixe comme si elle souhaitait le poignarder dans le dos avec son poinçon – et ajouter quelques poignards pour faire bonne mesure.

— Pourquoi n'es-tu pas venue me trouver au neuvième étage ? demande Gaius à Ariel.

Sa voix douce n'est pas assortie à son air possessif lorsqu'il dévisage la tenue d'Ariel.

— Tu m'évites ?

— Nous venons d'arriver, dit-elle rapidement. J'allais boire un coup avec Sasha et venir te trouver en lui montrant le club.

Gaius me regarde.

— Est-ce que ça t'ennuie si je t'emprunte Ariel pendant un court instant ? Tu pourrais aimer explorer sans baby-sitter.

— Aucun souci.

J'essaie de jeter un coup d'œil à l'inconnu délicieux, mais il surprend mon regard et il me refait un clin d'œil. Je me tourne vers Ariel.

— Ne t'inquiète pas pour moi. Va passer du temps avec ton petit-ami.

— Petit-ami ?

Gaius se frotte le menton en observant Ariel d'un air contemplateur.

Mon amie me jette un regard assassin.

— Tu n'as pas intérêt à quitter cet endroit sans moi.

— Promis juré, dis-je en faisant semblant de cracher dans ma main.

— Tenez, dit Gaius en posant la même monnaie étrange sur le bar et en faisant signe au barman. La boisson suivante de Sasha est pour moi.

En prenant Ariel par le coude, il la guide ailleurs.

Malgré les protestations d'Ariel, ils sont clairement plus que des amis. Ce qui semble logique. Après tout, elle est obsédée par Batman… à cause de sa cape noire et de son obsession pour les chauves-souris, Batman est assez proche d'un vampire.

Le barman prend le verre non terminé de Chester et essuie le bar devant moi avec un chiffon douteux.

— Qu'est-ce que je vous sers ? demande-t-il et je remarque qu'il cligne des paupières par le côté avec une membrane nictitante laiteuse. C'est une troisième paupière transparente qu'il doit utiliser pour humidifier ses yeux.

— Je voudrais la même chose.

Je montre la boisson de Chester dans sa main.

— Vraiment ?

Il me regarde avec un mélange d'incrédulité et de respect.

Je cherche Ariel et Gaius, mais ils ont disparu dans la foule.

— Oui, dis-je au barman. Que la fête commence.

— Comme vous voulez.

Il s'éloigne et il mélange la boisson en faisant quelques mouvements rapides qui m'évoquent des sautillements de grenouille.

Je sens à nouveau la bonne odeur de l'inconnu et je me demande si je pourrais – ou si je devrais – tenter une approche. Ariel n'a aucun problème à flirter, mais d'un autre côté, elle n'est pas obligée de s'inquiéter du rejet, car quiconque possède un cœur qui bat est assuré de la trouver irrésistible.

En y réfléchissant, c'est peut-être aussi le cas pour ceux dont le cœur ne bat pas. Il faudrait que je découvre si les vampires Conscients ont un pouls.

Le barman pose le verre sur le bar devant moi et je décide qu'un peu de courage liquide pourrait être exactement ce dont j'ai besoin.

Je soulève mon verre et je bois une grande gorgée… que je regrette instantanément.

Le liquide me brûle la langue comme de la lave en fusion, la chaleur irradiant mon ventre et tous les centres de la douleur de mon cerveau.

Est-ce que je viens de boire du gaz poivre pur ?

Paniquée, je lutte pour respirer.

J'ai les larmes aux yeux et je veux hurler.

Si j'avais une rivière devant moi, je la viderais sans doute en buvant.

— Tu aurais dû l'avertir au sujet du Feu de Chimère, dit une nouvelle voix quelque part.

D'un ton plus sévère, le nouveau venu ajoute :

— Donne-moi un verre de Lait de Gargouille tout de suite.

Du TNT continue à exploser dans ma bouche et je fais de l'hyperventilation lorsque le verre est posé dans ma main.

— Ça devrait aider, dit la nouvelle voix… une voix accompagnée d'un arôme délicieux que je peux détecter malgré mon état misérable.

J'avale désespérément le liquide et un soulagement apaisant s'étale en moi.

Après quelques inspirations tremblantes, j'essuie les larmes de mes yeux et je regarde mon chevalier en armure.

J'aurais pu deviner qui c'était d'après la voix de soprano de boys band et la senteur caractéristique.

Le bel inconnu en a enfin eu assez de jouer au ping-pong avec les yeux.

— Était-ce au moins de l'alcool ? parviens-je à articuler en poussant le reste de la boisson aussi loin de moi que possible. Quelques gouttelettes tombent sur le bar et je m'attends presque à ce que la surface se mette à grésiller.

Comment Chester a-t-il fait pour ne pas mourir en buvant cette atrocité tout au long de notre conversation ? Et surtout, cet enfoiré buvait-il cette affreuse boisson juste pour me porter malchance en commandant après lui ?

— Il y a de la capsaïcine dans le Feu de Chimère, dit le barman.

Bon, ceci explique cela. La capsaïcine est ce qui donne l'impression que les piments brûlent, et cette boisson horrible était sans doute composée de capsaïcine pure.

— Oui, dit mon sauveur en fronçant les sourcils au barman. Et c'est pour cela qu'il faudrait toujours avertir les gens.

— Ce n'est pas de ma faute. Elle semblait si sûre d'elle-même que je…

J'ignore le reste de ce qu'il dit et j'attrape une serviette en papier, je me détourne de mon sauveur et j'essuie la bave et le restant de mes larmes.

Évidemment.

La loi de Murphy veut que le jour où je rencontre un inconnu canon au bar soit également le jour où je bois une boisson si épicée que mon mascara me transforme en raton laveur. Devrais-je l'appeler la « loi de Chester » à partir de maintenant ?

Je me tourne pour lui faire face et je suis soulagée de voir qu'il ne frissonne pas d'horreur.

— Tu aurais dû commencer par Alien Blood, dit-il en souriant. Ou Drano Armageddon.

— Je crois que je ne boirai rien de plus dans cet endroit.

J'inspire profondément et je me rends immédiatement compte de mon erreur. Je viens d'inspirer une dose encore plus grande de son odeur merveilleuse et j'ai la tête qui tourne. Cet effet-là pourrait bien être dû aux effets combinés des deux verres que je viens de boire. Qui sait quel genre de labo de chimie parcourt mes veines en ce moment même ?

— Ce serait en effet une bonne idée pour le moment.

Le type me regarde sous ses cils si longs que c'est injuste.

— Je m'appelle Sasha, dis-je en tendant la main

aussi professionnellement que possible, et il me faut user de toute ma volonté pour ne pas glisser mes doigts sur ses pommettes saillantes, ce qui est ce que ma main stupide a soudain très envie de faire.

— Harper.

Il tend la main et lorsque sa paume touche la mienne, une décharge électrique s'étale de ma main à travers mon corps.

Le temps semble ralentir lorsqu'il me regarde avec ses grands yeux et j'ai l'impression d'être à un cheveu de finir comme ces insectes de plusieurs centaines de millions d'années piégés dans l'ambre.

Je parviens à récupérer ma main et je dis d'une voix rauque :

— Ravie de te rencontrer.

— Le plaisir est entièrement le mien, répond Harper en semblant projeter un nuage de délicieuses phéromones vers moi.

Le souffle coupé, je le regarde comme une paonne en chaleur fixant le plumage éclatant d'un paon.

— Veux-tu danser ? me murmure Harper à l'oreille, ses lèvres caressant doucement mon lobe.

Au lieu de répondre, je bondis sur mes pieds. Il se lève avec un sourire suffisant et il me prend la main.

Le voltage de l'électricité à son contact est un peu plus élevé cette fois.

Ensorcelée, je laisse Harper me guider jusqu'à la piste de danse et nous commençons à bouger : lui, sur le rythme, et moi comme une marionnette dont il tirerait les ficelles.

La musique envoie des riffs de *heavy metal* assourdissants, mais avec des violons électroniques au lieu des guitares.

Danser avec lui, c'est comme de monter à bord d'un grand huit, mais au lieu de sentir mon estomac se soulever, c'est tout mon corps qui est affecté. Il n'est pas très grand, seulement cinq ou six centimètres de plus que moi, mais cela rend encore plus difficile le fait d'échapper à son regard intense. Je ne peux m'empêcher de le respirer encore et j'ai la tête qui tourne comme un roseau dans une tornade.

Que se passe-t-il ? Est-ce à cause des boissons ?

Je n'ai jamais rien vécu de tel. Je veux m'approcher de lui, le boire comme un chocolat chaud par une journée froide.

J'ai l'impression que mes lèvres sont gonflées et je veux qu'il m'embrasse. Pourtant, il continue seulement à regarder, à danser… ce qui me donne simplement plus envie de ce baiser.

S'il ne m'embrasse pas très bientôt, il se pourrait que je lui saute dessus.

Une part de moi sait qu'attraper ses belles mèches brillantes et tirer sa tête vers moi pourrait être inapproprié, mais une autre part de moi veut dire à cette première partie de la fermer.

— On passe à l'étape suivante ? murmure-t-il pendant une pause entre deux chansons.

Toute ma peau se met à palpiter.

— Oui, faisons ça.

Il se penche vers moi et je ferme les yeux. Mon pouls accélère brutalement.

Il va enfin m'embrasser.

Je peux déjà presque le goûter, mais au lieu de m'embrasser, il se contente de prendre ma main. Lorsque l'électricité de ce contact assaille mes sens déjà très actifs, il me faut toute ma volonté pour ne pas placer sa main à un endroit bien trop intime pour la piste de danse.

Il me tire par la main, me guidant quelque part.

Pendant que nous marchons, j'aperçois Kit dans sa véritable forme parmi la foule et je pousse un soupir de soulagement. Inconsciemment, je devais m'inquiéter d'être au sein d'un autre de ses petits jeux étranges.

Nous atteignons bientôt les portes de l'ascenseur.

Avant que je puisse poser la question, le doigt fin de Harper caresse le bouton de l'ascenseur : un geste qui me rend très jalouse d'un objet inanimé.

Il me guide à l'intérieur et il appuie sur le bouton du neuvième étage.

Les portes de l'ascenseur sont faites de verre. Tout le monde peut voir l'intérieur, mais je veux quand même qu'il me colle contre une des portes et…

L'ascenseur sonne et les portes s'ouvrent.

Ai-je eu un trou de mémoire ou bien cet ascenseur est-il plus rapide que celui du gratte-ciel ?

Harper me reprend la main, dissipant toutes mes pensées errantes en dehors de la sensibilité de ma peau, la façon dont elle picote…

Je suis distraite de mon brouillard hormonal par ce qui nous entoure.

Il semblerait que le neuvième étage ne soit pas conçu pour danser.

Dans mon état d'esprit vaseux, j'ai des difficultés à comprendre quel est le véritable but de cet endroit, mais on dirait un croisement entre un donjon BDSM et un bar.

À ma droite, une orque musclée est allongée sur une grande table, son corps nu étant recouvert de hors-d'œuvre que de petits types barbus dévorent avec un peu trop d'enthousiasme.

À ma gauche, un elfe nu avec un regard béat est attaché sur une structure de planches croisées. Une femme avec des écailles bleues et brillantes sur ses épaules exposées le fouette. Lorsqu'elle s'arrête momentanément, une horde de vampires se bat pour décider qui a le droit d'être le premier à lécher les gouttes de sang coulant sur le dos de l'elfe.

Le sourire de bonheur sur le visage d'un vampire buvant du sang active une alarme distante dans ma tête. Je me demande si Ariel et Gaius se trouvent également à cet étage, faisant Dieu sait...

— Nous trouverons une salle plus privée à l'arrière, chuchote Harper d'une voix rauque, reportant mon attention sur lui.

— D'accord, parviens-je à articuler. Prends-moi... euh, montre-moi, je veux dire.

Il me conduit devant un type faisant une chose de bizarre à l'évent d'un dauphin dans une cuve en verre, et quelque part tout au fond de ma tête, je comprends plusieurs choses.

Tout d'abord, je n'ai jamais été aussi sexuellement excitée de ma vie.

Ensuite, j'accepte de me trouver seule dans une pièce avec un type dont je ne connais pas le nom de famille.

N'avais-je pas une règle importante au sujet de connaître les noms de famille des gens avant de me mettre dans ce genre de situation ?

En ce moment même, j'ai des difficultés à me soucier de son nom, ou de quoi que ce soit d'autre, d'ailleurs.

Est-ce que mes années d'abstinence ont endommagé une partie de mon cerveau, ou bien y avait-il quelque chose dans ces boissons ? Harper pourrait-il avoir mis quelque chose dans le verre qu'il m'a donné ?

Cette dernière idée semble improbable, mais si elle est vraie, ce serait ironique. Si Harper était aussi doué pour les tours de passe-passe, il n'aurait pas eu besoin de me droguer. Il aurait simplement pu me montrer ses talents et j'aurais sûrement voulu lui sauter dessus tout autant que maintenant.

— Que penses-tu d'ici ? murmure Harper et un nouveau nuage de son odeur délicieuse dissipe toutes les pensées errantes de mon esprit.

Je rentre d'un pas pesant dans la jolie petite alcôve. Je m'assois sur le canapé en cuir et j'essaie de stabiliser ma respiration frénétique.

Sans même fermer la porte, Harper s'assoit sur le canapé à côté de moi et il me regarde dans les yeux.

Je le fixe à mon tour, mes poumons se transformant en soufflets.

Il se penche vers moi.

Son regard, ou peut-être son odeur, ou peut-être le fait de savoir que nous sommes sur le point de nous embrasser déclenche ce que je ne peux décrire que comme une armée de papillons roses agitant follement leurs ailes dans mon estomac et dans mon torse. En tout cas, je crois qu'il s'agit de papillons et pas de brûlures d'estomac à cause de la boisson très épicée. Un des papillons est clairement du type zélé, un de ceux pouvant créer un ouragan, car un tourbillon de palpitations chaudes s'étale à travers mon corps, me faisant haleter.

Harper se trouve maintenant à deux centimètres de moi.

Je ferme les yeux sans en donner l'ordre à mes paupières.

Nos lèvres se rencontrent.

Le monde autour de moi semble devenir plus net, comme si quelqu'un l'avait fait passer en ultra haute définition.

C'est officiel.

Il s'agit du baiser le plus délicieux de ma vie.

Pendant que les doigts légers de Harper caressent mon visage, causant de petits électrochocs, un doute se met à me ronger quelque part au fond de mon cerveau.

Lorsque nos langues commencent à danser, ce doute grandit et j'arrive enfin à définir le problème.

Quelque chose me paraît vaguement familier.

Mon excitation précédente est si timide par rapport à ce que je ressens maintenant. Ce que je ressens par rapport à une excitation normale, c'est comme le concerto de Mozart par rapport à la sonnerie du camion de glaces.

Ses paumes se trouvent maintenant dans mon dos, me faisant cambrer lorsque l'énergie chaude s'étale le long de ma colonne.

Que m'arrive-t-il ? Pourquoi est-ce si familier ?

Je retiens un gémissement et j'oublie toute forme de raison lorsque le sang bat dans mes tympans, et que mon visage, mon cou et ma poitrine brûlent à cause des millions de vaisseaux sanguins qui se dilatent.

Une tension physique et mentale grandit en moi et je suis sur le point de le supplier de faire quelque chose… mais je ne sais plus ce que c'est.

— Es-tu d'accord pour faire ça ? murmure Harper.

Avec une impression de déjà vu, toutes les excitations de ma vie se rassemblent en une seule explosion.

— Oui, gémis-je.

Ses doigts défont les boutons de ma chemise et cela aussi me paraît familier, tout comme mon désir qu'il arrache le reste.

Puis il embrasse mon cou et la sensation me traverse en une vague explosive. Tous les muscles de mon corps convulsent, puis tremblent violemment lorsqu'il transfère ses baisers jusqu'à mon épaule.

L'impression de reconnaître la situation est la seule chose qui me permet de garder un semblant de sens commun.

Pourquoi tout ceci me semble-t-il si familier ?

Lorsque Harper mordille le lobe de mon oreille, je lutte contre la vague de plaisir, me forçant à me concentrer sur la familiarité de cette expérience.

Une partie de moi se souvient que ses lèvres sont sur le point de passer sur ma clavicule.

Les lèvres de Harper se déplacent en effet vers l'os de ma clavicule.

Avec un effort de volonté monumentale, je me dissocie de la sensation puissante et explosive qui secoue ma chair.

— Non, crié-je au lieu de pousser un gémissement orgasmique. Stop !

CHAPITRE TREIZE

Luttant contre une faiblesse grandissante, j'ouvre mes paupières lourdes.

Harper semble différent. Plus féroce, par manque d'un meilleur mot. En dehors de cela, son visage affiche une expression indescriptible : en partie surprise et en partie irritée.

— J'ai dit stop, dis-je encore d'un ton plus ferme.

— Ne lutte pas, murmure-t-il et l'odeur délicieuse devient plus suffocante. Détends-toi.

Je comprends enfin.

La raison pour laquelle ceci me semble si familier, c'est que je l'ai rêvé.

Mon fantasme était une vision.

Une vision de cette situation.

Mon pouls accélère et j'utilise toute ma volonté pour rassembler mes forces et repousser Harper.

Il semble encore plus perplexe pendant un moment,

puis il revient vers moi, ses doigts agiles m'évoquant soudain des griffes.

La colère chasse les restants d'excitation de mon cerveau toujours embrumé.

— Non, c'est non, dis-je avec force en donnant un coup de poing à son visage trop joli.

Je le touche à la joue et la douleur explose dans mon bras.

C'est comme si j'avais touché un mur.

La voix de Harper monte dans les aigus :

— Espèce de pétasse. Tu vas…

— Sortir de là sans aucun problème, dit une voix familière.

Je lève la tête et je pousse un soupir de soulagement.

Ariel se tient devant nous, le poinçon serré dans une main.

Sa tenue noire la rend presque invisible contre les murs noirs de la pièce. Elle utilise sans le savoir une technique de magie appelée le principe de l'art noir, même si je parie que les ninjas l'ont découvert longtemps avant les magiciens.

L'odeur délicieuse de Harper devient plus forte et de sa même voix de fausset, il dit :

— Tu devrais nous rejoindre.

Malgré ce qui vient d'arriver, l'idée qu'Ariel rejoigne Harper et moi me tente pendant une seconde. Étonnamment, Ariel semble également envisager l'offre. Puis elle regarde la porte, et son visage reprend un air déterminé.

Je suis le regard d'Ariel et je vois Gaius. Il est

absolument terrifiant, les canines bien apparentes, les yeux transformés en miroir et le visage féroce.

— Arrête la puanteur, ordonne froidement Gaius à Harper. Tu as une seconde avant que je t'arrache la tête.

— Je suis plein d'énergie grâce à elle, répond Harper en me désignant. Es-tu certain que je te laisserai m'arracher la tête ?

— Je l'aiderai à l'arracher, dit sombrement Ariel. Après t'avoir percé de quelques trous.

Gaius serre les poings.

— Je ne pense pas avoir besoin d'aide.

Harper soupire de façon démonstrative et il se lève, levant les bras au-dessus de la tête, comme s'il coopérait avec un officier de police.

Ariel baisse son poinçon et fait un pas de côté, comme si elle redoutait de le toucher. Harper ricane en passant à côté d'elle. Lorsqu'il se trouve à côté de Gaius, il se penche tout près du vampire.

— Vous autres suceurs de sang, vous êtes de tels hypocrites.

Le vampire se place devant lui, lui bloquant le chemin. Les yeux glaciaux de Gaius semblent prêts à poignarder Harper.

— Tu oses comparer ton espèce à la mienne ? Nous nous nourrissons avec le consentement de l'autre.

— Mais bien sûr.

Harper pousse Gaius, beaucoup plus grand que lui, d'un coup d'épaule.

À ma surprise, le vampire trébuche

momentanément, laissant à Harper l'occasion de se faufiler hors de la pièce.

Gaius hésite à le poursuivre, mais il doit se raviser, car il reste sur place.

— Tu vas bien ? me demande Ariel, dont le mode mère poule est pleinement activé et réglé sur au moins onze sur dix.

— Je crois.

C'est un mensonge. En réalité, je ne sais pas du tout comment je vais ni ce qu'il vient de m'arriver.

Ariel se penche pour serrer mes mains glacées.

— Je suis vraiment désolée de t'avoir laissée toute seule. Je ne le referai plus jamais.

— Ça se voit qu'elle va bien, dit Gaius, dont les yeux reprennent leur teinte bleue et froide.

— Qu'est-ce que tu racontes ? rétorque Ariel. Si nous étions arrivés une minute plus tard, elle serait morte.

Je la regarde bouche bée, tout le sang disparaissant de mon visage.

— Ah bon ?

— Tu as de la chance d'avoir crié stop, me dit Gaius d'un ton légèrement plus aimable. Grace à mon ouïe très développée, nous avons pu arriver ici à temps.

— Ce n'était pas exactement de la chance, dis-je en refermant mon chemisier. Pouvez-vous me dire ce qu'est Harper ?

Gaius regarde Ariel qui hausse les épaules et dit :

— As-tu déjà entendu parler de légendes humaines concernant les incubes ou les succubes ?

Les derniers papillons restants dans mon estomac retournent à leur forme de chenille.

— Comme les démons qui séduisent les gens ?

— Oui, répond Ariel. Harper allait sucer ta vie sous forme d'énergie sexuelle. En général, le résultat est fatal.

— En parlant de ça, dit Gaius, ressens-tu de la faiblesse ?

Je m'examine et je hoche la tête.

— Oui. C'est comme si j'avais une pression sanguine très basse et raté un repas.

— Mange ça.

Gaius sort une barre chocolatée et me la tend.

Je me demande pourquoi un vampire porte ce genre de goûter sur lui, mais je décide que je préfère ne pas le savoir. Je déchire l'emballage et je mets le chocolat dans ma bouche.

— Penses-tu que c'est pour cela que Darian a voulu te parler ici ? demande Ariel à Gaius pendant que je mâche. Tu crois qu'il savait que Sasha aurait besoin de ton aide ?

— Si c'est le cas, j'aurais vraiment aimé qu'il dise simplement : «va au neuvième étage dans la troisième salle privée sur la droite à 1 h 37 et sauve Sasha», dit Gaius en se pinçant le nez. Les voyants peuvent être tellement irritants… sans vouloir t'offenser, Sasha.

— Aucun souci, dis-je en marmonnant à travers le chocolat et le nougat dans ma bouche. Je suis d'accord avec toi. Si Darian savait vraiment ce qui allait se passer, il aurait dû m'empêcher de danser avec Harper pour commencer.

Ariel se frotte le menton.

— Je me demande pourquoi il ne l'a pas fait ?

— Il a peut-être essayé ? Il voulait me dire quelque chose après l'incident avec Kit, ou peut-être savait-il que j'avais déjà eu une vision à ce sujet.

J'avale le restant de la barre chocolatée.

— Peut-être voulait-il que j'utilise mes pouvoirs de voyante afin de m'en sortir ?

— Tu as eu une vision à ce sujet ?

Ariel me regarde comme si un orteil venait de pousser sur mon front.

— Pourquoi ne l'as-tu pas évité, alors ?

— Mon rêve n'a pas été très précis.

Je lèche avidement le chocolat sur mes doigts.

— C'est peut-être ce qui est arrivé à Darian, également. Il a pu avoir une vision aussi vague que la mienne et savoir seulement qu'il devait vous conduire à cet étage.

— Ou bien il a plus à gagner de la situation telle qu'elle est maintenant.

Gaius examine ses doigts et je me rends compte qu'il porte du vernis noir. Je suis à peu près certaine qu'il n'en avait pas auparavant, alors il doit s'agir d'un look gothique pour cette boîte.

— Comment te sens-tu ?

Ariel me regarde comme si j'étais une poupée de porcelaine venant de tomber sur un sol en béton.

Pour une raison étrange, son air soucieux lui donne

une apparence terriblement sexy. En fait, cette tenue est…

Je secoue la tête en constatant que la séduction de Harper n'a pas encore complètement quitté mon corps.

— Ça ira, dis-je en essayant de rendre ma respiration plus régulière. Mais j'aimerais vraiment rentrer à la maison.

Ariel et Gaius échangent un regard bref, dont le sens échappe à mon cerveau épuisé.

— Accompagne-la, dit Gaius d'un ton un peu trop autoritaire à mon goût. Si tu peux, reviens ici après. Je te conduirai à l'étage supérieur.

Ariel hoche la tête et m'aide à me relever.

Son contact est presque aussi électrique que celui de Harper, alors j'essaie de penser à des choses pas du tout sexy au sujet de rats taupe nus syphilitiques… et l'industrie de la finance.

Lorsque nous sortons de la pièce, je trouve les habitants du neuvième étage en train de regarder une grande scène au milieu de la salle. Deux hommes presque nus font des acrobaties équilibristes à la façon du Cirque du Soleil. Leurs mouvements sont fluides et sensuels et j'aurais aimé être au milieu…

Je secoue encore la tête et j'essaie de chasser mon excitation en pensant à des vers solitaires et des champignons aux pieds.

— Je sais que c'est improbable, chuchote Ariel à mon oreille, mais je veux m'en assurer.

Elle baisse encore davantage la voix.

— Tu n'as pas invité cette abomination dans notre maison, n'est-ce pas ?

— Nous n'avons pas vraiment eu le temps de bavarder, réponds-je en chuchotant, mais en devenant rouge lorsque Gaius nous jette un regard indéchiffrable.

Ariel ne semble pas le remarquer, car elle semble soulagée lorsque nous nous dirigeons vers l'ascenseur.

Je ne peux m'empêcher de me souvenir que son nouveau petit-ami – si c'est ce qu'il est – avait essayé d'obtenir une invitation dans notre maison. Est-ce que cela signifie que les vampires et les incubes sont comparables dans ce domaine ? Même si je suis curieuse, j'ai assez de tact pour ne pas leur poser cette question tout de suite.

Les acrobates terminent une pose particulièrement impressionnante et tout le monde leur fait une ovation debout.

Les chanceux.

Ce que je ne donnerais pas pour une ovation debout.

Ma jalousie envers ces applaudissements enthousiastes me donne une idée. Puis-je travailler en tant que prestidigitatrice ici à l'Earth Club ?

Si je ne le peux pas ici, peut-être ailleurs à Gomorrhe ? Après tout, la raison pour laquelle on me l'interdit, c'est le Mandat, mais le Mandat ne s'applique pas dans ce monde.

Les Conscients seraient-ils impressionnés par mes tours ? Un grand nombre d'entre eux peuvent faire en vrai ce que je fais seulement semblant de faire. Et pour la plupart de mes tours de mentalisme, ils me soupçonneraient d'utiliser mes pouvoirs de voyante. D'un autre côté, et c'est l'argument le plus fort contre cette idée, si je travaillais tout le temps à Gomorrhe, je perdrais mes pouvoirs pour de bon et…

L'ascenseur arrive et Ariel et Gaius me font monter.

La remontée est encore une fois extrêmement rapide. J'ai presque l'impression que les portes se ferment puis qu'elles s'ouvrent immédiatement au niveau de la rue.

Un bel homme se tient devant notre ascenseur de verre.

C'est Darian, et il a l'air satisfait de lui… sûrement parce qu'il est fier de sa capacité à anticiper le moment exact de notre arrivée.

Il a manifestement réussi à oublier la pagaille avec Kit.

— Toi, dit Ariel à Darian.

Elle lâche mon bras et elle pose les mains sur ses hanches.

— Darian, dit Gaius d'un ton caustique. Ne voulais-tu pas me parler au neuvième étage ?

— Salutations, dit Darian dont l'accent britannique me paraît plus sexy que d'habitude.

— J'ai changé d'avis. C'est ma prérogative en tant que Conseiller de discuter avec les Exécuteurs… ou pas, comme je le veux.

Pendant qu'il parle, ses yeux verts semblent regarder à travers nous vers quelque chose au-delà de l'horizon – ou peut-être plus précisément, dans l'avenir.

Comme je me sens à l'étroit, je fais un pas en avant pour sortir de l'ascenseur, mais je dois encore être faible ou hormonalement abrutie, car je trébuche sur l'endroit où l'ascenseur rejoint le sol.

Avant de tomber face contre terre, les bras étonnamment forts de Darian me rattrapent et il me remet debout.

— Tout va bien ? demande-t-il d'un accent encore plus marqué.

— Je ne sais pas, dis-je, incapable de m'arrêter de regarder ses yeux verts…

Ariel s'éclaircit la gorge à côté de moi.

— Merci, Darian, dit-elle même si malgré mon état étrange, je sais qu'elle n'est pas complètement sincère.

— Aucun souci.

Darian caresse sa barbichette parfaitement soignée.

— Une danse avec Sasha suffira comme récompense de mes services.

Ariel fronce les sourcils.

— Qui a dit que Sasha allait danser avec toi ? Elle doit rentrer à la maison. Elle…

— Sasha décide avec qui elle danse et quand, dis-je en croisant les bras. Une danse ne va pas me tuer.

Je regarde les épaules larges de Darian d'un air approbateur.

— En fait, cela pourrait bien avoir l'effet opposé.

Pendant que ma bouche parle, mon esprit se demande pourquoi j'accepte cette danse.

J'ai vu ce qu'il veut – la scène avec Kit était assez révélatrice –, mais cela ne signifie pas que je suis obligée de jouer le jeu.

Je veux seulement lui poser quelques questions sur les pouvoirs des voyants.

Oui, c'est ça.

Je n'accepte pas du tout cette danse parce que je me souviens de son regard quand il pensait embrasser, ou parce que j'aime le pli de son front quand il attend ma décision. Et ce n'est certainement pas à cause de son cou musclé très mordillable.

Et son accent n'est *pas* sexy. La reine d'Angleterre a le même accent, et je ne veux pas coucher avec Sa Majesté…

Gaius pose une main sur la hanche d'Ariel.

— Une danse, c'est peut-être une bonne idée. Après, tu pourras la ramener à la maison.

— Très bien.

Le ton d'Ariel est identique à celui que ma mère utilisait souvent quand j'étais plus jeune.

— Mais seulement une danse.

Je hoche la tête d'un air sérieux et Darian me tend les bras.

En plaçant mes mains dans les siennes, je ressens encore les étincelles. Ma respiration s'accélère et mes paumes deviennent humides, tout comme quelques autres endroits de mon corps.

Foutu Harper. Je ne sais plus à quelles autres choses dégoûtantes penser.

À ce moment précis, un air lent se fait entendre des

millions d'enceintes autour de nous, et je constate qu'il n'y avait pas de musique pendant que nous bavardions avec Darian.

J'arrache mes yeux au regard hypnotique de Darian et je cherche celui d'Ariel.

Je parie qu'elle, comme moi, ne croit pas que cette musique était une coïncidence. Darian a dû payer le DJ pour jouer cette chanson exactement au bon moment, ce qui signifie…

Darian commence à se balancer sur le rythme de la musique et je suis emportée par la danse.

Stupide incube. Est-ce de sa faute, ou bien n'avais-je jusque-là pas remarqué à quel point Darian était beau ?

Comme s'il utilisait un super ordinateur pour décider de la trajectoire optimale, Darian nous déplace sur la piste de danse avec des mouvements gracieux et confiants.

J'ai toujours su que ses yeux étaient verts, mais ce n'est que maintenant que je remarque à quel point ils sont verts. Si quelqu'un m'avait dit qu'il savait faire de la photosynthèse avec les yeux, je l'aurais cru immédiatement.

Il se penche vers moi.

Une part de moi espère qu'il veut embrasser la véritable moi, tout autant qu'une part beaucoup plus raisonnable de moi sait que je devrais lui donner un coup de genou dans les parties s'il ose le tenter.

— Comment progressent tes visions de voyante ? susurre Darian à mon oreille.

Il se tourne ensuite et il penche la tête, plaçant sa

propre oreille près de ma bouche afin que je puisse répondre. Je suis surprise de voir que je trouve même son oreille attirante. Elle a cette forme, et puis le lobe est si doux et…

Faisant de mon mieux pour chasser le vaudou de Harper, j'essaie de paraître aussi nonchalante que je le peux.

— Je n'ai que des visions dans les rêves, et je ne peux pas vraiment les prévoir…

La musique accélère et Darian fait une manœuvre de danse qui nous fait inverser nos positions. Elle me laisse à bout de souffle et me donne l'impression d'être sur la scène de *Danse avec les stars*.

Se penchant encore une fois comme pour m'embrasser, Darian murmure :

— C'est super que tu aies déjà des visions complètes, le boost de puissance que je t'ai donné fonctionne clairement. Cependant, les visions dans les rêves sont une limite, car tu n'as que deux heures de sommeil paradoxal par jour, maximum. S'il t'arrive de multiples menaces dans une seule journée, tu auras de la chance d'avoir un seul rêve prophétique pour t'en avertir.

Il me fait pencher en arrière en effectuant une autre manœuvre de danse impressionnante.

Lorsque nos corps se rejoignent à nouveau, il continue :

— Des visions involontaires et éveillées sont ce que tu dois chercher à avoir ensuite. Elles ressemblent aux visions des rêves dans le sens où tu ne peux pas contrôler le moment où elles arrivent. Cependant, tu as toute une journée pour les avoir.

Il me fait tourner comme si j'étais une ballerine.

— Au bout d'un moment, les plus puissants d'entre nous apprennent à évoquer consciemment les visions.

Le mélange de ce que Darian me dit et ses manœuvres de danse me donnent le tournis comme dans un entraînement de la NASA.

Je suis sur le point de lui poser un million de questions lorsque j'aperçois Ariel qui danse avec Gaius à quelques pas de là.

Si ma danse avec Darian peut être décrite comme sensuelle, alors ce que font Ariel et Gaius est érotique.

Ils en sont presque à se frotter en musique. Pour rendre les choses encore plus intéressantes, quand ils s'écartent à contrecœur, leurs forces respectives leur permettent une manœuvre de danse dont je n'ai encore jamais entendu parler.

Quelqu'un a manifestement été inspiré par les acrobates du neuvième étage.

Ariel a les yeux fous, les joues rouges comme pendant un orgasme…

Foutu incube. Maintenant, je pense aux orgasmes d'Ariel.

Quand leurs acrobaties sont terminées, Gaius se penche auprès d'Ariel et je le vois enfouir le nez dans son cou. Ariel semble prise d'extase.

C'est officiel.

Si ces deux-là sont « juste des amis », alors ce sont des amis avec *beaucoup* plus d'affinités.

— Nous n'avons pas beaucoup de temps pour notre danse, dit Darian et je me souviens où nous nous trouvons – et pourquoi je me sens si émoustillée. Je sais que tu as reçu mon cadeau.

— La vidéo ?

Je laisse Darian me faire tourner sur place.

— Comment sais-tu que je l'ai reçue ? As-tu eu une vision ?

Je suis contente d'avoir quelque chose qui détourne mes pensées de son air canon et sexy…

— Non.

Le sourire en coin de Darian est le plus mignon qu'il m'ait été donné de voir.

— J'ai suivi mon colis sur le site Internet d'UPS.

Je réagis avec un ricanement pas du tout élégant, mais il le dissimule en me faisant tourner encore une fois – et je commence à remarquer que les autres danseurs nous regardent avec envie.

Darian se penche encore davantage et je peux presque goûter la bergamote de son eau de Cologne.

— As-tu eu des visions de *moi* ?

Il essaie de paraître nonchalant, mais je vois qu'il retient sa respiration. Pour une raison que j'ignore, la réponse est importante pour lui, ce qui prouve encore qu'il n'est pas omniscient.

— Non, dis-je. Jusqu'ici, mes visions ont toutes été liées à mon assassinat, alors sauf si tu as l'intention de me tuer, je doute avoir une vision te concernant. Tu n'as pas l'intention de me tuer, n'est-ce pas ?

— Bien sûr que non, dit-il en cachant à peine sa

déception. Alors, toutes tes visions ont concerné le futur proche ?

— Oui. Pourquoi ?

— Contrairement à toi, j'ai eu des visions nous concernant tous les deux, dit-il, et comme pour s'accorder à ses paroles, ses yeux verts prennent un air distant. Dans un avenir, nous sommes si heureux ensemble que…

Il s'arrête, ses yeux se verrouillant sur quelque chose derrière moi tandis que son visage devient blanc comme un linge.

Le cœur battant à deux cents kilomètres/heure, je suis le regard de Darian.

CHAPITRE QUATORZE

Il me faut un moment pour comprendre ce que fixe Darian.

Dans une petite alcôve de ce qui doit être la zone VIP se tient une silhouette familière aux épaules larges.

C'est Nero, le visage effrayant – pourtant étonnamment sexy – dans sa fureur.

Maintenant, je comprends.

Darian doit avoir eu une vision de l'avenir où Nero lui casse la figure... ou autre chose chez mon patron qui effraie tant cet homme adulte.

Je me rends soudain compte que mes mains sont vides, mais comme une biche fixant les phares mortels d'une voiture, j'ai des difficultés à arracher mon regard à la fureur de Nero.

Lorsque je me tourne vers mon partenaire de danse, il a disparu.

Je scrute la piste de danse, mais je ne trouve pas Darian.

Je me frotte les yeux.

Toujours pas de Darian.

Comment a-t-il fait pour disparaître aussi rapidement ?

Utilise-t-il son pouvoir pour l'aider dans ce coup de ninja ? S'il peut prévoir où je vais regarder, il peut théoriquement s'organiser pour ne pas y être à ce moment-là. Bien sûr, ce type de contrôle de ses capacités de voyant serait…

Je suis distraite lorsque mon regard tombe à nouveau sur le visage anguleux de Nero.

Merde. Les machinations de Harper modifient nettement mes perceptions de mon patron.

Je n'ai encore jamais autant eu envie de me déshabiller et de lui sauter dessus. Vraiment jamais.

En détournant les yeux, j'aperçois l'alcôve VIP d'où vient Nero. Il y a une bande de pouffiasses aux silhouettes de mannequin avec lesquelles il partageait clairement une petite table.

Quel enfoiré !

Je ne vais pas lui sauter dessus maintenant.

Quoi ? Je n'avais pas l'intention de sauter sur Nero. Si ?

Il s'approche, son expression passant de la colère à l'inquiétude.

Ooh, est-il inquiet pour moi ? Une sensation chaude et fondante emplit ma poitrine.

Oh non. Je pense frénétiquement à des crottes de nez, puis aux restes de mascara ou ces espèces de saletés en forme de poils sur les autocollants qui nettoient les pores, mais aucune de ces choses ne sont assez dégoûtantes pour faire taire le barrage soudain d'images X de Nero qui traversent mon cerveau stupide.

Ariel arrête de se frotter à Gaius pendant assez longtemps pour remarquer l'approche de Nero, et lorsque mon patron se trouve à mi-chemin de là où je suis, Ariel vient se placer à côté de moi.

Si elle savait à quoi je pensais, elle voudrait se désinfecter l'épaule.

— Qu'est-ce que Nero fiche ici ? dis-je à Ariel en chassant les papillons dans mon ventre. J'avais tellement plus de questions à poser à Darian, et il l'a fait fuir.

— Ce club appartient à Nero, répond Ariel par-dessus la musique. Et ta conversation avec Darian a pu être mal interprétée, comme si Darian essayait de te voler à Nero… en tant qu'élève.

Évidemment. J'aurais dû deviner que Nero était propriétaire de cet endroit. Qu'est-ce qui ne lui appartient pas ?

Ceci explique la réaction du videur quand Ariel a mentionné Nero. Cela explique également…

Nero fait un geste de la main et la musique s'arrête brutalement.

Les gens autour de nous comprennent que quelque chose ne va pas et s'écartent de Nero, le laissant s'approcher de moi en quelques pas de prédateur rapides.

— Sasha.

Sa voix profonde dégouline de sex-appeal… et je suis certaine de ne jamais l'avoir remarqué avant.

Sans doute parce que je n'avais pas subi les hormones d'incube près de mon patron.

— Nero.

Je fais de mon mieux pour ne pas bafouiller.

Il se tient à une distance de baiser.

Rectification : il se tient à une distance de gifle.

Inspirant l'air comme pour me renifler, il me dévisage attentivement de la tête aux pieds avant de me regarder dans les yeux.

L'anneau cornéo-limbique dans ses yeux est particulièrement épais aujourd'hui, et son tee-shirt bleu moulant souligne chaque muscle de son corps puissant. La couleur fait ressortir le bleu de ses yeux bleu-gris, m'évoquant un océan sous la tempête.

Il humidifie ses lèvres.

Son odeur propre et boisée me frappe les narines et je me demande si lui aussi est un incube.

C'est ça, ou alors le pouvoir de Harper est incontrôlable.

J'ai envie de mordre ses lèvres, puis de l'attraper, de le pousser à terre et de lui sauter dessus.

Il se penche vers moi.

CHAPITRE QUINZE

Nero est-il sur le point de m'embrasser ?

Vais-je le laisser faire ?

Pourquoi n'ai-je pas eu de rêve à ce sujet ?

— Tu n'as pas l'air dans ton assiette, dit-il en fronçant ses épais sourcils.

Il regarde Ariel.

— Toi. Peux-tu la ramener chez elle ?

Ariel hoche docilement la tête… je ne l'ai encore jamais rien vu faire docilement.

— Bien, dit Nero avant de s'éloigner à grands pas, me laissant dans une symphonie de colère, d'excitation et de confusion.

Pendant qu'il marche, il lève la main et la musique reprend.

Ariel me serre la main un peu trop fermement et me tire vers la sortie.

Je la suis comme un gentil mouton.

En sortant du club, j'utilise la technique de

respiration que Lucretia m'a enseignée, mais cela ne m'aide pas. Désirer tout ce qui existe doit être encore plus stressant que de parler en public.

— Il l'a fait exprès, dit Ariel lorsque nous traversons la rue en retournant vers le gratte-ciel. Je sais qu'il l'a fait exprès.

— Qui ?

Je lève la tête, émerveillée par la taille incroyable du bâtiment.

— Fait quoi ?

— Darian.

Ariel pousse les portes tournantes avec tant de force que je dois faire attention à ne pas me faire écraser.

— Te souviens-tu que nous nous demandions pourquoi Darian n'avait pas simplement empêché la rencontre mortelle en disant à Gaius où il pouvait te sauver ? Je crois avoir compris pourquoi il était si indirect. Il voulait que tu sois sous l'influence des phéromones, afin que tu le regardes comme tu l'as fait quand il t'a demandé de danser avec lui.

— Comment l'ai-je regardé ?

Je cache mes yeux en scrutant le vestibule du bâtiment ressemblant à un musée.

— De façon charnelle, dit Ariel.

Puis, avec un chuchotement de conspiratrice, elle ajoute :

— Mais ce n'était rien comparé à la façon dont tu as regardé Nero.

Super.

— Tu ne sais clairement pas faire la différence entre ma tête en colère et ma tête en manque.

Ariel me jette un regard de braise rempli de promesses sexuelles avant de glousser et de dire :

— Ça, c'était de la colère ?

Je m'éclaircis la gorge. Je suis à peu près certaine de ne pas avoir les muscles du visage pour faire comme elle.

— Tu as peut-être raison concernant les motivations de Darian. Tu te souviens quand tu m'as vu à côté de Kit et lui ?

Elle hoche la tête.

— Eh bien, je n'ai pas eu l'occasion de te le dire à ce moment-là, mais je les ai surpris s'embrassant… et Kit avait mon apparence.

Ariel écarquille les yeux comme des soucoupes.

— Quoi ?

— Oui, je crois qu'elle l'a piégé… elle a dit vouloir son propre petit voyant. Je ne sais pas. En tout cas, il est tombé dans le panneau et pendant que nous dansions, il me dit avoir vu un avenir où nous étions ensemble.

Elle reste bouche bée pendant une seconde. Puis elle me demande à voix basse :

— Crois-tu qu'il disait la vérité ?

— Pourquoi mentirait-il ?

J'appelle l'ascenseur.

Ariel se gratte la tête.

— Peut-être veut-il créer une prophétie autoréalisatrice ?

— Je ne sais pas. Je pense que je le crois. Mais

cela ne signifie pas que l'avenir sera ainsi. Comme je l'ai appris des quelques visions que j'ai eues, savoir ce qui va arriver permet de le changer... si on le veut.

Les portes de l'ascenseur s'ouvrent et Ariel me traîne à l'intérieur.

— Veux-tu un avenir avec Darian ?

— Ce que je veux, c'est une bonne nuit de sommeil, dis-je en fermant les yeux comme pour dormir sur place.

Lorsque je les ouvre, Ariel me regarde toujours. L'ascenseur hyper rapide ouvre les portes sur le toit et je dis :

— Je connais à peine Darian. Pour l'instant, il m'intéresse davantage en tant que voyant.

— Je ne veux pas te vexer, mais le fait qu'il soit voyant est précisément la raison pour laquelle tu devrais rester loin de lui.

Ariel passe devant, marchant rapidement avec ses longues jambes.

— Tu ne contrôles pas ta vie quand il y a des voyants dans les alentours.

— Connais-tu d'autres voyants en dehors de Darian ? Je voudrais que quelqu'un m'apprenne à passer de mes visions rêvées à des visions de rêve éveillé.

— Les voyants sont rares, répond Ariel sans se retourner. Il est peu probable que tu en trouves un, sauf s'il a envie d'être mêlé à tes problèmes, ce qui n'est pas le cas... en dehors de Darian, je suppose. Et on pourrait argumenter qu'il est à la source de tes problèmes.

Elle parvient au portail qui mène à JFK et elle y pénètre tout naturellement.

Même dans mon état perplexe actuel, ce passage instantané d'un monde à l'autre me remplit d'émerveillement.

Nous marchons dans la plateforme JFK pendant quelques secondes avant que je vérifie ma montre. Il est 4 h 20 ici sur Terre. Je suis à peu près certaine qu'il était plus tôt dans la boîte de nuit.

— Le temps s'écoule différemment dans les Autremondes, explique Ariel. On peut perdre des journées entières si l'on ne fait pas attention.

Nous parcourons quelques couloirs en silence. Puis je rassemble mon courage.

— Alors… que se passe-t-il entre Gaius et toi ?

— Nous sommes amis, dit Ariel, très vite. Combien de fois dois-je te le dire ?

Une meilleure question serait : combien de fois Ariel doit-elle se le dire à elle-même en supposant qu'elle croie vraiment à ces bêtises ?

En l'examinant de près, je remarque qu'elle semble sur les nerfs, pour une raison que j'ignore. Est-ce que son « ami » Gaius lui manque, ou bien a-t-elle respiré suffisamment des phéromones de Harper pour être dans le même bateau que moi ?

— Crois-tu que c'est le pouvoir de Chester qui a failli te tuer ? demande-t-elle, clairement pressée de changer de sujet.

Je réfléchis à sa question.

Je soupçonnais déjà les pouvoirs de Chester dans la débâcle de la boisson épicée. Peut-il aussi avoir influencé ma rencontre malheureuse avec Harper ? Après tout, la boisson a permis à Harper de m'approcher.

— La première fois que j'ai vu Harper, c'est quand nous étions avec Chester. Alors cela semble bien possible.

Les pas d'Ariel s'allongent.

— J'aurais dû poignarder cet enfoiré.

— Tu aurais alors des problèmes avec le Conseil, dis-je en luttant pour rester à sa hauteur.

— Le jeu en vaut la chandelle, grommelle-t-elle. Je ne pensais pas qu'il s'abaisserait au viol.

— Si je n'avais pas eu ma vision, je ne sais pas si cela aurait été du viol, dis-je après une longue pause. C'était le problème. Je *désirais* Harper.

— À cause de son pouvoir.

Ariel arrache presque la poignée de la porte devant elle.

— Forcer le désir de cette façon, c'est du viol.

Je me dépêche de passer la porte pour la rejoindre.

— Ce n'est pas que je veuille défendre Harper, mais juste pour jouer l'avocat du diable, si je désire quelqu'un, quelle qu'en soit la raison, est-ce du viol ?

— Oui, si on te trompe, dit Ariel.

— Mais avec cette logique, on peut transformer de nombreuses rencontres en viol. Par exemple, si un type ment à une fille au sujet de son travail et se rend plus intéressant juste pour coucher avec elle. Ce n'est pas du viol, si ? Et puis qu'en est-il de ces artistes de la drague qui utilisent toutes leurs tactiques pour attirer les filles dans leur lit ? Sont-ils des violeurs dans ta définition ?

— Ce qu'ils font n'est pas aussi puissant que ce que t'a fait Harper.

Ariel ouvre la porte qui mène à JFK.

— Mais je crois qu'ils font partie du même ensemble.

Je décide de reporter ce débat à un jour où mon esprit sera plus clair, et nous marchons dans un silence pesant pour traverser l'aéroport.

Quand nous montons dans un taxi, je m'endors pendant le reste du trajet.

— *Home, sweet home*, dit Ariel et je me réveille suffisamment pour l'aider à me traîner hors de la voiture.

Nous montons dans l'ascenseur. Un homme y entre juste avant que les portes se referment.

— Bonsoir, Sasha, dit Vlad dont le visage sombre est réchauffé par un léger sourire.

Puis il remarque que je ne suis pas seule dans l'ascenseur et toute trace de sourire disparaît complètement.

Je dévisage le petit-ami vampire de Rose et je le regrette immédiatement. Sa taille imposante et son visage pâle et symétrique – avec ses lèvres sensuelles – réactivent l'influence diabolique de Harper.

Pour une raison que j'ignore, il appuie sur le bouton de l'étage supérieur. Il ne veut peut-être pas qu'Ariel sache qu'il se rend au même étage que nous ? Je suppose qu'il ne sait pas que je lui ai déjà parlé de Rose et lui l'autre jour, quand il m'a sauvé des zombies de notre couloir.

— Ariel, voici Vlad, dis-je en décidant de faire comme si Ariel ne connaissait pas son lien avec Rose. Vlad, voici Ariel, ma meilleure amie.

— Nous nous sommes déjà rencontrés, dit Vlad, dont le visage a repris son côté sombre et indéchiffrable.

— Ah bon ?

Aucun d'entre eux ne répond et je me demande s'ils se sont rencontrés dans une étrange soirée secrète pour vampires à laquelle Gaius l'aurait invitée.

— Je ne savais pas que tu vivais dans ce bâtiment, dit Ariel à Vlad, d'une voix froide et polie.

Je suppose qu'elle a également décidé de faire semblant de ne pas être au courant de Vlad et Rose.

— Je ne viens pas souvent dans cette demeure, dit Vlad en me regardant attentivement avec ses yeux rose-noir qui semblent dire : je mens pour protéger Rose, et tu ferais mieux de jouer le jeu.

Comme le plus facile à faire dans cette situation très gênante est de rester silencieuse, je garde la bouche fermée.

Le silence qui suit devrait sans doute passer dans le dictionnaire pour définir le mot « malaise ».

Afin de penser à autre chose que mon désir pour l'homme de Rose, je fais des calculs dans ma tête. En quelques instants, je calcule que la distance entre ses yeux et sa bouche couvre 36 % de la longueur de son visage, tandis que la distance entre les yeux de Vlad est de...

L'ascenseur sonne et Ariel et moi sortons, laissant Vlad faire semblant de monter à un autre étage.

Ariel ouvre la porte de l'appartement pour moi et j'entre sur la pointe des pieds, bien décidée à ne pas réveiller Felix... pas seulement parce que je suis une bonne amie, mais aussi parce que je ne veux surtout pas voir Felix à travers les lentilles colorées de sexe données par Harper.

— Tu restes dans ma chambre ce soir, dit Ariel à Fluffster quand il vient nous saluer avec enthousiasme.

— Youpi, répond mentalement le chinchilla. Puis-je toucher ton couteau ?

— Ne te blesse pas, dit-elle en levant les yeux au ciel. Et ne touche pas à mes armes à feu.

— D'accord, dit Fluffster avant de courir dans la chambre comme un petit tourbillon.

— Je te recommande vivement un rendez-vous avec ton masseur « magique », dit Ariel avec un sourire en coin juste avant que j'entre dans ma chambre. Tu ne peux pas continuer à reluquer les gens comme tu l'as fait... particulièrement quand tu iras à l'Orientation demain. Regarde un adolescent de cette façon-là, et il est certain que tu finiras sur une espèce de liste.

Je claque la porte au visage ricanant d'Ariel et je ferme à clé.

Elle n'a pas complètement tort au sujet de mon état. Ma peau me semble trop brûlante et serrée, mes vêtements me grattent. Avant de faire quoi que ce soit d'autre, je décide de me déshabiller.

La tâche aurait dû être simple, mais dans mon excitation, elle me semble bizarrement sensuelle. Plus je retire de vêtements, plus je m'excite, comme si c'était un amant et pas moi-même qui retirait tout cela.

Quand je suis complètement nue, j'attrape Copperfield avec joie et je me glisse sous les couvertures.

Lorsque j'allume Copperfield, il me tarde douloureusement de l'utiliser. Ariel avait vraiment raison. Il faut que je me débarrasse de ce besoin avant que toute cette énergie retenue me conduise à faire quelque chose de stupide.

Une seconde.

Je ne dois pas penser à Ariel en faisant cela.

D'ailleurs, je ne dois penser à personne que je connais, même si je suppose qu'il n'y a pas de mal à fantasmer au sujet d'une célébrité. Disons, un acteur comme Matthew McConaughey ou Michael Fassbender. Ou les deux.

J'inspire et je me touche à peine avec Copperfield à travers le drap.

Une lumière blanche explose devant mes yeux et une énergie brûlante traverse mon corps avec tant de violence que je dois mordre mon oreiller pour m'empêcher de crier.

Waouh.

C'était l'orgasme le plus inattendu et le plus bouleversant que j'ai eu de ma vie.

J'écarte Copperfield pour voir si je veux recommencer.

Il me faut moins d'une seconde pour me rendre compte que oui, je veux vraiment recommencer.

La deuxième fois est si forte que ma vue se trouble. J'ai peut-être également froissé un muscle.

En reprenant ma respiration, je dois admettre qu'il y a des avantages au fait de presque mourir par incube. Quelqu'un devrait mettre leurs phéromones en bouteille et les vendre pour usage récréatif.

Je meurs d'envie de recommencer, et c'est donc ce que je fais, et malgré moi, l'image de Michael Fassbender se transforme en celle de Nero. Je suppose qu'ils se ressemblent ?

À ma grande horreur, l'image de Nero coïncide avec l'orgasme le plus violent de tous.

Je suis incapable de bannir les images de Nero quand je recommence, encore et encore.

Est-ce que Harper m'a transformée en accro au sexe ? Bien que je me sente épuisée et bien trop sensible, je ne peux m'empêcher de vouloir recommencer une douzaine de fois.

Baissant la vitesse de Copperfield, je me permets une dernière indulgence... et l'image de Nero s'introduit encore une fois dans mon cerveau fatigué.

Ça y est. Je suis officiellement un citron pressé par le sexe.

Avec un sourire béat, je ferme les yeux pour savourer toutes les endorphines nageant dans mon flux sanguin... et je m'endors tout de suite.

Je me réveille avec des souvenirs flous et le vibromasseur sous les épaules.

En rangeant Copperfield, je regarde le réveil.

Il est 13 h 37, et je dois être dans le Queens pour mon Orientation à quinze heures.

J'enfile frénétiquement un tee-shirt et je sautille hors de ma chambre en enfilant un jean. Détectant l'odeur de quelque chose de délicieux à la cuisine, je commence à saliver.

Je me précipite dans la salle de bains, je me rafraîchis vite, puis je pique un sprint jusqu'à la cuisine.

Felix me fait un grand sourire.

— La fêtarde s'éveille. À quelle heure êtes-vous rentrées hier soir ?

Il se tient devant la cuisinière avec une poêle pleine de légumes sautés qui font gargouiller mon estomac comme un ours grognon.

— À cinq heures du mat'.

J'attrape une assiette et je la tends à Felix d'un air suppliant.

— Te coucher tard va perturber ton rythme circadien.

Il me sert, puis il prend une portion pour lui-même.

— Tu es officiellement sous la mauvaise influence d'Ariel.

Je fourre du pak-choï épicé dans ma bouche et je résiste à l'envie de gémir de plaisir. Est-ce que je souffre encore des effets secondaires de l'incube ?

Non. Si c'était le cas, Felix me semblerait plus attirant qu'il ne le paraît maintenant, dans son pyjama Batman tout étiré… un affreux cadeau d'Ariel au temps où Felix était apparemment encore plus maigre que maintenant.

— Où est Ariel ? dis-je lorsque ma bouche est suffisamment vide.

Felix hausse les épaules.

— Elle dort ?

Fluffster arrive dans la pièce et lève sa patte avant vers moi.

Me sentant comme une patiente d'asile, je salue mon chinchilla.

— Tu étais dans la chambre d'Ariel, lui dis-je. Où est-elle ?

— Elle est partie juste après que tu sois allée te coucher.

Fluffster m'utilise pour sauter sur la table en deux bonds.

— Elle n'est pas du tout revenue. Je le sais, j'ai dormi sur son oreiller.

Felix sort son téléphone et tapote à toute vitesse.

Je mâche avidement ma nourriture jusqu'à ce que j'entende son téléphone annoncer l'arrivée d'un message.

— Elle dit qu'elle va bien, nous informe Felix d'un ton désapprobateur. Elle reviendra plus tard dans la journée.

— Je suppose que je vais devoir aller à mon

Orientation sans baby-sitter, dis-je. Mais c'est étrange qu'elle abandonne ses devoirs de cette façon.

— C'est le vampire, dit Felix en baissant la voix et en regardant autour de lui comme si Gaius pouvait l'écouter derrière le comptoir de la cuisine. Je ne crois pas qu'il soit bien pour elle.

J'avale une fourchette de pois mange-tout et de brocolis avant de demander :

— Qu'est-ce qu'une prostituée de sang ?

Felix s'étrangle avec sa nourriture et commence à tousser si fort que je me lève, au cas où il aurait besoin de la manœuvre de Heimlich.

Il semble reprendre son souffle, alors je marche jusqu'au comptoir de la cuisine à la place et j'attrape de l'avoine et une petite soucoupe pour Fluffster.

— Où as-tu entendu ce terme ? demande Felix quand il peut enfin parler.

— Chester a traité Ariel de ça, hier soir.

— Tu as revu Chester ?

Le côté droit du mono sourcil de Felix se lève comme une balançoire à bascule.

— Tu ne me l'as pas dit.

— C'était hier soir, dis-je.

Ce que je ne rajoute pas, c'est que Felix n'apprendra jamais toute la série des événements de la veille… pas si je veux le voir dans sa cuisine à l'avenir.

— Nous avons juste croisé Chester. Il a dit qu'il n'a pas essayé de me tuer et en passant, il a appelé Ariel par ce terme.

— Je ne crois pas qu'Ariel soit… *cela*.

Il poignarde les légumes sur son assiette quelques fois comme s'ils pouvaient essayer de s'échapper.

— C'est un terme péjoratif pour quelques accros au sang de vampire. En général, ils sont prêts à faire n'importe quoi pour obtenir leur dose… d'où le terme…

— Le sang de vampire est addictif ? dis-je en me souvenant de la transfusion sanguine étonnante dont j'avais été témoin quand Ariel avait été blessée à l'exposition sur les corps.

— Il possède à la fois des propriétés guérissantes et analgésiques et il est censé rivaliser avec certaines des pires drogues illégales en ce qui concerne la sensation.

Il devient écarlate.

— Non pas que je le sache d'expérience.

— Ariel pourrait donc être accro ? dis-je, consternée, en regardant tour à tour Felix et Fluffster.

— J'en doute, répond mentalement Fluffster. Elle est très forte.

— Mais elle est aussi un peu perturbée, ajoute Felix en se frottant les tempes.

— Alors nous avons intérêt à garder un œil sur elle.

J'essaie de projeter autant d'énergie motivante que possible.

— Bien sûr, répond Felix.

Fluffster marque une pause dans son assaut de l'avoine et hoche solennellement sa tête poilue.

J'attrape les légumes restants au bout de ma fourchette.

— Bon, je dois y aller.

Je fourre le contenu de ma fourchette dans la bouche, j'attrape l'assiette vide et je la range dans le lave-vaisselle en mâchant frénétiquement.

— Amuse-toi, dit Felix avec une bonne dose de sarcasme. Je suis sûre que tu vas t'éclater à l'Orientation.

En continuant à mâcher, je les salue de la main et je me précipite vers le placard à manteaux en me demandant si je dois prendre mon pistolet.

Je vais me trouver parmi des adolescents, je risque donc d'être tentée de tirer sur quelqu'un… ce qui est un bon argument pour ne pas prendre d'arme. D'un autre côté, Ariel sera furieuse si je ne la prends pas.

Je hausse les épaules en attrapant le sac du pistolet et je le passe sur mon épaule.

Prête et armée, je pars pour mon Orientation.

Il est 14 h 55 d'après mon téléphone lorsque j'approche la salle minable où j'ai rencontré le Dr Hekima la veille.

Il y a tout un tas de messages du travail sur mon téléphone.

Ils ont encore besoin de moi un dimanche ?

Décidant de ne vérifier les messages qu'après le cours, j'éteins mon téléphone et j'hésite à entrer dans la salle.

Même ici dans le couloir, l'odeur de vieux café et de moisissure est rejointe par une forte odeur d'esprit adolescent. Le bourdonnement de nombreuses voix jeunes parlant toutes à la fois me fait revivre des flash-backs désagréables du lycée.

Mon pouls accélère. Ayant l'impression de pénétrer dans le saloon d'un western, j'entre à petits pas dans la pièce.

Le silence se fait et vingt paires d'yeux infâmes me fixent avec une fascination sadique.

CHAPITRE SEIZE

D'ACCORD, IL N'Y A PEUT-ÊTRE QUE QUELQUES VISAGES affichant le moindre intérêt pour mon existence, et la classe est sans doute devenue silencieuse parce qu'ils ont cru que j'étais le Dr Hekima, qui n'est malheureusement pas encore dans la pièce.

L'endroit ressemble toujours à un local de groupe de soutien, mais maintenant il y a également le sentiment d'une cafétéria de lycée... avec toutes les horreurs que cela implique.

Il y a environ vingt adolescents de l'âge d'être lycéens dans la pièce, divisés en ce qui semble être trente cliques.

En marchant comme si je traversais de la mélasse empoisonnée, j'attrape une chaise pliante près du mur.

La plupart des enfants ont l'air plutôt ordinaires. Cependant, une clique est formée par quatre filles ressemblant davantage à des actrices de films pour ados... bien trop mûres pour leur âge, et avec des vêtements, des cheveux et du maquillage devant nécessiter une équipe de stylistes et de coiffeuses.

Je les nomme mentalement « la ruche ».

En serrant ma chaise, je scrute les environs, essayant de décider où m'asseoir. Si j'étais adolescente, ce serait un choix qui définit ma vie.

Heureusement, je ne le suis plus, et la décision est facile. Il ne reste que deux endroits disponibles, sauf si j'ai envie de demander à des adolescents de bouger leur chaise pour moi, et j'aime mieux me faire arracher une dent.

Une des places se trouve à côté d'une fille mignonne et petite avec des lunettes qui est assise toute seule, et l'autre est à côté de la ruche.

Je me tourne vers la petite fille à lunettes.

— Je me demande si elle est au bon endroit ? dit une des quatre abeilles à voix basse, mais de façon assez audible, dès que je leur tourne le dos.

— Je me demande ce qu'elle est, dit une autre… ne prenant même pas la peine de faire semblant de chuchoter. Peut-être une prévamp ?

— J'en doute, dit encore une autre abeille plus guillerette. Elles ne sont jamais aussi mal fagotées.

— Oh. Mon. Dieu, « chuchote » encore une autre d'une voix qui donne l'impression qu'elle a fumé cinq paquets par jour pendant soixante ans. Est-elle sur le point de s'asseoir avec la Folle ?

Je déplie ma chaise d'un air assuré à côté de la fille qu'elles ont traitée de folle et j'accroche mon sac au dos de la chaise en me disant que je serais peut-être moins tentée d'utiliser son contenu de cette façon.

Ma nouvelle voisine ne lève pas les yeux de son bloc-notes, dans lequel elle gribouille quelque chose comme si sa vie en dépendait.

La pauvre.

Je reconnais son comportement. Je n'étais pas précoce quand j'étais adolescente, et c'était nul, mais cette fille restera sûrement toujours aussi petite et à l'air aussi jeune, ce qui sera merveilleux quand elle aura quarante ans, même si c'est une malédiction pour elle aujourd'hui.

Quand elles ont fini de me critiquer, la ruche se met à discuter de ma nouvelle voisine… du moins, c'est ce que je suppose. D'après les commentaires pas tout à fait chuchotés que j'entends, on pourrait croire qu'elles parlent d'un zombie lépreux au lieu de cette fille toute mignonne. D'après elles, les lunettes à écailles de ma voisine la défigurent hideusement, tout comme ses vêtements, sa posture, sa coupe de cheveux, son sac et tout le reste.

Bien sûr, moi je pense que ses lunettes sont jolies et lui donnent un air de bibliothécaire sexy ou de hipster canon, mais qu'est-ce que j'en sais ? Apparemment, je suis « mal fagotée » avec mon beau jean noir et mon haut en cuir clouté inspiré par Criss Angel.

Ma voisine lève la tête de son bloc-notes et elle me fixe avec des yeux tellement écarquillés qu'ils dépassent presque de ses lunettes. On aurait pu croire que je viens de faire l'illusion d'apparition que j'ai toujours rêvé de faire à la télé.

— Salut, dis-je du ton le plus amical dont je suis capable. J'espère que ça ne te dérange pas si je m'assois à côté de toi.

— C'est un pays libre.

La fille sourit timidement, montrant un appareil dentaire et les fossettes les plus adorables que j'ai jamais vues.

— Je m'appelle Sasha, dis-je, et je tends la main en luttant contre l'envie de pincer sa joue mignonne.

— Maya.

Elle me serre mollement la main.

J'entends des ricanements venant de la direction de la ruche, mais je les ignore. Je dis d'une voix aussi forte que possible :

— Je suis ravie de te rencontrer, Maya.

Elle rougit et reprend ce qu'elle fait dans son bloc-notes.

La mentaliste en moi ne peut s'empêcher d'y jeter un coup d'œil.

Elle travaille sur un dessin : une caricature étonnamment juste de la plus jolie des quatre filles irritantes. Nous devons être sur la même longueur d'onde, car elle a donné le corps d'une abeille rondelette avec une couronne sur la tête à son personnage.

Le nez pointu et sans défaut de l'abeille ressemble davantage à un nez de cochon dans la caricature, et son air prétentieux et méchant est plus prononcé que dans la vraie vie. Cependant, les longs cheveux soyeux, la moue irritée sur ses lèvres parfaitement rebondies, et le menton pointu ne laissent aucun doute quant à son identité. Pendant que je regarde, Maya écrit « Roxy » sous la caricature, tourne la page et commence à dessiner une autre membre de la clique.

— M'dame, dit Roxy d'une voix exagérément forte, faisant ricaner ses trois larbins. Madame ?

Ayant l'impression d'avoir cent ans, j'ignore sa demande.

— Excusez-moi, dit Roxy encore plus fort en me fixant de telle sorte que je ne peux faire semblant qu'elle appelle quelqu'un d'autre.

Je lève les sourcils.

— Oh. C'est à moi que tu parlais ?

— La Folle a la chlamydiose, dit-elle au grand amusement de ses amies. J'ai lu que l'on pouvait attraper la chlamydiose même avec du sexe lesbien.

Tous les enfants rient, sauf Maya, même si certains font sans doute semblant, comme les salariés gloussant pour les plaisanteries stupides de leur patron.

— Waouh, c'est très utile, dis-je d'une voix dégoulinante de sarcasme utile contre les gens pénibles qui ont un jour osé interrompre mes performances de magie. Même si tu sembles être une experte, je vais partager quelques informations utiles avec toi.

Je regarde son amie de droite.

— On peut facilement attraper une vaginite bactérienne de la même façon.

Je regarde la fille la plus à gauche.

— Le papillomavirus également. Sans parler de la trichomonase.

Je regarde le troisième larbin avant de soutenir le regard fulminant de Roxy.

— Ce qui est intéressant aussi, c'est que même quand tu n'as pas les cloques, ton herpès génital reste contagieux pour…

Je m'arrête de parler parce que je remarque le Dr Hekima dans l'entrée, un sourcil gris levé jusqu'au milieu de son front.

Roxy semble ravie comme le Grinch, ce qui m'indique que le Dr Hekima doit avoir entendu au moins une des MST.

— C'est effectivement une information utile, dit-il à la classe d'un air impassible. Les maladies humaines peuvent affecter la plupart des Conscients, alors vous devriez toujours prendre soin de vous.

Roxy s'étrangle de déception et chuchote quelque chose d'inaudible à sa clique.

— Roxy, dit le Dr Hekima avec une légère pointe de menace. Garde tes questions pour la fin de la classe, je te prie.

À ma grande surprise, Roxy plaque un masque d'obéissance sur son visage et hoche la tête. Le super pouvoir Conscient du Dr Hekima doit être d'inspirer la crainte à ce qui passe pour le cœur dans les poitrines généreuses d'entités comme Roxy.

Dans un silence de mort, il marche jusqu'à la rangée de chaises, en attrape une pour lui et la déplie devant la classe.

En fronçant légèrement les sourcils, il regarde dans ma direction.

La ruche suit son regard avec intérêt.

— Maya ? dit le Dr Hekima.

Ma voisine sursaute.

Absorbée par son dessin, elle n'a pas remarqué l'arrivée de notre professeur.

— Pose ce bloc-notes à mes pieds, s'il te plaît, lui dit-il. Tu pourras le reprendre après la classe.

En serrant le bloc-notes contre elle, Maya se lève et s'approche du Dr Hekima. Elle se penche et le pose sur le sol avec précaution, comme s'il était en verre.

— Pour commencer, dit notre professeur quand Maya est à nouveau assise, je voudrais vous présenter une nouvelle étudiante, Sasha Urban.

Tout le monde m'observe avec des degrés variés d'indifférence. Je souris et j'agite à la main comme une candidate dans un concours de beauté.

Le Dr Hekima croise les bras.

— Bien. Aujourd'hui, nous allons parler d'hérédité. Quand je dis votre nom, veuillez déclarer quel type de Conscient vous êtes, ou comme vous aimez le dire, votre « pouvoir ».

En dehors de Maya, tout le monde semble enthousiaste à cette idée.

— Roxy, pourquoi ne commencerais-tu pas ?

Roxy se lève avec grâce et monte fièrement le menton.

— Je suis loup-garou.

Elle regarde à sa droite, et le larbin numéro un se tient plus droit quand elle dit :

— Tout comme Maddie.

Puis elle regarde à sa gauche.

— Ashley aussi.

Larbin numéro deux, Ashley redresse les épaules.

— Et bien sûr, Tiffany est également loup-garou, conclut Roxy lorsque le larbin numéro trois sourit comme si elle venait de gagner une médaille.

Roxy n'est donc pas reine des abeilles. Elle est reine de la meute.

— Sasha, dit le Dr Hekima en me sortant de mes onomastiques impromptues. C'est à toi.

Je me lève prudemment.

— Je suis voyante.

Tout le monde en dehors de notre professeur me regarde comme si je venais de prétendre être le père Noël.

— Maya. À toi ?

La ruche, ou plutôt la meute se met à glousser pour une raison que j'ignore.

— Psychométrie, dit Maya si doucement que personne n'a dû l'entendre, à part moi.

— Psycho-quoi ? demande Roxy en feignant l'innocence. Je ne t'ai pas entendue.

Le Dr Hekima jette un regard sévère à Roxy.

— Elle a dit : « psychométrie ». C'est une capacité à découvrir des faits au sujet d'un événement ou d'une personne en touchant des objets inanimés associés à eux.

— C'est vraiment impressionnant, dis-je en chuchotant à Maya quand elle se rassoit. J'ai imité ce pouvoir pendant quelques-unes de mes performances au restaurant.

Lorsque Maya me regarde sans comprendre, j'ajoute :

— Je suis, ou plutôt j'étais illusionniste.

Je lève la tête et je vois le Dr Hekima me jeter un regard d'avertissement. En me rendant compte que je parle en classe – et que je rate des informations utiles et intéressantes au sujet de mes camarades de classe – je me tais et j'écoute.

Il y a quelques prévamps dans la pièce, plusieurs sortes de sorcières et de mages, une fille télépathe, un garçon qui peut faire faire ce qu'il veut aux humains, un frère et une sœur qui prétendent être des elfes, mais qui ne ressemblent pas du tout à ce que j'ai vu au club, un grand gamin avec des pouvoirs de télékinésie, et quelques adolescents qui savent manipuler la chance, comme Chester.

Pendant que j'écoute, au lieu d'être époustouflée par encore d'autres êtres et capacités, je m'inquiète de quelque chose de plus ordinaire. L'idée que j'avais eue de faire mon spectacle à l'Earth Club semble de plus en plus ratée. Je leur montrerais peut-être des miracles, mais les Conscients ne feraient que hausser les épaules et dire : « oui, tu as lu dans ses pensées et plié cette fourchette par la force de ta volonté. Et alors ? Un gamin quelque part peut le faire aussi ».

Le Dr Hekima croise les jambes.

— Notez que vous avez tous mentionné un seul pouvoir. Juste pour vérifier, levez la main si vous avez plus d'un pouvoir.

Personne ne le fait.

— Maintenant, levez la main si vos parents sont différentes sortes de Conscient, dit-il.

Quelques mains, y compris celle de Roxy, se lèvent.

Je me demande ce qu'est son parent qui n'est pas loup-garou. Peut-être une harpie ou un kraken ?

Dr Hekima joint les bouts des doigts.

— Ce n'est pas une coïncidence. Les pouvoirs multiples sont extrêmement rares, bien que cela arrive.

Je regarde autour de moi. La plupart des adolescents semblent aussi fascinés par le sujet que moi.

— Quelqu'un connaît-il des exemples tirés de l'histoire ? demande le Dr Hekima, dont le regard glisse d'un étudiant à l'autre.

Une membre de la ruche lève la main.

— Oui, Maddie ?

La membre de la bande en question se lève et s'éclaircit la gorge comme si elle se préparait à régurgiter un paquet de cigarettes.

— Loki savait pratiquer la sorcellerie comme un mage, et c'était aussi un intrigant.

Dr Hekima lève les sourcils.

— Je veux dire, un manipulateur de probabilités, corrige-t-elle rapidement en regardant des apprentis Chester.

— Très bien. Quelqu'un d'autre ?

— Lilith, dit Roxy sans lever la main. C'était une intrigante comme Loki, mais aussi un vampire.

D'accord, c'est officiel.

Je suis encore une fois émerveillée.

Loki ? Lilith ? De la mythologie ? Ils étaient Conscients ?

— Roxy, je veux que tu lèves la main et que tu utilises un langage précis, dit le Dr Hekima en serrant très légèrement la mâchoire.

Il se détourne d'elle et observe la classe.

— Je suis content que Roxy ait parlé de Lilith, une autre manipulatrice de probabilités. Il s'agit d'un cas spécial. Si les pouvoirs de manipulation des probabilités d'un parent sont forts, et qu'il ou elle désire des enfants avec des pouvoirs doubles, les chances que cela arrive augmentent, car c'est la nature de la manipulation de probabilités.

Roxy a l'air de quelqu'un venant de manger un citron. Il est évident qu'elle a très envie de parler sans lever la main.

Notre professeur lui jette un regard d'avertissement et elle garde la bouche fermée.

— La capacité à influencer l'hérédité est également la raison pour laquelle la manipulation des probabilités est le pouvoir le plus courant, poursuit-il. Il existe toutefois quelques exemples de pouvoirs doubles sans que la manipulation de probabilités soit impliquée. Par exemple, Thoth était un voyant, ce qui est déjà très rare – il me regarde –, mais il était également un changeforme.

Les élèves murmurent d'admiration pendant que je me surprends à avoir la bouche ouverte, bavant presque d'apprendre toutes ces connaissances sur les Conscients.

— Bon, pour ce qui vient ensuite, je discuterai du cas plus simple d'un pouvoir unique. Sachez simplement qu'il peut être extrapolé pour inclure les pouvoirs multiples. De plus, je veux souligner le fait que même si les enfants d'unions entre nous et les humains sont rares, cela arrive… et parfois même avec un résultat Conscient.

Roxy et le reste de la ruche jettent un regard appuyé en direction de Maya, et je me souviens de la tristesse de Lucretia par rapport à son absence d'enfant.

L'union entre elle et son amant humain n'était clairement pas une de ces unions chanceuses.

— À cause de cela, poursuit le Dr Hekima, je suis convaincu que quelques gènes seulement nous séparent des humains. Ces gènes doivent constituer la base de ce qui nous rend Conscients. Nos capacités sont codées dans notre ADN.

Il s'arrête pour l'effet dramatique, mais je suis la seule à être stupéfaite par cette affirmation.

S'il a raison, quelqu'un pourrait découvrir les combinaisons génétiques donnant certains pouvoirs, puis utiliser les technologies d'édition de génomes comme le CRISPR pour créer des dieux.

— Bien sûr, les recherches dans cet aspect de l'ADN sont interdites par tous les Conseils mondiaux, précise le Dr Hekima comme s'il venait de lire dans mes pensées – ce qui est peut-être le cas. Cependant, le Conseil de New York a approuvé que je vous apprenne la manière dont fonctionne l'hérédité, donc le restant de ce cours sera un résumé de la génétique et de la façon dont elle s'applique aux gènes des pouvoirs.

Étant la seule diplômée d'université du groupe, je suis terriblement déçue lorsqu'il se met à parler de la génétique mendélienne, juste pour conclure qu'elle ne peut pas être utilisée dans le but de prédire les traits Conscients. Il se lance alors dans la structure et la réplication de l'ADN, le codage et le folding des protéines, et quand il arrive à la façon dont les gènes Conscients se propagent, je suis morte d'ennui. Son explication ne diffère pas beaucoup de la façon dont d'autres traits moins miraculeux sont transmis... domaine dans lequel j'ai été récemment diplômée à l'université de Colombia.

— Y a-t-il des questions ? demande le Dr Hekima vers la fin de la classe, en jetant un coup d'œil à sa montre.

Tout le monde baisse la tête, mais je lève la main.

Il hoche la tête à contrecœur. J'ai l'impression qu'il n'a pas l'habitude que quelqu'un prenne au sérieux sa proposition de poser des questions.

— Comment les croyances humaines coïncident-elles avec cette théorie ADN des pouvoirs ? dis-je en essayant de ne pas paraître trop enthousiaste, et en échouant sûrement. On m'a dit que les Conscients du passé devenaient plus puissants s'ils avaient des croyants.

Il se frotte la tempe.

— Personne ne sait vraiment comment une telle énergie est transférée… ou même si une énergie est bien transférée. Cependant, dans le contexte de l'ADN, l'information d'un nouveau pouvoir est sans doute contrôlée par l'épigénétique. Savez-vous ce que c'est ? demande-t-il et un petit sourire se forme au coin de ses yeux en voyant les adolescents stupéfaits nous regarder tour à tour.

— C'est quand quelque chose de l'environnement affecte nos gènes, réponds-je. Une des façons dont cela fonctionne, c'est par méthylation de l'ADN. L'exemple qu'ils nous ont donné à Columbia concernait les souris agouti. Les souris jumelles identiques avec ce gène peuvent être orange et obèses ou brunes et minces, en fonction de la quantité d'acide folique consommé par la maman quand elle était enceinte.

— Exactement.

Il me sourit vraiment et ne regarde pas sa montre… même si quelque chose m'indique qu'il avait envie de le faire juste à ce moment-là.

Je lève encore la main et il hoche la tête.

— Qu'en est-il des créatures comme les orques, ou des êtres plus éphémères comme les domovoi, qui passent une grande partie du temps sous forme d'esprits ou en s'incarnant dans un animal domestique ? Est-ce que ce genre de complexité peut être codée dans l'ADN ?

— Je crois qu'il est assez facile de coder quelque chose comme « orque » dans l'ADN, mais ce que tu demandes, c'est plutôt comment ? Spécifiquement, comment notre pouvoir se manifeste-t-il ?

Il me regarde et je hoche la tête avec tant de force que j'en ai mal au cou.

— La manifestation des pouvoirs est un aspect de notre nature qui n'est pas encore bien compris. Tous les Conscients commencent en paraissant aussi humains que n'importe qui dans cette pièce, mais à un moment donné de leur développement, les orques deviennent des orques, et d'autres sous-types de Conscients perdent complètement leur corporéité, ou bien traversent des transformations encore plus miraculeuses. Ma théorie est que les orques ont beaucoup de choses en commun avec la forme du loup des loups-garous – sans la possibilité de se retransformer –, mais ce n'est qu'une théorie. Nous avons besoin de plus de recherches pour…

— Et si des scientifiques humains tombaient sur les gènes qui font des Conscients ce que nous sommes ? l'interromps-je, pressée de poser autant de questions que je le peux tant qu'il donne des réponses.

Cette fois, il regarde sa montre.

— Les Exécuteurs ont leurs tentacules dans tous les laboratoires importants, dit-il précipitamment. Pas seulement pour prévenir la possibilité très improbable que tu décris, mais aussi pour empêcher les scientifiques humains de créer un super virus qui pourrait nous tuer.

— Mais les recherches génétiques deviennent de moins en moins chères, dis-je, cette fois sans lever la main. N'est-ce pas une histoire de temps avant qu'un gamin avec un kit de laboratoire découvre nos gènes ?

— Je m'inquiéterais quand même davantage que cet enfant hypothétique crée une peste qui nous anéantit, nous et la race humaine, dit le Dr Hekima. J'ai bien peur que nous n'ayons plus le temps pour d'autres questions aujourd'hui, mais ce que vous devriez garder en tête, c'est qu'il ne s'agit que d'un cours d'introduction. Si vous avez une passion pour le savoir, vous serez peut-être en mesure de faire l'Académie, et je vous encourage tous à en discuter avec vos mentors.

Super.

Je suis sûre que Nero serait ravi à l'idée que sa poule aux œufs d'or participe à ce qui ressemble à l'université de Poudlard.

Dr Hekima se lève, range sa chaise et se dirige vers la porte.

Maya bondit sur ses pieds et se précipite vers son bloc-notes.

Dans un mouvement flou d'une rapidité que je n'aurais pas crue possible, Roxy arrive avant Maya et attrape le bloc-notes de ses griffes parfaitement manucurées.

Elle ouvre alors le livre et fronce les sourcils.

Maya se fige sur place, observant le visage de la reine des abeilles qui s'assombrit rapidement.

Elle ne considère manifestement pas les caricatures comme une forme d'art.

— T'es morte, dit Roxy en serrant les dents, ses

yeux prenant la teinte jaune que j'associe avec les prédateurs dans une forêt sombre.

Maddie, Ashley et Tiffany commencent à entourer Maya comme une meute de loups… ce qu'elles sont, je suppose.

Je saute sur mes pieds, je fais passer mon sac sur mon épaule et je me place entre Ashley et Maya.

Maya utilise l'ouverture que j'ai créée pour se précipiter vers la porte.

La ruche fonce tout droit derrière Maya.

Je leur cours après.

Maya prend les escaliers pour descendre, au lieu de l'ascenseur, et la ruche – ou la meute – la suit.

Sur une intuition, j'appelle l'ascenseur en me disant que je pourrais toujours prendre les escaliers s'il n'arrive pas tout de suite.

L'ascenseur devait déjà être à cet étage, car les portes s'ouvrent immédiatement.

Je descends jusqu'en bas.

Lorsque l'ascenseur s'ouvre, je vois toute la bande quitter le bâtiment. Maya est toujours devant, mais la ruche la rattrape.

En me précipitant vers la porte, j'aperçois Maddie qui disparaît dans une bouche de métro.

Je la suis.

Lorsque je suis à la moitié des escaliers, je vois quatre éclairs au-dessous, comme si quelqu'un avait pris des photos avec un appareil infernal.

Il y a un cri perçant suivi par des grognements bestiaux.

Merde.

Quand Roxy a dit à Maya qu'elle était morte, je croyais qu'elle parlait d'une sorte de crêpage de chignon. Cependant, ces bruits me poussent à me demander si la reine des abeilles parlait au sens propre.

La peau de mes bras se couvre de chair de poule lorsque d'autres grognements gutturaux me parviennent d'en bas.

Ne pas penser à ma rencontre récente avec un grand chien.

Ne pas penser aux chiens – ou aux loups – en général.

Les mains tremblantes, je sors l'énorme revolver Magnum de mon sac.

La peur me donne envie de descendre en tirant, mais je ferais mieux de ne pas tuer de Conscients adolescents aujourd'hui.

— Allez, les visions éveillées, dis-je tout bas. Ce serait le bon moment d'apparaître.

Les visions éveillées ne font pas ce que je veux.

Espérant ne pas regretter ceci après ma mort, je sors les balles de mon pistolet et je les mets toutes sauf une dans ma poche. Un plan insensé se cristallise dans mon esprit pendant que je continue à descendre les marches.

Je trébuche sur les vêtements de marque de la ruche. Ils sont éparpillés partout dans les escaliers, comme une espèce de fantasme de prédateur sexuel.

Respire. Je saute par-dessus une pile de chaussures. Si les chiens peuvent sentir la peur, les loups-garous aussi.

Malheureusement, ma peur récemment renforcée des gros canidés augmente à chaque nouveau grognement.

Mes paumes transpirent autour de la poignée du pistolet, alors je la serre plus fort – mon plan nécessite une arme.

Lorsque j'atteins la dernière marche, je les vois enfin.

La station de métro est vide en dehors de Maya qui est pétrifiée et des quatre énormes bêtes poilues qui ressemblent à un croisement entre un loup et un âne.

Les ânes-loups entourent Maya, resserrant le cercle.

Le plus grand spécimen de la meute agite les oreilles avant de se tourner vers moi.

Nous nous regardons dans les yeux et son museau semble se transformer en sourire diabolique.

Sans le moindre grognement d'avertissement, les bêtes de la ruche me foncent dessus.

CHAPITRE DIX-SEPT

Je lève mon pistolet, affectant une bravoure que je ne ressens pas.

— Je ne ferais pas ça, si j'étais toi.

Elles s'arrêtent si brusquement que leurs griffes laissent des marques dans le béton.

La plus grande hurle et me montre ses dents.

— Ceci est un magnum .44, dis-je en imitant le mieux possible Clint Eastwood. Ça vous fera exploser la tête. Il faudra un cercueil fermé à l'enterrement.

Je ne sais pas du tout si ce que j'ai dit est vrai, mais ça donne un air de sang-froid, ce qui est le but.

La créature la plus petite gémit.

Mon plan fonctionne.

Je leur montre l'unique balle dans ma main.

— Maintenant, nous allons jouer à un petit jeu.

Avant qu'elles puissent réagir, je passe à la partie la plus risquée de mon plan.

Je sors le cylindre et je leur montre qu'il est vide.

Si elles étaient dans les forces spéciales, les créatures m'auraient déjà chargée tout de suite, mais elles semblent stupéfaites par mon comportement irrationnel et elles restent immobiles.

D'un geste ample, je place la balle dans le cylindre, je remets le cylindre en place et je le fais tourner avec un bruit satisfaisant.

— Ce jeu s'appelle la roulette russe, dis-je à mon auditoire captivé.

Les grands canidés reculent d'un pas, et toutes les créatures sauf la plus grande agitent la queue avec incertitude.

La partie suivante de mon plan est un autre moment dont elles pourraient tirer profit, alors je l'exécute aussi vite que possible.

Je pointe le pistolet sur ma propre tempe, et avant que quelqu'un puisse grogner, j'appuie sur la gâchette.

Ma tête n'explose pas.

À la place, on entend le clic de la chambre vide.

— À votre tour, dis-je.

Sans leur laisser le temps de réagir, je pointe le pistolet vers la plus grande louve et j'appuie sur la détente. Sa tête n'explose pas non plus, mais le cri paniqué de la bête semble très humain. La créature passe la queue entre les jambes et fait des vocalises qui ressemblent à un loup essayant de parler notre langue.

Je fais tourner le cylindre.

— Quoi ? Tu veux recommencer ?

Avant que la louve puisse répondre, en supposant

qu'elle le peut, j'appuie sur la gâchette et le pistolet clique encore.

Un éclair d'énergie émane du plus gros loup, m'aveuglant.

Si elles me chargent maintenant, je suis foutue.

Cependant, lorsque ma vue revient, tout ce que je vois c'est Roxy nue et à quatre pattes, offrant à Maya – qui se tient derrière elle avec de grands yeux – une image pornographique.

Roxy se lève brusquement, faisant rebondir des parties de son anatomie.

— Tu es complètement tarée !

Je suis impressionnée de voir à quel point elle n'est pas gênée par son corps. D'un autre côté, elle doit être habituée à se transformer dans cet état, de plus, elle a la musculature d'une mannequin de fitness.

Je fais encore une fois tourner le cylindre, je pointe le pistolet vers son front humain et j'appuie sur la gâchette.

Encore une fois, le pistolet clique, impuissant.

— Arrête, s'il te plaît.

Est-ce une larme dans l'œil de Roxy ?

— Tu dois nous laisser partir.

— D'accord. Vous avez perdu. Maintenant, allez-vous-en.

Je tourne encore le cylindre et je fais un pas de côté en pointant le pistolet vers elles, faisant semblant de continuer à jouer.

Roxy toute nue et ses amies encore poilues filent à

toute vitesse vers les escaliers, emportant leurs vêtements avec les mains, les pattes et les dents.

Elles bougent si vite, particulièrement les louves, que je suis étonnée que mon plan idiot ait fonctionné.

— Ça va ? dis-je à Maya après avoir attendu que les loups-garous décampent.

— Je, je crois.

Maya se baisse et je remarque ses lunettes cassées sur le sol. Elle tremble si violemment que je me demande si elle a aussi peur de moi qu'elle avait peur de ses assaillants.

Je range le pistolet dans mon sac et je dis d'un ton apaisant :

— Bien. Où vis-tu ?

— À Manhattan, répond-elle, un peu plus calme, avant de donner l'adresse.

— Nous sommes presque voisines, dis-je avec un sourire rassurant. Rentrons ensemble afin de ne plus avoir de mésaventures.

Elle hoche la tête et elle range le restant de ses lunettes dans sa poche pendant que nous nous dirigeons vers les tourniquets.

Je sors ma carte de métro et je paie pour nous deux.

— Merci, dit-elle lorsque nous arrivons sur le quai. J'ai cru qu'elles allaient vraiment me mettre en pièces, cette fois.

— N'auraient-elles pas eu des problèmes ? Et si tu meurs, ne doivent-elles pas en répondre au Conseil ?

Maya hausse les épaules.

— Roxy est folle.

— C'est vrai.

— Mais tu es encore pire.

Maya me regarde avec de grands yeux.

— Tu aurais pu te tuer.

— Tu l'as vraiment cru ?

Je ne peux m'empêcher de sourire.

— Pourrais-tu jurer avoir vu la balle entrer dans le pistolet ?

— Oui, dit-elle en me regardant sans comprendre. La balle était dans le pistolet. Je ne suis pas aveugle sans mes lunettes, tu sais.

Je regarde autour de nous, sur le quai vide, et je chuchote d'un ton complice :

— Je vais te dire un secret, mais tu dois jurer de ne pas le répéter.

Elle hoche la tête et je vois à nouveau la peur passer dans son regard. Elle doit penser que je suis complètement folle.

— J'ai seulement fait semblant de placer la balle dans le pistolet.

Je lui montre la balle que je tiens encore dans la main.

Elle la regarde sans comprendre.

Je pratique un de mes tours de disparition avec la balle et je lui montre ma main vide plusieurs fois. Elle se frotte les yeux.

— Comment ?

— Comme j'ai commencé à te le dire en classe, je suis illusionniste. Du moins, je l'étais jusqu'à récemment.

— Je croyais que tu étais voyante. Tu as des pouvoirs doubles ? Comme Loki et Lilith ?

— Je suis prestidigitatrice. Es-tu en train de me dire qu'il existe un type de Conscient appelé « illusionniste » ?

— Bien sûr, ils peuvent te faire vivre ce que tu veux. C'est assez psychédélique.

Je me frotte les tempes en me demandant ce que je dois bien pouvoir me donner comme nom de métier si je veux faire des spectacles pour les Conscients.

D'un autre côté, étant donné l'existence d'illusionnistes réels, je n'impressionnerais personne.

Un train arrive au loin, et nous restons silencieuses jusqu'à ce qu'il s'avance et ouvre les portes.

À l'intérieur, le wagon est vide et nous pouvons choisir nos places. J'adore les dimanches après-midi à New York.

— Et si quelqu'un était entré dans la station alors qu'elles étaient en forme de loups ? dis-je à Maya lorsque nous nous asseyons. Ne risquerait-elle pas de briser le Mandat sous cette forme ?

— Comme je l'ai dit avant, Roxy est complètement tarée.

Maya semble beaucoup plus sûre d'elle, maintenant.

— Mais je suppose qu'elles auraient pu faire semblant d'être des huskies de Sibérie.

Je lève les yeux au ciel.

— Oui, c'est super crédible. Personne ne se poserait de questions sur les vêtements éparpillés, ou le fait qu'elles ressemblent davantage à des mutantes de Tchernobyl qu'à des huskies de Sibérie.

Maya glousse.

— En tout cas, elles vont y penser à deux fois avant de t'embêter à nouveau.

— Hé, je préfère que l'on me craigne plutôt que l'on m'aime, dis-je de mon ton le plus machiavélique.

Le rire de Maya est aussi mignon que tout le reste, mais je ne le dis pas. J'ai l'impression qu'elle n'aimerait pas les compliments soulignant sa petite taille.

— Alors, quelle est ton histoire ? dit-elle en souriant toujours. Comment se fait-il que tu sois à l'Orientation à ton… euh… ton âge ?

— Toi aussi, tu es sur le point de m'appeler *m'dame* ? m'enquis-je en feignant l'horreur.

— Je ne voulais pas…

— Je plaisante. J'ai seulement appris que j'étais Consciente récemment.

— Ah bon ?

Maya semble sincèrement intriguée.

— Comment pouvais-tu ne pas le savoir ?

Je lui raconte alors une version courte de mon histoire : comment j'ai été adoptée très tôt et comment mon passage à la télévision a augmenté mes pouvoirs et m'a presque fait exécuter par le Conseil.

— Tu ne sais donc pas du tout qui sont tes parents biologiques.

Les yeux de Maya sont pleins d'empathie.

— Non. Mais j'essaie de le découvrir, dis-je avant d'expliquer que Fluffster pourrait avoir connu mes parents, mais que son amnésie l'empêche de se souvenir qui ils étaient.

Maya me jette un regard timide.

— Je peux peut-être t'aider ? Avec ton animal domestique, je veux dire.

— Ce serait super.

Je la dévisage de la tête aux pieds avec une curiosité non dissimulée.

— Comment ?

— Eh bien, dit-elle alors que son assurance s'évapore rapidement. Je n'ai encore jamais rencontré de domovoi, mais je peux généralement utiliser mon pouvoir pour découvrir à qui appartient quelque chose ou quelqu'un.

— C'est une idée intéressante.

Je me gratte la tête.

— C'est drôle, même si j'ai fait semblant d'avoir ton pouvoir pendant mes spectacles, je n'ai pas encore l'habitude de penser que c'est réel.

— Comment fais-tu semblant ? demande-t-elle en écarquillant encore les yeux.

— C'est un tour de mentalisme classique que l'on appelle souvent pseudo psychométrie. Je peux te faire une démonstration, mais il me faut d'abord un groupe de personnes. Dois-tu rentrer tout de suite chez toi, ou peux-tu passer chez moi et faire ton pouvoir avec mon chinchilla ? Je peux te faire à dîner, et si mes colocataires sont à la maison, je peux te montrer ma version de la psychométrie.

— Mes parents s'attendent à ce que je dîne avec eux

le dimanche soir, dit Maya en cachant à peine sa déception. Et si je passais juste t'aider avec ton domovoi, et que l'on remet le reste à plus tard ?

— Marché conclu. Maintenant, laisse-moi envoyer un texto à mon colocataire pour voir s'il veut bien me nourrir, moi.

Maya sourit et nous sortons toutes les deux nos téléphones.

En rallumant le mien, je suis surprise de voir des douzaines de messages du travail.

Le dernier de Nero est court et tout gentil.

Rappelle-moi. Immédiatement.

— Je suis désolée, dis-je à Maya. Je dois appeler le travail.

— Bien sûr, dit Maya en hochant la tête. Ça doit être tellement cool d'avoir un métier d'adulte.

— C'est discutable.

Je compose le numéro de Nero en mode de vidéoconférence.

Lorsqu'il décroche, Nero est dans son bureau du centre-ville. Au moins, il ne fait pas travailler les gens pendant le week-end sans souffrir lui-même. Il est mal rasé et ses yeux gris bleu semblent fatigués. Il doit avoir fixé des écrans pendant vingt heures à la suite.

— Ah. Enfin, dit-il d'une voix qui évoque un tyrannosaure mangeant un grizzli. Je suis ravi que tu aies enfin décidé de nous honorer de ton attention.

Je rougis, mais ce n'est pas parce qu'il me taquine. Un souvenir de la veille me revient à l'esprit et je me rappelle ses épaules larges pendant que je tenais un Copperfield vibrant entre les jambes.

Maya jette un coup d'œil à mon téléphone, place la main à l'extérieur de la vue de la caméra et lève les deux pouces avec un grand sourire.

Je couvre le micro et je souffle :

— C'est mon patron, Nero.

Lorsque je retire la main et que j'aperçois le regard de Nero, je dis :

— J'étais à l'Orientation.

En périphérie, je vois les yeux de Maya menacer de sortir de leurs orbites.

— C'est toi qui m'as donné la carte pour organiser cette Orientation, dis-je à Nero. En fait, à côté de moi se trouve une des étudiantes que j'ai rencontrée aujourd'hui, alors s'il te plaît, ne dis rien que tu ne voudrais pas qu'elle entende.

— On a besoin de toi au bureau, dit-il d'un ton monocorde. La raison de cette urgence n'est pas du domaine public, alors je te remercie de me prévenir au sujet du manque de confidentialité.

Plusieurs réponses me passent par la tête. Elles varient depuis les plus simples, comme « nous sommes dimanche » a des plus complexes, comme « je préférerais me faire arracher les dents par des éléphants ivres plutôt que d'analyser d'autres actions en bourse ».

Malheureusement, tout ce qui me vient à l'esprit me ferait renvoyer, alors je continue à chercher une excuse brillante, mais inoffensive. De préférence une excuse qui serait également vraie, puisque Nero est une espèce d'homme polygraphe.

— C'est réglé, donc, dit-il sèchement. À tout à l'heure.

Il raccroche.

Je regarde mon téléphone.

Il ne m'a même pas laissé la moindre occasion de faire une remarque sarcastique.

Quel culot !

— Était-ce Nero Gorin ? demande Maya en chuchotant.

— Oui, dis-je, toujours fâchée contre lui. En chair et en os. Ou en téléphone…

— Nero est ton patron ? clarifie-t-elle d'un ton que j'utiliserais pour dire quelque chose comme « Elvis est ta marraine la fée ? »

Je hoche la tête.

— Qu'a-t-il de si spécial, de toute façon ? Tu peux peut-être me le dire ?

Elle se couvre la bouche d'un air théâtral.

— Ma mère dit que c'est le Conscient le plus dangereux de New York. Peut-être même du monde.

— C'est très spécifique, dis-je avant de faire une pause lorsque j'entends le train s'arrêter et les portes s'ouvrir en couinant. Ta mère a dit autre chose ?

— Il s'agit du Conscient le plus riche de la planète, dit-elle. Et il paraît qu'il a fait disparaître les upirs.

En voyant mon regard interrogateur, elle explique :

— L'upir est une sorte de Conscient vicieux qui ressemble à un vampire, mais sans la moindre trace de conscience et avec une faim insatiable même lorsqu'il est nourri. Ils ont causé de nombreux problèmes en Europe de l'Est, et d'après ce que j'ai entendu, Nero les a tous fait disparaître.

— Éloignez-vous des portes, dit le conducteur de train d'une voix robotique.

Je me sens soudain prise d'effroi.

Je n'aurais pas cru que des rumeurs au sujet de Nero pourraient avoir un tel effet sur moi.

J'aperçois alors un mouvement flou à l'extérieur et je me rends vite compte que cette sensation n'avait aucun rapport avec Nero, et tout à voir avec l'énorme orque qui monte dans le train à la dernière seconde avant que les portes se referment.

Il est encore plus grand que les orques que j'ai rencontrés avant : si immense qu'il doit courber les épaules pour ne pas se cogner la tête au plafond du wagon. Sa main droite est derrière son dos et il est couvert de maquillage qui cache à peine la teinte verte de sa peau.

— Fais semblant de ne pas me connaître, dis-je en chuchotant urgemment à Maya, stupéfaite. Regarde ton téléphone et ne lève pas la tête.

L'orque fait un pas menaçant dans ma direction.

Maya a les mains qui tremblent, mais elle place le téléphone devant son visage et elle fait ce que je lui dis.

Je me maudis parce que je n'ai pas remis de balles dans mon pistolet.

Puis-je charger et tirer avant que l'orque comprenne ce qui lui arrive ?

Cela paraît peu probable, mais on peut toujours essayer.

Ma main gauche s'enfonce dans ma poche pour attraper la balle pendant que la droite se faufile dans le sac.

— Sors tes mains de là, où je les arrache, dit l'orque en enlevant sa main de derrière son dos.

Son pistolet gargantuesque semble redondant avec tous ses muscles, mais ça ne l'empêche pas de le pointer sur ma tête.

Mon estomac tombe dans mes talons, mais je sors mes mains, comme il l'a ordonné.

De toute façon, ce n'est pas comme si j'aurais pu m'en sortir.

Le visage hideux de l'orque affiche le sourire le plus étrange que j'ai jamais vu.

— Maintenant, donne-moi tout ton argent ou prépare-toi à mourir.

CHAPITRE DIX-HUIT

S'AGIT-IL D'UN BRAQUAGE ?

Je suis tellement perplexe que j'oublie momentanément d'être effrayée.

Pourquoi cet orque a-t-il décidé de me braquer ? Utilisent-ils des dollars dans le monde d'où il vient en secret ? Chester – ou qui que ce soit – ne le paie-t-il pas pour me tuer ? Le salaire n'est peut-être pas très bon.

Ou bien dit-il cela à cause de la présence de Maya ? Peut-être m'aurait-il simplement tuée, mais essaie-t-il de faire passer mon meurtre pour un vol qui se passe mal à cause de ce témoin ? Peut-être que celui qui a engagé ces orques pour me tuer leur a dit de donner l'impression que ma mort était un accident… ce qui explique que je sois poussée dans l'eau – même si le sauvetage n'est pas logique –, que l'on me jette une brique, que l'on essaie de m'écraser en voiture… Si cette théorie est juste, je dois m'assurer que ce vol se passe aussi bien que possible, et…

— J'ai dit : donne-moi l'argent, grogne-t-il en faisant des gestes avec son pistolet qui ressemble à un canon.

— Je dois remettre ma main dans le sac pour attraper mon portefeuille, lui dis-je en faisant de mon mieux pour ne pas sembler le défier.

Il fronce les sourcils pendant un instant.

— Fais-le lentement.

Je passe la main dans le sac et je me maudis encore une fois d'avoir sorti les balles. Si le pistolet était chargé, j'aurais pu prendre le risque de lui tirer dessus à travers le sac. Dans le cas présent, j'attrape mon portefeuille et je le sors lentement.

À un moment dans ma vie, j'avais fantasmé à l'idée de me faire braquer, mais pas exactement de cette façon.

Tommy Wonder, un des plus grands magiciens, a un tour qui s'appelle « la bague, la montre et le portefeuille ». Dans ce tour, il raconte une histoire expliquant comment il s'est fait attaquer et pendant qu'il parle, il retire la montre de son poignet, la bague de son doigt et l'argent de son portefeuille, et il met tout dans une enveloppe. Puis il montre l'enveloppe vide et tout est revenu à sa place d'origine.

J'ai imaginé faire quelque chose de ce genre si je me faisais agresser, mais un tel tour nécessite de la préparation. De plus, je n'ai pas anticipé comme cela fait peur de se faire attaquer en réalité... même si je suppose que ceci n'est pas réel, puisque comme je l'ai établi plus tôt, le fait qu'un orque me vole n'a aucun sens.

— Pas aussi lentement que ça, précise-t-il lorsque le mouvement ralenti de ma main tenant le portefeuille le fatigue.

Je me dépêche de sortir mon porte-monnaie et je l'ouvre.

Merde.

Pourquoi ai-je pris autant d'argent sur moi aujourd'hui ? En sortant tous mes quatre cent soixante-cinq dollars, je les tends au « voleur ».

Il range l'argent dans sa poche et il regarde Maya, comme s'il la remarquait pour la première fois. Il plisse le front, l'équivalent d'un air pensif chez un orque. La gymnastique mentale qu'il pratique doit être difficile, car il transpire presque à cause de l'effort.

— Toi, là.

Il pointe son arme vers Maya qui tremble.

— Donne-moi ton argent, toi aussi.

— Oh, allez, ne puis-je m'empêcher de dire. Chester ne te paie pas pour l'embêter.

Le pistolet pointe l'arrière de ma tête et l'air totalement perplexe de l'orque me fait me demander si Chester est bien à l'origine de tout cela, finalement. Ou bien l'orque est un acteur étonnamment doué.

— Qu'est-ce que tu viens de dire ?

Il me jette un regard menaçant pendant que Maya se recroqueville sur un des sièges.

Je garde la bouche fermée et il se retourne vers elle, touchant son épaule avec le pistolet.

— Ton argent, j'ai dit, grogne-t-il alors qu'elle gémit.

— Hé, laisse-la tranquille !

Je ne peux pas regarder ça une seconde de plus.

— Tu as été engagé pour m'embêter, pas elle.

Cette fois, mes paroles semblent allumer une grosse ampoule verte au-dessus de sa tête.

— Quoi ? grogne-t-il en s'avançant vers moi. Répète.

L'autopréservation se déclenche chez moi et je recule instinctivement.

L'orque bondit vers moi avec une vitesse surprenante pour sa taille.

En une fraction de seconde, il attrape mon bras, son énorme patte écrasant presque mon épaule.

Bon sang, il est fort. J'ai l'impression que mon épaule a été coincée dans une presse hydraulique.

— Lâche-la ! crie Maya, hystérique. Voici tout mon argent.

J'ouvre les yeux. Quand les ai-je fermés ?

Maya a sorti un petit porte-monnaie rose et quelqucs billets d'un dollar froissés.

L'orque lâche mon bras et attrape les billets, ses doigts en forme de saucisse ressemblant à des effets spéciaux à côté de la minuscule main de Maya.

— Fermez les yeux et comptez à voix haute jusqu'à mille, ordonne-t-il en pointant le pistolet d'abord sur moi, puis sur Maya, et ainsi de suite.

— S'il te plaît, ne nous tue pas, chuchote Maya qui

ferme les paupières avec tant de force que tout son visage est contorsionné par l'effort.

— La ferme, aboie-t-il.

Je ferme les yeux, détendant mon corps.

Je suis prête pour la vie après la mort des Conscients.

Dans un dernier acte de défi, je parviens à dire :

— Si tu nous tues, Nero fera des Shrek kebab avec toi.

Techniquement, Shrek est un ogre, pas un orque, et je ne sais pas du tout si Nero serait perturbé par ma mort, mais c'est agréable de le penser.

— Comptez, sinon je tire, grogne l'orque.

— Un, dis-je d'une voix tremblante.

CHAPITRE DIX-NEUF

— Deux, continué-je en me demandant pourquoi je suis encore en vie. Trois.

En comptant, je fulmine intérieurement. Pourquoi aucune vision ne m'a-t-elle prévenue ? À quoi sert mon pouvoir s'il ne fonctionne pas quand j'en ai besoin ?

Je regrette de ne pas avoir contacté Darian d'une façon ou d'une autre afin de lui demander de m'apprendre comment contrôler mon pouvoir. De cette façon, aucun orque n'aurait pu me surprendre.

— Cinquante, dis-je en me permettant d'espérer survivre.

Lorsque j'atteins cent, je suis de plus en plus certaine qu'il ne tirera pas sur moi… car pourquoi attendre si longtemps ?

D'un autre côté, pourquoi faire semblant d'être un voleur pour commencer ?

Lorsque j'en suis à quatre cent cinquante-sept, le train s'arrête et les portes s'ouvrent.

Je ne parierais pas ma vie dessus, mais je crois entendre des pas lourds s'éloigner.

Pour faire bonne mesure, je continue à compter et je garde les yeux fermés, ne souhaitant pas lui donner l'excuse de me tirer dessus s'il est encore là, visant ma tête.

Les portes se referment lorsque j'en suis à quatre cent quatre-vingt-dix-huit, alors je continue.

— Mille, dis-je triomphalement quand je termine de compter et que je jette un regard discret en entrouvrant les paupières.

En dehors de Maya, il n'y a plus personne dans le train.

J'ouvre complètement les yeux, les laissant s'adapter à la lumière vive du wagon.

— Il est parti, chuchote Maya en ouvrant également les yeux. J'étais certaine que nous allions mourir.

Elle semble plus pâle que les vampires de l'Earth Club. Je veux tendre la main et la serrer dans mes bras, mais l'épaule que l'orque avait attrapée me fait très mal.

— Je crois que c'était l'idée.

Je touche l'épaule en question et je grimace.

— Je pense qu'il voulait nous faire peur autant que voler notre argent.

Elle déglutit.

— Il était si grand.

J'hésite à lui dire que sa taille vient du fait que c'est un orque, mais je décide de ne pas le faire. Ce que veulent ces orques me semble si bizarrement illogique

que je m'inquiète de l'attirer dans l'étrangeté de la situation si je lui en parle.

— As-tu des antidouleurs ? dis-je aussi calmement que possible.

— J'ai du Celebrex.

Ses joues redeviennent roses lorsqu'elle ajoute :

— Les douleurs de mes règles sont si intenses que mon pédiatre a dû me faire une ordonnance.

— Je suis jalouse que tu sois encore assez jeune pour voir un pédiatre, dis-je, souhaitant la mettre à l'aise. J'adorais le mien.

— J'aurais dix-huit ans dans quelques mois, dit-elle en pinçant les lèvres d'un air presque grognon. Jusqu'à ce que tu arrives, j'étais sans doute la plus âgée de l'Orientation.

Je décide qu'elle n'aimerait sûrement pas que je lui fasse remarquer qu'elle ne semble pas avoir plus de quatorze ans, alors je pose une autre question.

— Comment est-ce possible ?

— Seule ma mère est Consciente.

Elle fixe le chewing-gum collé sur le sol.

— Je lui ai parlé de mes pouvoirs il y a quelques mois seulement, avant cela, je croyais être folle. Et ma mère ne pouvait pas me le dire par elle-même, à cause du Mandat.

— Oh, waouh.

C'est pire que ce que j'ai traversé en découvrant mes pouvoirs. Au moins, je n'ai que brièvement pensé être folle.

— Oui, dit Maya en souriant sombrement. Avoir

des pouvoirs est si rare dans ma situation que personne n'a pris la peine de vérifier si j'étais une des exceptions. Mais depuis que je suis sous le Mandat, ma mère m'a raconté toutes sortes de choses intéressantes. Nous sommes devenues bien plus proches.

Elle s'arrête en me jetant un regard coupable.

— Je suis désolée. Ça doit être dur pour toi d'entendre ceci alors que tu ne sais pas qui est ta mère biologique.

Je la rassure :

— Aucun souci. Laisse-moi faire quelques recherches sur tes médicaments parce que mon épaule me fait de plus en plus mal.

Je sors mon téléphone avec la main qui n'est pas blessée et je bénis les dieux des antennes relais de me permettre de capter. En utilisant les commandes vocales, je cherche son médicament sur Internet.

— Je vais prendre un de tes comprimés, dis-je après avoir parcouru quelques articles.

Il s'agit d'un anti-inflammatoire non stéroïdien, comme l'aspirine. Maya m'en donne un et je l'avale avant de lui dire :

— Il te faudra peut-être vérifier cette ordonnance auprès d'un gynécologue un de ces jours.

D'après un des articles, ce médicament cause en effet des troubles cardiaques chez certaines personnes.

Elle rougit encore et pour changer de sujet, j'utilise mon bras intact pour sortir un paquet de cartes.

— Veux-tu voir quelque chose de cool ?

Elle hoche vigoureusement la tête.

Pendant le restant du trajet, je fais tous les tours de cartes ne nécessitant qu'un seul bras auxquels je peux penser. Il s'avère que j'en connais une tonne, en particulier grâce au DVD de feu René Lavand : un magicien incroyable qui a perdu son bras quand il avait neuf ans et qui est malgré tout devenu un artiste mondialement connu.

Tout ce que je lui montre divertit Maya et elle semble oublier nos mésaventures récentes, ce qui était mon objectif.

— Voici notre arrêt, dis-je en rangeant les cartes à contrecœur lorsque les portes s'ouvrent.

Nous nous précipitons hors du train et je me rends compte que mon épaule me fait moins mal.

Le médicament fonctionne. C'est ça, ou bien ma blessure n'était pas si terrible.

— Tu n'es pas obligée de passer, dis-je lorsque nous arrivons dans ma rue. Tu as eu assez d'aventures pour une seule journée.

— Non, j'en ai envie, dit Maya. Je n'ai encore jamais vu de chinchilla et je te dois bien ça pour m'avoir sauvé la vie. Deux fois.

Je crois que la deuxième fois, le danger venait de ma proximité, mais je n'argumente pas.

Nous parlons tout en marchant et je sors discrètement des balles de ma poche avant de recharger le pistolet dans mon sac.

S'il y a encore un orque qui promène son chien – ou qui fait quoi que ce soit d'autre près de moi –, je vais lui tirer dans son cul vert.

Bien sûr, maintenant que je suis armée, la loi de Murphy/Chester veut que j'arrive jusqu'à mon appartement sans être dérangée.

J'ouvre la porte et je la guide à l'intérieur.

— Voici notre chez nous.

Maya regarde autour d'elle sans cacher sa jalousie.

— Je suis rentrée ! crié-je.

Ariel, Fluffster et Felix viennent nous saluer en même temps.

— Maya, voilà tout le monde.

— Salut, Maya, dit mentalement Fluffster… à la fois dans sa tête et dans les nôtres, je suppose.

— Bonjour.

Maya s'accroupit et récompense le chinchilla par un sourire.

— Ai-je le droit de dire que tu es mignon ?

— Pourquoi pas ?

La voix mentale de Fluffster est tout à fait sérieuse.

— Sasha a dépensé plus de deux cents dollars pour acheter le corps de cet animal. Il est donc logiquement attirant.

— Bonjour, dit Ariel en utilisant la distraction momentanée de Maya pour me jeter un regard signifiant « que fabriques-tu ? »

— Le pouvoir de Maya est la psychométrie. Elle a proposé de l'utiliser sur Fluffster afin de déterminer ses origines.

— Oh, waouh, intervient Felix en regardant Maya. C'est un pouvoir impressionnant que tu as là.

Maya détache son regard de Fluffster et fixe Felix,

le regard passant de ses pantoufles à son jogging usé aux genoux puis à son tee-shirt miteux avec le texte « il n'y a pas de cuillère » couvert par le code du film *Matrix*.

Je suis perturbée parce qu'elle fixe suffisamment longtemps le visage de mon colocataire pour me permettre d'épeler mentalement « mineure ».

Felix semble cependant ne pas du tout remarquer comment elle le lorgne.

— Peux-tu le faire maintenant ? demande-t-il impatiemment. Je suis certain que Fluffster est d'accord.

— J'ai très envie de connaître mes origines, dit Fluffster dans la tête de tout le monde. Jeune fille, ajoute-t-il en regardant Maya, je veux que tu me touches.

Ariel, Felix et moi éclatons de rire pendant que Maya et le chinchilla nous regardent comme si nous étions complètement fous.

— Nous ne devons pas le laisser approcher des écoles, dit Ariel entre deux éclats de rire, et cela renouvelle notre amuscment pendant quelques secondes.

En levant les yeux au ciel, Maya attrape le chinchilla et le tient doucement dans ses mains.

Une énergie brillante teintée de violet s'échappe de sa peau et entre dans la fourrure de Fluffster. Le regard de Maya devient distant, comme si elle était en transe.

— Je le vois se laver, mais dans de la poussière au lieu de l'eau, entonne-t-elle à voix basse. Il garde votre demeure. Il mange du foin. Et des cacahouètes. Et des raisins secs.

Nous voyons le blanc de ses yeux pendant un instant, puis elle soupire et son regard redevient normal lorsqu'elle repose Fluffster.

En me regardant avec une déception non déguisée, elle explique :

— Tout ce que j'ai, c'est qu'il t'appartient. Dans la mesure où l'on peut dire qu'il appartient à qui que ce soit.

— C'est déjà quelque chose, dit Felix d'un ton rassurant. Au moins, nous sommes certains qu'il ne vient pas de ma famille.

— Il a raison, ajoute Ariel. Nous sommes maintenant certains que tu as un lien avec la Russie.

— C'est vrai, dis-je en feignant un enthousiasme que je ne ressens pas. J'espérais que Maya puisse m'éviter de rendre visite à la mystérieuse Baba Yaga, mais c'est raté.

— Alors, dit Felix, toujours pressé de rompre les silences gênants. Qu'avez-vous appris à l'Orientation aujourd'hui, les enfants ?

Maya prend le mot « enfant » comme une gifle.

Je jette un regard noir en direction de Felix.

— Nous avons parlé du fait qu'être Conscient est stocké dans notre ADN.

Il sourit.

— Ah. Les théories de Hekima me font penser à ce dessin de Sidney Harris avec les deux scientifiques près du tableau noir, un tas de formules mathématiques des deux côtés et les mots « puis un miracle arrive » au milieu.

Il regarde tout le monde, mais je semble être la seule à comprendre la référence. Je décide de l'embêter et j'essaie de paraître aussi perplexe que les autres.

— Quoi qu'il en soit, dit-il avec bien moins d'enthousiasme, la chute est « Je crois que tu devrais être plus explicite ici, dans l'étape deux ».

Maya émet le gloussement le plus faux que j'ai jamais entendu et Ariel cache son visage assez longtemps pour lever les yeux au ciel dans ma direction.

Je regarde les auras de Fluffster et de tous les autres.

— Au moins, il essaie d'expliquer tout ceci. Je ne te vois pas proposer de théories au sujet du fonctionnement des pouvoirs des Conscients, et les Autremondes et tout le reste.

Ariel fait un geste comme pour se couper la gorge, un mime signifiant « arrête tout de suite de parler de ça ».

Felix quant à lui, reprend du poil de la bête.

— En réalité, j'ai une théoric qui explique tout. Je n'arrive pas à croire que je ne t'en ai pas encore parlé.

— Il faut que j'aille aux toilettes, dit Ariel en me jetant un regard semblant signifier : j'ai essayé de t'avertir. Maintenant, c'est ton enterrement.

Felix ignore son départ, s'avance vers le canapé du salon et s'assoit.

— As-tu déjà entendu parler de la théorie de simulation ? demande-t-il.

Je fais signe à Maya de s'asseoir sur le canapé et elle se laisse tomber juste à côté de Felix, alors je m'installe à sa droite.

— J'entends parler de cette théorie chaque fois que tu bois ou que tu fumes de l'herbe.

Je jette un regard à Fluffster pour avoir son soutien, mais le chinchilla saute simplement sur mes genoux et me fait signe de la tête de le caresser. C'est donc ce que je fais.

— Tu racontes comment la réalité est simulée sur une espèce d'ordinateur puissant à l'extérieur de notre univers, dis-je à Felix. Comment même les cerveaux de tout le monde sont simulés.

— Je suppose que je t'en ai parlé, dit-il avec déception.

Puis il regarde Maya, sans remarquer que leurs genoux se touchent.

— Juste pour que tu sois au courant, Maya, laisse-moi mieux t'expliquer ce à quoi Sasha a fait allusion. Mais d'abord, est-ce que tu joues à des jeux vidéo ?

— J'ai la Switch, dit Maya en rougissant, comme si elle venait d'admettre qu'elle était une perverse ou une démarcheuse téléphonique.

— Moi aussi, j'en ai une !

L'excitation de la voix de Felix grimpe d'une octave.

— Tu as toutes les consoles ayant été inventées, dis-je, curieuse de voir comment cette révélation affectera l'air rêveur de Maya.

À ma surprise, elle le fixe avec encore plus d'admiration.

En m'ignorant, il lui dit :

— Pense à la différence entre un jeu comme Pac Man – un jeu plus vieux impliquant un cercle jaune qui mange des boulettes sans forme – et le dernier Zelda, qui est comme un monde miniature dans lequel on peut se perdre.

Maya hoche la tête avec sagesse, ne quittant jamais le visage de Felix des yeux.

— Et maintenant, pense à la réalité virtuelle.

Au cours de la conversation, il touche la main de Maya et elle semble sur le point d'avoir soit un orgasme, soit un anévrisme.

— As-tu déjà essayé la réalité virtuelle sur ton téléphone ou un de ces machins de RV ? lui demande-t-il.

Elle secoue la tête, puis elle se lèche les lèvres en disant d'une voix rauque :

— Non. Mais j'aimerais beaucoup.

— Moi j'ai essayé, interviens-je, inquiète que Maya puisse oublier ma présence et sauter sur Felix, ce qui me rendrait complice d'un crime. En dehors de la nausée ressemblant au mal des transports, c'était vraiment cool. J'avais l'impression d'être transportée dans un autre monde.

— Précisément, s'exclame Felix. Étant donné l'évolution de l'industrie des jeux, ne te semble-t-il pas logique que ceux-ci finissent par devenir impossibles à distinguer de la réalité ?

— Peut-être, dis-je. Un jour.

— Comme dans *Matrix* ? demande Maya dont la main traîne dangereusement près du genou de Felix.

— Tu as vu *Matrix* ?

Pour la première fois, Felix regarde la fille comme s'il avait conscience que c'était une vraie personne, et pas juste une paire d'oreilles attendant qu'il fasse le geek.

— Ce dont je parle ressemble effectivement à *Matrix*, poursuit-il sans attendre sa réponse, mais à une échelle de plusieurs univers et avec des personnes entièrement simulées, comme les agents dans *Matrix*. Pas besoin de se brancher. Pas de corps.

J'ai envie de faire remarquer que Maya est née après la sortie de *Matrix*, mais en voyant l'admiration dans les yeux de la pauvre fille, je me retiens. Le béguin de Maya ne me donne pas le même sentiment de gêne que lorsque j'ai appris qu'il allait sortir avec une fille.

En parlant de la femme mystère, je me demande quand leur rendez-vous galant aura lieu. Car si elle apparaît dans les minutes qui viennent, Maya sera effondrée.

— Waouh.

L'enthousiasme de Maya semble sincère.

— Tu penses que notre monde est ainsi ?

— C'est logique.

Felix se tourne entièrement vers elle, m'excluant de la conversation.

— Si tous les gamins dans un univers extérieur au nôtre ont des systèmes de jeux vidéo pouvant simuler des réalités entières, et s'il existe des millions ou des billions de ces mondes simulés, mais seulement quelques-uns de réels, alors, statistiquement parlant, nous avons plus de chances de nous trouver dans un des mondes simulés.

— Tout cela est fantastique, dis-je en caressant Fluffster sous le menton, mais quelles preuves y a-t-il pour cette théorie ?

— L'univers semble un peu trop mathématique, dit Felix en se tournant vers moi. Presque comme si un informaticien l'avait conçu ?

Il lève son mono sourcil.

— Et, pour en revenir à ce qui a lancé cette discussion, la théorie de la simulation est la seule façon rationnelle de nous expliquer nous, les Conscients.

— Ah bon ? dis-je, intriguée malgré moi.

— Réfléchis.

Il se tourne vers Maya, puis vers moi, et encore vers Maya.

— Comment pouvez-vous expliquer vos pouvoirs ? Prédire l'avenir dans le monde réel serait sans doute impossible, mais si le monde est comme un jeu vidéo, alors tu peux utiliser des ressources informatiques situées en dehors du jeu pour prédire ce qui peut arriver dans le jeu. La psychométrie est également facile à expliquer. Dans un monde informatique, tout possède des métadonnées… des informations qui décrivent à qui appartient chaque chose ainsi que d'autres éléments.

Maya donne l'impression d'être stupéfaite, mais je suis bien plus sceptique.

— Comment cela expliquerait-il toutes les règles, comme « si tu déménages à Gomorrhe, tu perdras tes pouvoirs avec le temps ? » dis-je en caressant Fluffster entre les oreilles. Ou « les domovoi ont-ils besoin du corps d'un animal pour devenir incarnés ? »

— C'est intéressant que tu parles de Gomorrhe. Sur ce monde-là, ils ont des technologies de réalité virtuelle qui font paraître les nôtres ridicules en comparaison. Mais pour en revenir à ce que je veux dire, les jeux vidéo fonctionnent tous avec des règles.

Il regarde Maya.

— Pourquoi est-ce que Mario – qui est censé être un plombier – utilise le saut comme mode opératoire ? Pourquoi ne pas frapper les goombas avec une clé à molette ? Quelque chose comme la règle des domovoi semble plus logique que ce jeu de Mario, car il pourrait être basé sur un mythe du monde où la console a été créée.

Je me gratte la tête.

— Je ne suis pas certaine…

— Les Conscients pourraient être les personnages jouables, dit-il avec passion. Une façon de s'amuser avec de super pouvoirs, d'être un vampire, ou un orque, ou ce que tu veux. La Terre et les endroits similaires sont peut-être des zones PvP, alors que Gomorrhe ne l'est pas.

— C'est quoi PvP ? dis-je en voyant le regard perdu de Maya.

— *Player versus player*, joueur contre joueur. Des zones où le combat est possible.

Je secoue la tête.

— Et qu'en est-il de toute cette histoire de croyances humaines nous accordant plus de puissance ? Comment cela participe-t-il au reste ?

Ariel revient dans la pièce, ses cheveux semblent mieux coiffés, et elle a remis du maquillage.

— C'est sans doute un détail de mise en œuvre, explique Felix. L'univers dans le jeu est peut-être une sorte de réalité de consensus, une bonne façon d'économiser des ressources…

— Tu parles encore de ça ? s'exclame Ariel avec une horreur peut-être sainte. Et si tu proposais du café à notre invitée ?

— Je suis désolé.

Felix jette un regard gêné vers Maya.

— Veux-tu un peu de thé ?

— Oui, dit Maya d'un ton que les filles utilisent lorsqu'elles acceptent une proposition en mariage. Mais malheureusement, je dois rentrer chez moi.

— Ah.

Il est impossible de savoir si Felix est perturbé que Maya doive partir ou – ce qui est plus probable – parce qu'il doit arrêter de parler de ses théories.

— Tu devrais revenir et voir mon tour de psychométrie, dis-je à Maya en refoulant ma propre déception de ne pas le lui avoir montré aujourd'hui. Reviens un jour où tu pourras rester manger. Felix est un cuisinier incroyable.

Maya déglutit distinctement et elle dit très vite :

— Oui. Ça me plairait beaucoup. Merci.

— Aucun souci, dis-je en sentant arriver une vague d'espièglerie.

Je me tourne vers Felix.

— Peux-tu raccompagner Maya chez elle, s'il te plaît ? Je le ferai bien moi-même, mais je dois aller au travail.

Felix lève son mono sourcil plus haut que d'habitude et regarde Maya comme s'il venait tout juste de remarquer sa présence.

— Ce n'est pas nécessaire, dit Maya avec si peu de conviction que je dois me retenir de rire. Je ne vis qu'à quelques pâtés de maisons.

— Non, dit Felix et il est clairement en train de canaliser le chauvinisme du gentleman que son père lui a transmis, comme je m'y attendais. Laisse-moi t'accompagner. J'insiste.

Maya bat modestement des paupières.

— D'accord. Merci.

— Aucun problème.

Felix bondit sur ses pieds et tend une main pour aider Maya à se lever du canapé.

Elle rougit, mais elle lui prend la main et elle se lève avec une lenteur exagérée.

Je pose Fluffster sur le canapé et je me lève pour les accompagner jusqu'à la porte.

— Je reviens vite, dit Felix en enfilant ses tennis.

— Je ne serai pas là de toute façon.

Je fais un clin d'œil à Maya quand Felix ne me regarde pas.

— Il faut que j'aille travailler.

Maya me fait un sourire timide avant de sortir de l'appartement avec Felix.

— Tu es folle ? s'exclame Ariel dès que la porte se referme derrière eux. Tu veux qu'il aille en prison ?

— Elle aura dix-huit ans dans quelques mois, dis-je en imitant la voix aiguë de Maya.

Ariel verrouille la porte.

— C'est ce qu'elle dit. Felix a intérêt à vérifier sa carte d'identité.

— Il ne se passera rien entre eux, de toute façon, dis-je en me rendant dans la cuisine.

Lorsqu'Ariel me suit, j'ajoute :

— Il est fidèle à la fille imaginaire dont il a parlé avant. Tu sais, son rendez-vous Netflix.

— Ça alors, Felix est populaire. Il perdra peut-être enfin sa virginité.

Elle glousse.

— Est-ce que leur rendez-vous a déjà eu lieu ?

La potentielle virginité de Felix est l'une des plaisanteries préférées d'Ariel. Malheureusement, ces plaisanteries se terminent souvent par une solution qui règle aussi mon problème de longue abstinence, donc je ne suis pas vraiment fan.

— Je n'en ai aucune idée, dis-je en ouvrant le frigo et en faisant semblant de ne pas entendre le mot en V. J'espérais que tu le savais.

— Non.

Elle semble gênée.

— Je suis rentrée il y a environ une heure.

— Quand Gaius et toi vous faites la fête, vous faites *vraiment* la fête.

J'examine attentivement le contenu du congélateur et je choisis des petits pois surgelés.

— Que vas-tu faire avec ça ?

Ariel fronce les sourcils en voyant ma compresse froide improvisée.

— Il s'est passé quelque chose ?

Je tire mon tee-shirt sur le côté et je lui montre mon épaule couverte de bleus.

— Qui a fait ça ? demande-t-elle, et j'ai l'impression qu'elle arracherait une partie de l'anatomie du grand orque si celui-ci était présent pour avouer ce qu'il a fait.

— Je dois te le dire en route vers le bureau, dis-je en appuyant prudemment sur mon bleu.

L'épaule fait mal, mais pas autant que la réaction d'Ariel le laisserait supposer.

Waouh, ce médicament est vraiment fort.

— Laisse-moi voir ça, dit-elle en examinant soigneusement mon épaule. On dirait que ce n'est qu'un hématome, admet-elle à contrecœur quand elle a terminé. La thérapie du froid est une très bonne idée.

Je pose les petits pois sur la table et je me couvre à nouveau. Appliquant le pack surgelé à travers mes vêtements, je pars vers la porte en disant :

— Prête ?

Ariel regarde sa tenue décontractée, hoche la tête et enfile ses vieilles Uggs pour compléter l'ensemble.

En descendant, je lui parle de ma rencontre avec les loups-garous et l'agression de l'orque.

— Je suis vraiment désolée, dit-elle lorsque le taxi se gare au bord du trottoir. Je suis vraiment tellement désolée.

— Ce n'était pas de ta faute, dis-je lorsque nous montons en voiture. Tu m'as donné le pistolet. C'est de ma faute s'il était vide quand nous nous sommes fait agresser.

— Si j'étais rentrée à une heure raisonnable, j'aurais pu t'escorter jusqu'à ton Orientation.

Elle claque la portière avec tant de force que la peinture tombe de la voiture et que le chauffeur lui jette un regard assassin dans le rétroviseur.

— Comment ai-je pu être aussi égoïste ?

— Tu ne peux pas être mon chaperon vingt-quatre heures sur vingt-quatre.

J'applique à nouveau les petits pois sur mon épaule.

— Maintenant, crache le morceau. Que faisiez vous, Gaius et toi ?

— Rien.

Elle est soudain intéressée par le sol du taxi.

— Nous sommes simplement amis…

Mon téléphone sonne.

C'est une vidéoconférence de Nero.

— Je te manque déjà ? dis-je en acceptant l'appel.

— Je m'attendais à ce que tu sois déjà au bureau, dit Nero en observant ce qui m'entoure. Dis-moi que c'est un taxi en route vers le travail.

— C'est bien un taxi. Je suis presque arrivée.

— Qu'est-ce que c'est ?

Il regarde les petits pois dans ma main.

— C'est une longue histoire. Je me rends au travail alors que j'ai été blessée. Souviens-toi de cela quand ce sera le moment des primes.

— Que s'est-il passé ? grogne-t-il presque.

Je jette un coup d'œil au chauffeur devant nous et je décide de ne pas risquer la douleur du Mandat en parlant de choses secrètes telles que les orques devant un humain.

— J'ai été agressée, dis-je. Mais tout s'est bien terminé. Ça m'a juste coûté quelques centaines de dollars.

— Je vais m'en souvenir.

Son regard déjà noir passe au niveau d'un ouragan de catégorie cinq.

— Quand il s'agit de récompense, je m'assure toujours que justice soit faite.

Sur cette remarque énigmatique, il raccroche.

Je regarde Ariel d'un air perdu, mais elle se contente de faire un sourire lascif. D'un ton exagérément sexy, elle chuchote :

— Tu auras ta récompense.

— Ce n'est pas ce qu'il a dit.

J'envisage de lui jeter les petits pois à la tête, mais mon téléphone la sauve en annonçant bruyamment l'arrivée d'un texto.

Il s'agit d'une notification de mon application bancaire. En l'ouvrant, je fixe la transaction en question.

— Nero vient de me donner cent mille dollars, dis-je, hébétée. Pour aucune raison.

Ariel me regarde la bouche ouverte, puis elle se penche vers moi.

— Pourrait-il s'agir d'une proposition indécente ? dit-elle d'un ton conspirateur. Ne sait-il pas qu'il peut t'avoir gratuitement ?

J'hésite encore une fois à lui jeter les petits pois, mais mon téléphone sonne encore.

Cette fois, c'est un e-mail de Nero énumérant ce qu'il veut que je fasse aujourd'hui. À ma grande surprise, il commence par : Si tu ne te sens pas bien, je peux m'en sortir sans toi.

Étant donné la prime inattendue qu'il vient de me donner, et surtout la préface de son message, qui est la chose la plus gentille que Nero m'ait jamais écrite ou dite, je décide d'être une bonne salariée et de travailler.

Cependant, lorsque j'examine la charge de travail, mon enthousiasme disparaît très vite. Nero veut que je prépare une présentation pour des investisseurs éventuels concernant six des actions que j'ai recommandées plus tôt, avec des modèles de projections financières complètes pour chacune. Si je le fais tranquillement, il s'agit de trois solides journées de travail, mais il veut que ce soit terminé lundi soir.

Je ne peux pas tricher en utilisant mon instinct ici : il faut que je travaille vraiment.

— Nous sommes arrivées, dit Ariel en me sortant de ma déprime.

Nous sommes déjà à côté de mon bâtiment, alors j'ouvre la portière.

— Appelle-moi quand tu as fini, dit Ariel. Je viendrai te chercher.

— Je vais passer toute la nuit à travailler.

Je sors de la voiture.

— J'aurai de la chance si je rentre lundi soir.

Ariel fronce les sourcils, mais je ferme la portière du taxi avant qu'elle puisse dire quoi que ce soit.

Avec des feuilles de calcul et des ratios EBITDA tourbillonnant dans la tête, je me rends à mon bureau.

Les petits pois ne sont plus froids quand j'arrive, alors je les jette sur le côté et j'utilise le petit miroir attaché à l'un de mes écrans pour examiner mon bleu.

Il semble si sérieux avec les centaines de teintes de rouge, violet, noir et bleu, que j'ai de la chance de ne ressentir qu'une douleur sourde.

Je me couvre et je regarde furtivement autour de moi. Le bureau est vide, mais il existe des rumeurs persistantes au sujet de caméras cachées dans chaque recoin de ce bâtiment : des transmissions vidéo que Nero regarde soi-disant personnellement. J'ai toujours pensé que ces histoires étaient des exagérations ou carrément des mensonges, en partie parce que certaines sont complètement ridicules, comme celle au sujet d'un bunker souterrain rempli d'or dans lequel Nero nage, comme Picsou. D'un autre côté, le fonds a massivement investi dans de l'or, alors qui sait ?

Sans traîner davantage, j'allume mon ordinateur et je me mets au travail.

Quand j'ai faim, je commande deux burritos, un pour tout de suite et un pour le milieu de la nuit quand le restaurant ne servira plus.

Après avoir mangé, je prépare un modèle financier complet avant de m'autoriser le luxe d'un verre d'eau.

Vers trois heures du matin, j'ai fait suffisamment de progrès sur le deuxième modèle pour me récompenser avec le deuxième repas et quelques tasses d'expresso.

Vers le lever du soleil, je suis tellement fatiguée que je commence à oublier tous les raccourcis d'Excel, et je paierai cent mille dollars pour faire une sieste dans mon lit.

Lorsque les gens arrivent petit à petit pour leur début de semaine habituel, je fais une pause et je vais me chercher des céréales à la cafétéria.

Je les mange en revenant et je remarque à quel point j'ai de la chance d'être sortie en boîte et puis d'avoir dormi si tard la veille. Si je n'étais pas sortie, je me sentirais sans doute bien plus mal… et pourtant je me sens comme un citron pressé passé dans un mixeur.

À onze heures, j'entends une notification de texto sur mon téléphone.

Cela vient de mon père.

Il me tarde le déjeuner.

Oh non, c'est aujourd'hui.

J'hésite fortement à lui faire faux bond, et si je ne l'avais pas évité tout ce temps, je l'aurais sans doute fait. Dans la situation actuelle, je décide de maintenir le déjeuner, mais de fuir dès que ce sera socialement acceptable.

Comme je peux aller à pied jusqu'au restaurant de sushis, je règle mon téléphone pour qu'il me rappelle de partir à 12 h 15 et je m'envoie quelques rapports trimestriels par e-mail afin de pouvoir les lire en route. Puis je me remets au travail.

L'alarme sonne, me tirant de ma stupeur induite par Excel. En frottant mes yeux rouges, je me rends compte que j'ai accompli beaucoup de choses au cours de l'heure et quart qui vient de s'écouler.

Étant donné mes progrès, je pourrais me permettre un déjeuner légèrement plus long.

J'ai le nez collé sur le téléphone pendant tout le trajet jusqu'au restaurant, cherchant des informations dont j'ai besoin pour le modèle suivant. Étonnamment, je ne me cogne pas à beaucoup de gens.

Mon père m'attend devant le restaurant.

Il ne possède pas d'aura.

Je ne sais pas si je dois être déçue ou soulagée.

Grand et vêtu d'un costume sur mesure, mon père est très bien pour un homme de soixante-dix-sept ans : il pourrait sans doute passer pour avoir dix ans de moins. D'un autre côté, ce n'est pas grâce à son apparence « jeune » qu'il a fini par épouser la Femme 2.0 qui a la quarantaine. Mon père possède une entreprise très prospère fabriquant des montres 3D, et la remplaçante de ma mère est sans doute une croqueuse de diamants, même si son argent pourrait bien être la raison pour laquelle ma mère l'a épousé aussi.

— Salut, petite, dit-il avec son accent typique de Boston. Je suis content que tu aies pu venir.

— Salut, papa, dis-je en ressentant une pointe de culpabilité. C'est bon de te revoir.

Il me sourit et il ouvre la porte du restaurant d'un geste de majordome.

Je range mon téléphone et j'entre.

J'aurais peut-être dû faire la paix avec lui plus tôt. Je me sens plus légère et ma fatigue semble avoir disparu. Et – mais c'est peut-être purement un effet placebo – même mon épaule contusionnée ne me dérange plus autant.

— Bonjour, ma chère, dit mon père en flirtant avec la belle hôtesse d'accueil. Ma fille et moi avons une réservation sous le nom de Braxton Urban.

Et me voilà tout à coup revenue sur terre, toute légèreté ayant disparu. Mon père vient-il de faire comprendre à l'hôtesse qu'il est avec sa fille afin de lui indiquer que ceci n'est pas un rendez-vous galant ? Je constate alors qu'il ne porte pas non plus d'anneau de mariage… mais il se pourrait qu'il se soit séparé de la Femme 2.0, je n'en sais rien.

Quoi qu'il en soit, c'est typique de mon père, toujours à flirter avec tout ce qui bouge.

— Petite ?

Je lui jette un regard boudeur en ayant l'impression d'être redevenue adolescente.

— Allons nous asseoir, dis-je en suivant l'hôtesse et lui.

L'hôtesse balance les hanches comme un pendule

pendant qu'elle marche et bien sûr, mon père fixe cette vue, hypnotisé.

Elle nous tend les menus et je me cache dans le mien, bien décidée à inspirer plusieurs fois afin de ne pas dire quelque chose que je pourrais regretter plus tard.

— Les sashimis de saumon roi sont fabuleux, dit le serveur aux vêtements éclatants qui surgit de nulle part, comme un chat.

Je lève la tête vers lui et j'acquiesce.

— Je vais essayer.

Ce que je n'ajoute pas, c'est que je vais lui donner un pourboire supplémentaire parce que c'est un homme, et qu'il m'évite donc de devoir observer mon père en train de flirter avec encore une autre femme.

— Moi aussi, j'en voudrais, dit mon père. J'aimerais aussi les coquilles Saint-Jacques crues et des makis mangue avocat.

— Ajoutez cela à ma commande également, dis-je en souriant à mon père.

C'est lui qui m'a fait connaître la cuisine japonaise assez tôt, et comme ma mère a refusé d'envisager le poisson cru, les sushis ont été quelque chose que nous avons toujours partagé tous les deux. Avec le temps, nous avons même développé le goût pour des entrées similaires.

— J'ai une question étrange, dis-je lorsque le serveur s'en va. As-tu du sang russe dans tes origines ?

Mon père prend une serviette et la pose méticuleusement sur ses genoux.

— Pas que je sache. Pourquoi ?

— Pour rien. Je fais juste la conversation.

Il hausse les épaules.

— Je suis un bâtard américain, en partie allemand, c'est de là que vient notre nom de famille, mais aussi en partie français et irlandais, avec une trace d'Italien.

— Je crois qu'il se peut que je sois russe. Biologiquement, je veux dire.

Le serveur revient et pose deux thés verts et deux soupes miso sur la table.

— C'est possible, dit mon père d'un air pensif. Mais quand nous t'avons trouvée, nous avons contacté l'ambassade russe, et ils n'avaient aucune trace de toi.

Contrairement à ma mère, mon père ne se sent pas menacé quand nous discutons de mes parents biologiques, ce pour quoi je lui suis toujours reconnaissante.

— Avais-je des animaux domestiques en grandissant ? dis-je en poursuivant mon interrogatoire. Je ne m'en souviens pas, mais…

— Nous n'avions pas d'animaux. Ta mère…

Mon père attrape sa soupe et entoure le bol avec ses mains, comme pour les réchauffer.

Je bois une gorgée de mon thé vert, il est excellent ici.

— Et toi ? Est-ce que ta famille avait des animaux domestiques quand tu étais jeune ?

— Non. Ton grand-père avait des allergies sévères.

Il boit la soupe directement du bol, à la façon traditionnelle des Japonais.

— Cependant, j'ai eu un aquarium autrefois.

Fluffster aurait-il pu incarner un poisson ? Ça ne paraît pas probable, et le fait que mon père ne soit pas russe est encore une autre preuve que je n'ai pas reçu Fluffster de son côté de la famille. Je m'en doutais déjà, mais je suis ravie de le vérifier avant d'aller voir Baba Yaga.

Je me redresse et je me frappe presque le front. Ce déjeuner n'est pas le seul engagement du lundi que j'ai failli oublier. J'ai aussi un rendez-vous avec Baba Yaga ce soir à vingt-trois heures.

Comment vais-je veiller pour cela après avoir passé la nuit à travailler ? Et si…

— Ça va ? demande mon père en fronçant les sourcils. Tu as l'air épuisée.

— J'ai dû travailler toute la nuit.

Comme je ne suis pas aussi hardcore que mon père, je prends une cuillère pour ma soupe.

— Du travail important et urgent.

Ils ont intérêt à t'apprécier là-bas.

Il pose son bol.

— Tu sais que tu peux venir travailler pour moi quand tu le veux, n'est-ce pas ?

— Je le sais maintenant, dis-je avec un sourire de gratitude.

Il hoche la tête et finit le reste de sa soupe.

Je ne savais pas du tout que je pouvais venir travailler pour lui, et cette proposition me réchauffe encore plus que ma soupe et mon thé combinés. Bien sûr, je ne le ferais jamais, mais je lui en suis quand même reconnaissante. Je veux avoir l'impression de mériter mon salaire, et puis son entreprise a déménagé à San Francisco alors que j'aime trop vivre à New York.

Nos sushis arrivent et nous les attaquons avec appétit, discutant de son travail, qui est en plein essor.

— J'ai vu ta performance télé.

Il gesticule frénétiquement avec ses baguettes.

— J'étais tellement fier.

— Je ne suis pas sûre que cela se reproduise un jour, dis-je en voyant mon appétit disparaître.

— Tu parles de ces bêtises sur YouTube ?

Il place un morceau de saumon cru dans sa bouche.

Je hoche la tête. Je ne peux pas lui dire la vérité : qu'une société secrète d'êtres surnaturels m'interdit de passer à la télé ou de pratiquer ma magie en général devant des humains tels que lui.

— Ne les laisse pas t'atteindre, dit-il. Ce sont des trolls.

Ces paroles avec son accent me font ricaner, mais cette légèreté est coupée court lorsque je remarque une autre cliente du restaurant.

Il s'agit de Beverly, une des amies les plus cancanières de ma mère.

Je détourne immédiatement la tête.

M'a-t-elle vu ? J'espère que non. Ce n'est pas comme si j'avais honte de revoir mon père, c'est juste que ma mère serait plus heureuse si elle n'était pas au courant.

— Dois-tu retourner au bureau ? demande mon père en interprétant mal mon air inquiet.

— Oui, dis-je, et ce n'est pas un mensonge, car il me reste encore une tonne de choses à faire.

— Vas-y.

Il s'essuie la bouche avec sa serviette.

— Je vais m'occuper de la note.

En général, je me bats avec lui pour payer, mais il s'agit de circonstances spéciales, alors je me contente de dire :

— Merci beaucoup, papa. La suivante sera pour moi.

Il me fait un grand sourire, manifestement heureux d'entendre qu'il y aura une prochaine fois.

— J'ai été très content d'avoir de tes nouvelles.

Il sort son portefeuille et fait signe au serveur de venir.

— C'est vrai, dis-je en me levant, ce qui fait craquer ma chaise. Appelle-moi quand tu seras de nouveau ici. On organisera quelque chose.

Je commence ma fuite lorsqu'une main touche mon épaule blessée.

— Attention, dis-je en grimaçant.

Bien sûr, la main appartient à Beverly. Je n'ai perdu de vue la petite commère que pendant un instant, et maintenant elle se tient à côté de moi.

— Qu'est-ce qui ne va pas, Sasha ?

En fronçant les sourcils et en plissant son nez en épi de maïs, elle ajoute :

— Salutations, Baxter.

— J'étais sur le point de partir, dis-je en retirant la main de mon épaule.

J'ai peut-être utilisé trop de force, car Beverly se frotte le poignet.

— Je vous laisse prendre des nouvelles, dis-je en laissant à la fois mon père et Beverly choqués par cette suggestion abominable, et je me précipite hors du restaurant en composant le numéro de ma mère.

Je veux vérifier ses origines, juste au cas où, et je veux le faire maintenant. Une fois que Beverly lui aura parlé du déjeuner, ma mère sera peut-être plus difficile à interroger.

Elle décroche à la troisième sonnerie.

— Bonjour, ma chérie, dit-elle par-dessus un bruit en fond. Je n'ai pas beaucoup de temps pour parler.

— As-tu des origines russes ? Felix, mon colocataire, vient de l'ancienne union Sov…

— Non, dit précipitamment ma mère. Ma famille est originaire de la royauté britannique. J'ai déjà dû te le dire.

En y réfléchissant, c'est vrai, mais j'ai tendance à ne pas enregistrer un grand nombre de choses qu'elle raconte. Sinon, mon cerveau serait une déchetterie de ma mère.

— Avais-tu des animaux domestiques quand tu étais jeune ?

— Grand-mère avait une perruche, dit-elle. Pourquoi ces questions ? Est-ce que tu te drogues ?

— Je ne me drogue pas, dis-je en essayant de ne pas paraître exaspérée.

Une idée malicieuse me passe alors par la tête et j'ajoute :

— En fait, il y a quelque chose d'important que je voulais te dire.

— Qu'est-ce que c'est ? demande-t-elle impatiemment.

Elle a du nez pour les commérages.

— J'ai déjeuné avec…

Au lieu de continuer à parler, je souffle dans le téléphone, puis j'appuie pendant une seconde sur le bouton muet, je l'enlève, je dis « sushi », puis je siffle et j'appuie à nouveau sur muet. En retirant la fonction muette, je dis :

— Maman, je crois que la liaison est mauvaise.

Maintenant, si ma mère me demande pourquoi j'ai déjeuné avec papa sans le lui dire, je pourrais prétendre l'avoir prévenue, et qu'elle n'a peut-être pas entendu parce qu'elle a besoin d'un nouveau téléphone.

— Il vaut mieux que je te laisse de toute façon, dit-elle. Je suis dans une visite guidée à Paris. On se rappelle plus tard ?

— D'accord, aucun problème. Je suis contente que tu prennes la nouvelle aussi bien.

Je raccroche avant qu'elle puisse me poser des questions.

Je marche en silence pendant quelques pas, en réfléchissant. Je peux être presque certaine maintenant que Fluffster est mon lien avec mes parents biologiques. L'autre possibilité est qu'il était soit un poisson, soit une perruche dans une des deux familles non russes qui ne sont même pas Conscientes… en d'autres termes, c'est improbable.

Maintenant, il faut que je finisse tout mon travail, afin de pouvoir me rendre à mon rendez-vous du soir avec Baba Yaga, la seule ressource qu'il me reste.

En respirant profondément, j'affiche les rapports trimestriels que j'ai préparés plus tôt et je les lis sur mon téléphone pendant le reste du trajet jusqu'à mon bureau.

Vers quinze heures, j'ai fait d'énormes progrès dans ma charge de travail, mais la fatigue habituelle qui arrive à cette heure de la journée est un poids écrasant qui menace de me faire dormir assise.

Je me shoote au café et je lutte pour garder les yeux ouverts en travaillant sur le dernier modèle.

Il est 20 h 23 quand j'ai enfin tout terminé.

Pas étonnant que la privation de sommeil soit utilisée comme forme de torture. Je me sens prête à cracher tous mes meilleurs secrets de magie au premier qui me permettra de dormir.

En clignant des paupières, je tape tout à l'ordinateur et je commence par :

— Je suis épuisée. Si je n'ai pas de nouvelles dans cinq minutes, je rentre à la maison pour dormir.

J'envoie un e-mail à Nero et je pose ma tête sur mon bureau. Si je dois attendre, je ferai aussi bien de fermer mes pauvres yeux.

La surface du bureau est comme un oreiller sous ma joue, et sans le vouloir, je m'endors.

Je suis une conscience désincarnée flottant dans une ruelle.

Il me faut un moment avant de reconnaître ce coin particulièrement dégoûtant de la ville. C'est ici que vivent les bennes à ordures géantes de mon immeuble du travail, mais les gens ont tendance à se rassembler ici pour fumer sans être jugés… particulièrement s'ils fument de l'herbe. Je suppose que quand on fume, la puanteur des ordures n'est pas aussi gênante.

Quatre silhouettes se tiennent sur une rangée. La rue est assez large pour que les camions poubelles puissent y faire marche arrière, pourtant ces quatre silhouettes sont si grandes qu'elles prennent presque toute la largeur de la route.

Je connais ce groupe.

Il s'agit des orques qui ont essayé de me tuer.

Celui qui se trouve le plus à droite portait le casque de chantier quand j'ai failli me faire tuer par des objets tombants. À côté de lui se trouve l'orque femelle qui m'a presque transformée en crêpe avec sa voiture après l'accident du chantier. L'orque qui promenait son chien se trouve près du plus gros qui avait fait semblant d'être un voleur plus tôt dans la journée et qui a laissé l'hématome sur mon épaule.

— Il est 20 h 45, dit l'agresseur d'une voix qui me ferait frissonner si j'avais un corps. Où est-il ?

— Ouais, dit la voix presque aussi grave de la femelle. Et où est Bogof ?

— Bogof est toujours en retard, dit le promeneur de chien, et je me rends compte que les voix effrayantes sont partagées par tous les orques. Nous pouvons faire nos affaires sans lui.

Qui est ce « il » auquel ils font référence, et d'ailleurs, qui est Bogof ? Puis-je supposer que Bogof est le nom d'un autre orque ?

Et surtout, qu'attendent-ils, tous les quatre ? Sont-ils sur le point d'agresser quelqu'un qui n'est pas moi, pour changer ?

Les orques observent l'entrée de l'allée.

Au lieu d'un autre orque – en supposant que Bogof en est un –, le nouveau venu m'est très familier.

C'est Nero, et il marche droit vers le rassemblement des orques, comme s'il ne les voyait pas.

Le pire, c'est qu'un autre orque – sans doute le Bogof susmentionné – suit Nero de loin. Mon patron ne semble pas non plus en avoir conscience.

— Non, ai-je envie de hurler, mais je n'ai pas de bouche. Ne va pas là-bas. C'est un piège.

Nero continue à marcher.

Les orques forment un demi-cercle et se dirigent vers lui d'un air menaçant.

CHAPITRE VINGT

J'OUVRE LES YEUX.

Ma tête est encore sur mon bureau, mais l'adrénaline qui traverse mon corps me force à bondir sur mes pieds.

D'après mon téléphone, il est 20 h 38.

Je compose frénétiquement le numéro de Nero, mais mon appel tombe directement sur le répondeur.

Merde. Ce scénario dans la ruelle, était-ce une nouvelle vision ?

Cela ressemblait beaucoup à ce que j'ai eu il y a quelques jours.

En supposant qu'il s'agissait d'une vision, cela va-t-il se produire aujourd'hui ? Car si c'est une prophétie pour aujourd'hui, Nero a des problèmes en ce moment même.

Sans plus d'hésitation, j'attrape le sac avec mon pistolet et je cours vers l'ascenseur, cherchant des alliés.

La plupart de mes collègues sont déjà partis pour la journée, et les quelques analystes qui travaillent encore ressemblent à des mauviettes.

Si seulement je pouvais trouver un des types de la sécurité.

Je constate alors que je n'ai pas le temps de convaincre des gens de me rejoindre. En fait, j'aurai de la chance d'arriver à temps dans la ruelle, même en courant.

L'ascenseur arrive très vite, heureusement, et j'appuie sur le bouton « P » qui est le moyen le plus rapide d'arriver à ma destination.

Mon cœur bat violemment dans ma poitrine lorsque je parviens au parking presque vide.

Je le traverse en courant tout en sortant mon pistolet du sac avec mes doigts en sueur.

Il y a six balles dans ce pistolet. Il y a cinq orques. Les probabilités ne sont pas en ma faveur. Il faudrait que je touche un orque par balle, idéalement dans la tête, ce qui est un objectif terriblement ambitieux étant donné mes prouesses au stand de tir.

Une pensée lâche n'arrête pas de tourner dans ma tête. Pourquoi suis-je prête à mettre ma vie en danger pour sauver Nero ?

Si je voulais juste agir en bonne samaritaine, j'aurais pu appeler le 911, leur raconter une histoire qui n'impliquait pas de vision et d'orques, avant de croiser les doigts. J'ai déjà essayé de joindre Nero au téléphone, alors j'aurais eu la conscience tranquille.

D'un autre côté, l'appel est passé sur le répondeur, et je sais que les flics n'arriveraient pas à temps. Une autre façon de poser cette question lâche est : suis-je prête à laisser mourir Nero ?

Pour une raison que j'ignore, tout en moi me crie « non ».

Je ne comprends pas cela chez moi. Est-ce que je le fais parce qu'il a été aimable avec moi pendant une seconde hier soir ? Ou bien y a-t-il un rapport avec les pensées intrusives que j'avais eues à son sujet avec un vibromasseur sur mes parties intimes ?

Si je survis à ceci – ce qui semble malheureusement improbable –, il me faut découvrir si j'ai des sentiments pour Nero autres que l'irritation normale.

Non, c'est ridicule. Je le sauve seulement parce que c'est la chose à faire. La chose courageuse à faire. N'est-ce pas ça, le courage ? Faire quelque chose en sachant que c'est de la folie ?

Je file hors du parking et je passe le coin du bâtiment.

Je me trouve à quelques mètres de la ruelle maintenant, et si je veux me dégonfler, c'est le moment.

Avalant une grosse bouffée d'air, je serre les doigts sur le pistolet et je cours.

En entrant dans la ruelle, un seul coup d'œil rapide suffit à confirmer que mon rêve était effectivement une vision.

Nero est déjà là. Déjà entouré par les orques… comme dans mon rêve.

L'autre orque, Bogof, est également présent, juste devant moi. Je crois qu'il a l'intention de sauter sur Nero de derrière.

— C'est maintenant ou jamais, me dis-je en levant mon pistolet.

CHAPITRE VINGT-ET-UN

LE PISTOLET EST LOURD DANS MA MAIN, ME RAPPELANT douloureusement mon épaule contusionnée. J'ignore la douleur en serrant les dents et j'avance vers le dos énorme de Bogof.

En appuyant le canon contre la montagne de chair, je siffle :

— Si tu avances d'un centimètre ou si tu fais un seul bruit, tu meurs.

Bogof se fige sur place.

Je remonte le canon le long de son dos afin de l'appuyer contre sa tête, même si je dois monter sur la pointe des pieds pour l'atteindre. En imitant Clint Eastwood, je chuchote :

— C'est un magnum .44, espèce de voyou.

L'orque lève les bras musclés au-dessus de sa tête.

— J'aurais dû te laisser te noyer, grogna-t-il à voix basse.

Vient-il vraiment de dire ce que j'ai compris ? Toute

cette adrénaline m'empêche de réfléchir, mais je crois que Bogof vient d'avouer être l'auteur du massage cardiaque inexpliqué… et de ma chute dans l'eau.

Ce dos immense me paraît plutôt familier.

Devant nous, les quatre autres orques se trouvent à moins d'un mètre de Nero.

Le visage de ce dernier n'est pas visible depuis l'endroit où je me trouve, mais il ne semble pas assez tendu pour la situation. Il s'approche simplement de l'orque voleur – le plus grand des cinq spécimens devant moi – et pendant un moment, ils restent à s'observer, les torses gonflés, comme des coqs juste avant un combat.

Je constate une énorme faille dans mon plan de sauvetage. Si je tire sur un des quatre orques près de Nero, vu mes capacités à atteindre une cible, j'ai autant de probabilités de le toucher, lui.

Je contrôle au moins Bogof. De plus, je peux tirer en l'air et essayer de leur faire peur : ils ne savent pas à quel point je vise mal.

— Tu n'étais pas censé lui faire de mal, grogne Nero contre l'orque voleur, me surprenant tellement que je laisse presque tomber le pistolet. Son ton vicieux me donne la chair de poule et il me faut un moment avant de comprendre ce qu'il dit.

À chaque seconde qui passe, j'ai l'impression que le pistolet prend un kilo. Qui est ce « lui » à qui il fait référence ? Ce n'est quand même pas…

Le voleur affaisse les épaules.

— Je…

— Tu lui as fait des *hématomes*, espèce d'imbécile.

Si les fenêtres près de là s'étaient fissurées à cause du rugissement guttural de Nero, je n'aurais pas été surprise.

La main tremblante, j'essaie de comprendre ce qu'il se passe.

Mon patron vient de parler d'hématomes.

J'ai un hématome.

Avant de pouvoir décrypter la signification de ce que Nero vient de rugir, il fait quelque chose.

Quelque chose de surnaturellement rapide.

Une seconde, le voleur orque grogne une réponse, la seconde d'après, sa tête explose en petits morceaux… le sang et la matière grise aspergent le reste du groupe comme une borne à incendie cassée.

Nero bouge encore.

Malgré le flou dû à sa vitesse, il y a un problème avec son bras. Il est plus gros que d'habitude et je vois scintiller quelque chose comme des griffes, ou des serres.

Le reste du corps du voleur tombe en pluie sur le sol comme si quelqu'un avait déclenché une bombe à l'intérieur de lui.

Les mains géantes de l'orque promeneur de chien se serrent, formant des poings de la taille de ma tête.

— Il a seulement fait ce que vous…

Nero avance vers lui dans un mouvement flou et le corps du promeneur de chien explose en petits morceaux de chair et d'os brisés.

Je suis tellement choquée par la gravité de cette

violence que je décharge presque mon pistolet sur Bogof alors que ce que je veux vraiment faire, c'est laisser tomber le pistolet et courir.

Mon cerveau est en train de planter comme un ordinateur. La petite voix de la raison me rappelle un élément que j'ai complètement oublié en me précipitant ici.

Tout le monde marche toujours sur des œufs autour de Nero, et je comprends maintenant pourquoi.

L'orque femelle crie quelque chose, mais son cri se transforme en gargouillis sanglant lorsque sa tête vole dans une direction et son corps déchiqueté dans l'autre.

L'orque du chantier semble être le plus intelligent et il essaie de courir vers Bogof et moi.

Il ne parcourt pas plus d'un mètre avant que Nero le rattrape. Les mouvements de mon patron sont toujours flous, mais leur résultat est bien trop clair : un autre orque se transforme en kebab, du sang gicle dans toutes les directions.

Bogof se met à trembler.

J'ai le cœur qui accélère.

Toujours couvert de sang et de viande orque, Nero se tourne vers nous… l'expression sauvage dans ses yeux bleu gris n'a absolument rien d'humain.

Bogof doit se dire que la mort par balle est préférable à ce que Nero lui réserve, alors il se retourne.

Paralysée, j'ai seulement le temps de voir que sa peau verte n'est pas recouverte de maquillage avant qu'il ouvre la bouche devant mon pistolet.

Il y a nettement plus que trente-deux dents dans sa gueule, et des défenses, que ses collègues plus discrets ont dû limer.

Pendant une seconde, j'ai l'impression qu'il veut que je lui tire dans la gorge, à la façon d'un suicide. À la place, il referme la bouche sur le pistolet.

Le craquement du métal tordu sur l'os donne l'impression que les ongles qui crissent sur le tableau noir font un bruit paradisiaque.

Les yeux écarquillés, je cherche à comprendre le résultat impossible.

La moitié de mon pistolet se trouve dans la bouche de Bogof, et l'autre moitié reste dans ma main moite pendant que le bras énorme de l'orque commence à se refermer autour de moi.

Je suis tellement surprise par le fait que la mâchoire et les dents de l'orque sont assez puissantes pour mordre l'acier, que je tire enfin sur la gâchette.

Il ne se passe rien.

Bogof crache le métal mâchouillé et se penche près de moi, me baignant dans sa respiration putride.

Je jette le restant de mon pistolet contre son front protubérant.

Bogof ne cligne même pas des paupières. À la place, ses bras géants complètent le mouvement en me serrant contre son corps énorme.

Sans me laisser le temps de dire au revoir à la vie, il ouvre à nouveau sa gueule au-dessus de ma tête.

CHAPITRE VINGT-DEUX

C'EST FINI.

S'il peut casser un pistolet avec les dents, il peut me traverser le crâne comme si c'était du beurre.

Sauf que l'orque n'a pas le temps de fermer la bouche.

Ses mains semblant à nouveau normales, Nero attrape les mâchoires de Bogof à la façon de ce que subissent les crocodiles dans les dessins animés, et sans paraître faire le moindre effort, il déchire la bouche de l'orque en deux.

Je suis éclaboussée de sang et de matière grise.

Bougeant toujours trop vite afin que je puisse tout voir, Nero fait autre chose avec ses mains.

Les bras immenses de Bogof tombent sur le sol autour de moi dans un bruit d'éclaboussures.

Des litres de sang giclent des trous où se trouvaient les bras et la tête de l'orque, qui tombe ensuite sur le sol, où Nero casse son énorme cage thoracique et écrase le cœur géant qui y battait encore.

Ma paralysie disparaît et je recule, ignorant le sang qui couvre mon visage et qui coule dans mes yeux.

— Est-ce que ça va ? demande Nero d'une voix si étonnamment grave qu'elle fait vibrer mes organes internes.

J'essuie mon visage avec la manche, mais j'aurais tout aussi bien pu essayer de nettoyer une blessure par balle avec un coton-tige. Tout ce que je parviens à faire, c'est étaler du sang sur mon visage.

En continuant à reculer, je constate le carnage autour de nous, comme si la réponse à la question de Nero pouvait être devinée en inspectant les entrailles des orques.

— Pourquoi es-tu ici ?

D'un geste habile qui semble venir de l'expérience, Nero essuie une épaisse couche de sang sur son visage.

Lui arrive-t-il quotidiennement de déchiqueter des orques ?

Je trouve enfin ma voix.

— Pourquoi suis-je ici ? Et toi ? Pourquoi es-tu ici ?

Nero incline la tête et il fait un pas en avant.

Je fais un autre pas en arrière, mais je glisse sur des restes sanglants d'orque. J'agite frénétiquement les bras pour essayer de garder l'équilibre.

Nero se déplace encore une fois d'un mouvement flou, m'attrapant avant que je puisse tomber dans la bouillie sanglante autour de moi.

Ses bras sont incroyablement forts, et son corps est

chaud quand il me tient contre son torse. Mes entrailles se serrent étrangement, mon pouls augmentant encore lorsqu'il me pose doucement sur mes pieds.

— Est-ce que ça va ? murmure-t-il en me regardant.

Mes jambes vacillent, mais je parviens à m'écarter de lui et à marcher sur un coin de trottoir miraculeusement vide de tout reste d'orque.

Je suis soulagée de voir que Nero ne me suit pas.

— Je ne vais pas te faire de mal, dit-il d'une voix qui retrouve sa profondeur habituelle.

— Euh.

Je regarde autour de moi, cherchant une autre oasis, mais je me tiens sur le seul carré sans morceau d'orque.

La chair ou Nero ? Je ne sais pas ce qui est pire.

— Je ne vais pas me rapprocher de toi, dit-il en devinant correctement mon dilemme.

Il passe sa main couverte de sang dans sa poche intérieure.

Je ne sais pas trop à quoi je m'attendais, mais probablement pas à son téléphone.

— Une seconde, me dit-il.

J'ai les yeux qui me sortent presque de la tête en regardant Nero composer tranquillement un numéro.

— Oui. C'est Nero. J'ai besoin de toi maintenant, dit-il d'un ton autoritaire. Près des bennes à ordures de mon immeuble. Cinq commandes extra larges. Oui, le forfait platine me va.

J'inspire l'air à l'odeur métallique et j'essaie d'organiser mes pensées.

Je sens que je suis censée réfléchir à quelque chose d'énorme, quelque chose qui se trouve au bout de ma langue.

Quelque chose qui serait évident si l'adrénaline ne me traversait pas comme un acide.

Enfin, je m'en souviens.

— Il allait dire « Il a seulement fait ce que vous lui avez demandé de faire », n'est-ce pas ? dis-je en chuchotant de façon à peine audible. L'orque promeneur de chien.

J'indique le monticule de membres mélangés.

— C'est moi qu'il ne devait pas blesser, n'est-ce pas ? C'est moi qui ai l'hématome qui t'a rendu… complètement fou, n'est-ce pas ?

Nero fronce les sourcils.

— Sasha…

— Ne me Sasha pas !

Ma voix monte avant que je me rappelle que c'est l'homme qui vient de recréer une scène de *Massacre à la tronçonneuse* à mains nues. J'inspire profondément et je reviens à un ton presque calme.

— Dis-moi que tu n'as pas engagé ces orques pour m'attaquer.

Nero reste silencieux.

Je serre les poings.

— Pourquoi ?

Je vois presque tourner les boulons de son esprit manipulateur.

— As-tu vu *Karaté kid* ?

Il donne doucement un coup de pied contre un gros

morceau de Bogof, comme pour créer un chemin au cas où il voudrait me bondir dessus.

— Ou bien était-ce avant ta naissance ?

— Quoi ?

Je suis si stupéfaite que j'oublie d'être en colère. Puis je me rends compte que c'est peut-être son objectif, alors je fronce les sourcils et je croise les bras.

— Ceci a intérêt à avoir un rapport avec ces orques.

— Dans ce film, explique Nero comme s'il ne m'avait pas entendue, un garçon voulait apprendre le karaté et son maître lui a fait accomplir plusieurs tâches qui semblaient n'avoir aucun rapport avec le combat et qui pourtant se sont avérées être des mouvements qui lui apprenaient l'attaque et la défense…

— « Lustrer, frotter », dis-je alors que mon impression d'être entrée dans la quatrième dimension s'intensifie. Ma colocataire m'a obligé à le regarder. Mais je ne comprends toujours pas ce que…

— Je savais que tu étais une voyante dès que je t'ai vue, dit Nero.

Pendant que j'essaie de me remettre du choc de ce coup de poing dans le ventre informatif, il continue :

— Je savais également que tu allais vouloir maîtriser ton pouvoir, mais qu'il y aurait un problème : ton scepticisme profond.

Je le fixe, ma tête menaçant d'exposer comme celle des orques malheureux.

— Je t'ai donc enseigné des choses.

Nero pousse un autre morceau d'orque sur son passage.

— Je t'ai donné des actions à analyser, mais de moins en moins de temps pour faire des recherches correctes.

Il croise les bras sur le torse, imitant mon attitude.

— Mon objectif était que tu t'appuies sur ton pouvoir de voyante afin de répondre à mes exigences de plus en plus difficiles… et tu l'as très bien fait.

— Lustrer, frotter.

— Exactement, dit Nero. Sauf que l'objectif final ne s'est jamais réalisé. Tu n'as jamais cru en toi-même. Jamais accepté que tu étais une voyante. À la place, tu as attribué tes succès financiers à la chance, à ton intelligence, à tout sauf ce en quoi tu avais besoin de croire. C'est pour cela que tes pouvoirs ne se manifestent que quand tu dors… quand ton esprit conscient toujours vigilant se repose.

Ma bouche est tellement ouverte qu'une goutte de sang orque coule dedans et me donne envie de vomir. Je passe quelques secondes à cracher pendant que Nero attend patiemment.

Quand j'ai fini de presque vomir, je comprends enfin ce qu'il a dit.

Comme une espèce de foutu Peter Pan, il fallait que je croie en ma magie pour pouvoir l'accomplir. Une telle croyance ne me venait pas naturellement, alors il a essayé de me pousser dans la bonne direction en me faisant choisir des actions purement à l'instinct. J'attribuais néanmoins ma réussite à la chance, même après avoir découvert que j'avais des pouvoirs de voyante.

— Tu étais frustrée de ne pas avoir de visions pendant la journée, dit-il quand j'arrête enfin d'essayer de retirer le goût du sang orque de ma bouche. Et tu as expliqué que les situations stressantes t'aident à accéder à tes visions… qui arrivaient par les rêves à ce moment-là.

Non.

Il ne peut pas vouloir dire ce que je crois.

Les orques faisaient-ils partie d'un entraînement insensé pour me faire avoir des visions éveillées ?

Il me fixe, le regard indéchiffrable.

— Est-ce que tu appelles vraiment ces expériences proches de la mort des « situations stressantes » ?

L'incrédulité de ma voix ne rend pas justice à la tornade de confusion dans ma tête.

— Connais-tu la définition du mot « euphémisme » ?

— Tu n'as jamais été en danger.

Il fait un pas vers moi.

Je recule autant que possible sans quitter la zone propre.

— J'ai failli me noyer…

— Bogof était un excellent nageur.

Nero jette un coup d'œil à ce qui reste de l'orque.

— Il t'aurait sauvée, si cela avait été nécessaire.

— Une brique a failli me briser le crâne.

Je me rends compte que je crie.

— Tout a été soigneusement calculé pour qu'elle atterrisse à vingt centimètres de toi, répond Nero.

— Cette voiture…

— J'ai lâché vingt briques pour customiser cette voiture.

Nero fait un autre petit pas vers moi.

— Elle aurait fait une embardée si tu ne t'étais pas écartée. Et tu dois te poser la question : comment as-tu su qu'il fallait sauter sur le côté ?

J'ignore sa question, même si elle est bonne.

— Et le chien ? Vas-tu me dire que c'était un robot ? Ou y avait-il une bombe à l'intérieur qui aurait explosé si j'avais été en danger ?

— Max est un chien bien entraîné en chair et en os qui ne t'aurait pas fait de mal, même si tu l'avais frappé en premier.

Nero semble offensé… quel culot !

— Je ne tuerai pas un chien de la sorte. Quel genre de monstre penses-tu…

Mon rire est presque hystérique. C'est bien un monstre, même si je ne sais pas du tout de quel genre.

— Le dernier type m'a menacé avec un pistolet sur la tête…

— Il était déchargé.

Nero retire encore un morceau de débris d'orque entre nous.

— Mais, parce que tu n'étais pas seule, cet imbécile a improvisé. J'espère que nous sommes d'accord que lui et ses proches l'ont payé chèrement.

Il indique le carnage d'un geste décontracté.

Je ne regarde pas autour de moi par peur de la nausée.

— J'aurais quand même pu mourir. J'aurais pu sauter sous la brique au lieu de m'en éloigner, j'aurais pu sauter dans la même direction que l'embardée faite par la voiture, je…

— Tu étais en sécurité, dit Nero d'un ton dur. Darian me devait un service, et je lui ai fait deviner le résultat de cet exercice.

Son visage s'assombrit.

— Il m'a assuré que tout irait bien pour toi.

Je lutte contre l'envie de ramasser un morceau juteux de viande orque et de le jeter sur la tête de Nero.

— Même si cette petite histoire au sujet de Darian est vraie, cette vision ne garantissait pas ma sécurité.

Un petit démon me pousse à ajouter :

— Par exemple, savais-tu que notre bon ami Darian se voyait comme mon amant dans l'avenir ?

Les yeux de Nero brillent, comme s'il était prêt à déchiqueter quelque chose ou quelqu'un en morceaux.

Est-il jaloux ?

Et si c'est le cas, est-ce que cela m'intéresse ?

— Comme tu peux le deviner, dis-je en me forçant à regarder le bain de sang autour de moi, si Darian avait un rapport avec tout ceci, l'avenir romantique qu'il a vu n'aura pas lieu.

Le visage de Nero est presque aussi terrifiant que pendant le massacre.

— Nous pouvons être d'accord là-dessus. Darian et toi, ça n'aura jamais lieu.

Le ton possessif de sa voix plonge ma colère déjà frémissante dans le domaine du bouillant.

— J'avais mes propres visions, lui dis-je en serrant les poings. Dès qu'on en a une, elle peut changer. Le simple fait qu'il te dise que je m'en sortirai aurait pu me conduire à la mort.

Le visage de Nero redevient lisse, revenant à son air impassible.

— Malgré tous ses défauts, Darian est bien plus doué pour les prophéties que toi. Il tient compte de l'impact de sa propre vision et même de l'effet des visions d'autres voyants. Sa vie était en jeu quand j'ai demandé ce service, alors il ne se serait pas trompé.

Nero semble essayer de nous convaincre tous les deux.

— Ça, cela te paraît bien ?

Je tire le col de mon tee-shirt sur le côté, lui montrant mon hématome.

Un éclat dangereux apparaît dans ses yeux. Est-il encore une fois sur le point de faire pousser ses griffes/serres ?

Puis je comprends. Il était déjà au courant de mon hématome, c'est ce qui semble avoir conduit à ce massacre. Je lui ai dit que j'étais blessée par visioconférence, mais pas les détails, alors la seule façon pour qu'il soit au courant spécifiquement de cet hématome, c'était si les rumeurs au sujet des caméras au travail – où j'ai examiné ma blessure – étaient vraies.

Je ne peux pourtant pas me fâcher davantage que je

le suis déjà. La violation de mon intimité n'est rien comparée à ce qu'il m'a déjà fait traverser.

— Même si je n'étais pas en danger – alors que je l'étais –, tu n'avais aucun droit de me faire cela, dis-je en lui jetant un regard noir.

— En tant qu'employeur, j'avais tous les droits de te donner du travail, dit Nero en faisant un pas vers moi. Et en ce qui concerne le test de ton caractère, cela faisait partie de mes droits en tant que mentor.

— Ah bon ?

Je suis tellement énervée maintenant que j'avance vers lui… et je pose immédiatement le pied dans une flaque de sang. Le côté dégoûtant des parties de corps écrasés sous mes chaussures fait monter la bile dans ma gorge, et avant de pouvoir me raviser, je dis à Nero :

— Dans ce cas, je démissionne. Je démissionne de ce travail – je pointe le pouce vers le bâtiment du fonds d'investissement derrière moi – et je démissionne de toi.

Il franchit la distance entre nous, son grand corps me surplombant.

— Tu n'es pas sincère, murmure-t-il, et la touche d'intimité dans sa voix accélère encore mon pouls.

En luttant pour garder une respiration normale, je reviens sur mon oasis sans orques.

— Oh, je suis sincère. Je n'ai jamais été plus sincère de toute ma vie. Trouve-toi une autre voyante à maltraiter.

— Je n'en veux pas d'autres.

Il avance vers le bord de mon havre.

— Ce que tu veux n'est pas mon problème.

Je n'ai encore jamais été aussi fière de dire quelque chose calmement.

Est-ce que Nero vient de grandir, ou bien a-t-il toujours occupé une si grande part de l'espace tridimensionnel ? C'est comme si une créature bien plus grande était piégée dans son corps d'homme et menaçait maintenant de sortir.

— Tu prends des décisions irréfléchies à cause de tes émotions, dit-il.

Même si son ton est glacial, son souffle mentholé est chaud sur mon visage.

— Tu *vas* changer d'avis.

Un rugissement de moteur interrompt ma réponse cinglante… et cela vaut peut-être mieux.

Malgré la tentation, il vaut mieux ne pas contrarier ce Jack l'Éventreur surnaturel.

Une des voitures qui arrivent est un corbillard, alors que l'autre ressemble au croisement entre un food-truck et une de ces voitures blindées dans lesquelles les banques transportent leur argent.

Les voitures se garent au bord de l'espace sanglant et toutes les portes s'ouvrent en même temps.

Je ne suis pas surprise de voir Pada, l'homme qui a nettoyé un bazar similaire de morceaux de zombies pour Vlad, ainsi qu'un zombie encore très actif pour moi.

Ses employés ressemblent à des versions plus jeunes de lui, jusqu'aux vestes en cuir noir et aux mines renfrognées.

— Jik, attrape la scie pour les os, crie Pada à un type asiatique qui semble être le plus jeune du groupe. Wen, tu es à la pompe aujourd'hui, crie-t-il à un autre type, qui semble vaguement amérindien.

L'équipe s'attaque au désordre avec une efficacité irréelle.

— Et elle ? demande Pada à Nero en me montrant du doigt comme si j'étais une carcasse sanglante qui tombait sous sa juridiction.

— Il faut la ramener chez elle, dit Nero. Peux-tu la conduire pendant que tes collègues finissent ici ?

Pada grommelle, fouille à l'arrière du corbillard et en sort un grand manteau de pluie rouge.

— Enfile ça, me dit-il d'une voix un peu plus aimable que d'habitude.

Toujours muette, mais soulagée à l'idée de rentrer chez moi, je fais passer l'horrible chose par-dessus ma tête, en mettant du sang partout.

Pada va voir à la voiture la plus grande et il revient avec une serviette blanche. Avant que je puisse protester, il m'essuie le visage avec elle. Ça pique les yeux et l'odeur d'un produit chimique me donne envie d'éternuer et de vomir en même temps… un mélange dangereux.

Essaie-t-il de me faire respirer du chloroforme ?

Non.

Je suis encore douloureusement consciente.

Quand Pada récupère enfin la serviette, elle ressemble à un tampon dans un film gore.

Il ouvre la portière du corbillard et il me regarde dans les yeux.

— Monte, s'il te plaît.

Je fais ce qu'on me dit, sachant que le regard de Nero me suit jusqu'à la voiture.

— J'étais sincère, dis-je en me retournant vers Nero lorsque j'attrape la poignée de la portière. C'est terminé.

Nero commence à répondre et je prends un grand plaisir à claquer la portière avant qu'il puisse dire un seul mot. Non pas que ce qu'il avait à dire aurait pu me faire changer d'avis.

— Très bonne idée, dit Pada en montant et en fermant la portière à son tour. Pourquoi ne pas fâcher le diable tant que tu y es ?

— Es-tu certain que Nero n'est pas véritablement le diable ? dis-je, en ne plaisantant qu'à moitié.

— Si je savais ce qu'il était, je ne crois pas que je serais encore vivant, chuchote Pada, comme si Nero pouvait nous entendre de l'extérieur… et si ça se trouve, il le peut.

Je ne dis plus rien, alors Pada démarre la voiture et enclenche la marche arrière.

Le corbillard recule hors de l'allée et après quelques difficultés, Pada le manœuvre sur la route.

— Je n'ai jamais pu te le demander, dis-je lorsque nous filons sur Broadway. Quel type de Conscient es-tu ?

— Un honnête travailleur, dit-il en gardant les yeux rivés sur la route.

— Sérieusement ?

Je me tourne vers lui, mon manteau faisant des bruissements de caoutchouc.

— Je ne sais pas vraiment ce que tu veux que je dise.

Pada met le clignotant.

— Les mythes au sujet de mes congénères sont assez peu flatteurs.

— Ça m'est égal.

Je retire la capuche du manteau, je reçois un regard assassin de Pada, et je la remets.

— Si tu insistes, je vais te donner quelques exemples, dit-il avec un soupir exaspéré. L'ancêtre de Jik, par exemple, se faisait nommer Jikininki au Japon.

Il observe ma réaction et quand je le regarde sans comprendre, il ajoute :

— L'arrière-arrière-arrière-grand-père de Wen s'appelait Wendigo… tu en as peut-être entendu parler ?

« Wendigo » m'évoque effectivement quelque chose, mais je dois sortir mon téléphone et chercher les deux noms sur Google. Un acte que je regrette dès que j'aperçois des descriptions telles que « des esprits qui mangent les corps humains » en référence au Jikininki et « monstre cannibale mythique » pour le Wendigo.

— Peu flatteurs ? Sans rire.

J'examine quelques-uns des dessins représentant ces deux êtres.

— Nous avons une utilité cruciale.

Pada coupe vicieusement la route à un taxi jaune et écrase presque un piéton en une seule manœuvre.

— Nous nous moquons complètement des sensibilités délicates de qui que ce soit.

— Je t'apprécie, dis-je pour le rassurer, au cas où il parlerait de mes sensibilités… qui sont apparemment loin d'être délicates. Pardon si je suis un peu irritable. Voir Nero jouer à la déchiqueteuse a tendance à me faire ça.

— C'était un vrai bazar, dit Pada en tournant dans une autre rue.

— Oui.

Je me frotte les yeux, comme si cela pouvait effacer le *snuff movie* gravé dans mes rétines.

— Est-ce que ça te gêne si je passe un rapide coup de fil ?

— Je t'en prie.

Pada enfonce la main dans les profondeurs de sa veste en cuir, en sort une paire d'écouteurs et les pose sur ses oreilles. Plus fort, il ajoute :

— De toute façon, je devrais sans doute me concentrer sur la route.

Je réponds en levant le pouce et je sors mon téléphone. Il me reste toujours ce rendez-vous de vingt-trois heures avec Baba Yaga et je me dis que je ferais mieux de le remettre à un soir où je ne viens pas juste de travailler toute la nuit et de survivre à un bain de sang orque.

Je cherche le numéro de téléphone de Baba Yaga et je le compose.

La voix féminine agréable me répond encore une

fois en russe et lorsque je demande la propriétaire, elle me passe le gérant, comme avant.

— Sasha, dit Koschei de sa voix typique de gardien de la crypte. Je ne m'attendais pas à avoir des nouvelles avant votre rendez-vous plus tard dans la journée.

— C'est pour cela que j'appelle.

La voiture passe sur un nid-de-poule, alors je serre mon téléphone un peu plus fort.

— J'aimerais reporter mon rendez-vous à un autre jour. Si c'est possible.

Il y a un silence de tombeau de l'autre côté du téléphone.

— Allô ? dis-je. Avons-nous été coupés ?

— Non, répond Koschei d'une voix encore plus effrayante.

— Non, nous n'avons pas été coupés ?

— Non, ce n'est pas « possible » de se décommander.

— Très bien, dis-je aussi poliment que possible dans les circonstances. Alors je vous verrai à vingt-trois heures, comme c'était prévu.

— Assurez-vous d'arriver à l'heure, dit sèchement Koschei avant de raccrocher.

— Charmant, dis-je à voix basse.

Pada ne semble pas avoir conscience de moi. À la place, il fredonne l'air qui sort de ses écouteurs : *No One Loves Me and Neither Do I* de Them Crooked Vultures.

Au lieu de déranger Pada, je ferme les yeux en

espérant m'endormir et obtenir peut-être une vision utile sur le rendez-vous avec Baba Yaga.

Malheureusement, malgré mon terrible besoin de sommeil, je n'y arrive pas.

— Te voici arrivée, dit Pada, et j'ouvre les yeux pour voir que nous sommes effectivement à côté de mon immeuble. Laisse-moi t'accompagner jusqu'en haut.

Il ouvre la porte et il me guide jusqu'à l'ascenseur.

— Tu peux utiliser de l'eau froide pour les taches de sang, dit-il sur le ton de la conversation après avoir appuyé sur le bouton de mon étage. Ensuite, tu peux y mettre un peu d'eau oxygénée, attendre un moment, puis rincer à l'eau chaude.

— Je ne vais pas garder des vêtements trempés de sang, dis-je en frissonnant. J'espère seulement pouvoir laver tout cela de ma peau.

— L'eau chaude et le savon devraient suffire. Si tu ne veux pas garder ces vêtements, il vaut mieux que je les prenne.

L'ascenseur sonne son arrivée.

— Ça me paraît bien, dis-je lorsque nous sortons.

Je suis en train de marcher lorsque j'entends un petit cri féminin exagéré.

En regardant derrière moi, je vois que Rose laisse tomber son sac-poubelle. Elle fixe les tâches de sang que je viens de laisser derrière moi.

— Je vais bien, dis-je vite à Rose. Ce n'est pas mon sang.

— Je nettoierai ce bazar, dit Pada. Bonjour, Rose.

— Salut, Pada, dit-elle en le regardant d'un air

méprisant avant de se concentrer sur moi. Sasha, ma chère, tu ferais mieux d'aller te laver et puis je t'attends chez moi pour que tu expliques ce qu'il se passe.

— Quelle heure est-il ?

— 21 h 30, dit Pada après avoir regardé sa montre.

— Dans ce cas, j'aurais sûrement le temps de passer pour un café rapide, dis-je à Rose. J'ai un rendez-vous à Brighton Beach à vingt-trois heures.

— Va vite, dit Rose. Tu dégoulines de sang.

Je marche d'un pas rapide jusqu'à mon appartement et je déverrouille la porte.

— Bonjour ? crié-je lorsque nous entrons. Il y a quelqu'un ?

Fluffster et Ariel viennent nous accueillir. Le visage d'Ariel devient blanc comme un linge et celui de Fluffster fait sans doute l'équivalent chinchilla… mais je ne suis pas aussi douée pour déchiffrer les visages des rongeurs.

— Je vais bien. Le sang n'est pas le mien.

Ils m'assaillent de questions, mais je les évite toutes, me dirigeant tout droit vers la salle de bains.

— Ariel, crié-je lorsque j'atteins ma destination. Peux-tu m'apporter quelques sacs-poubelle, s'il te plaît ?

Quand c'est fait, j'entre dans la baignoire, je ferme le rideau et je me déshabille, jetant tous mes vêtements sanglants dans les sacs.

On dirait que quelqu'un s'est coupé les veines dans la pauvre baignoire.

— Peux-tu donner cela à Pada en le remerciant de ma part ?

Je sors les sacs et sans attendre une réponse, je tourne le bouton de la douche jusqu'au flot maximum.

En attrapant le gel douche, je me couvre de savon et je laisse l'eau chaude évacuer de petits ruisseaux rouges.

La porte de la salle de bains se referme, mais elle s'ouvre bientôt à nouveau.

— Commence à parler, dit Ariel par-dessus le bruit de l'eau qui coule.

— Sérieusement, ajoute mentalement Fluffster. Tu ne peux pas faire une telle entrée sans cracher le morceau.

— Très bien, dis-je en me couvrant d'une autre couche de savon. C'étaient les orques.

Je leur raconte ce qui est arrivé en me concentrant sur comment et pourquoi c'était la faute de Nero.

— Cela explique l'étrange massage cardiaque, dit Ariel quand j'ai terminé. Ainsi que la façon dont ces orques sont venus sur Terre. Nero a certainement suffisamment d'influence pour les faire venir ici sans se faire prendre.

— Particulièrement maintenant.

Même si ma peau est complètement propre maintenant, j'applique une autre couche épaisse de savon sur moi.

— Ils ont disparu.

— Tu sais, dit Ariel, tu as dit avoir senti quelque chose avant les attaques. Nero avait peut-être…

— Peux-tu m'accompagner pour ce rendez-vous avec Baba Yaga ? dis-je pour changer de sujet.

Je ne veux surtout pas l'entendre trouver des excuses pour cet enfoiré manipulateur.

— Bien sûr, répond-elle. Je vais préparer la voiture.

— Peux-tu aussi préparer le panier de Fluffster avant de partir ?

Je verse une autre grosse poignée de savon dans ma main droite.

— Fluffster, je suppose que tu es d'accord pour m'accompagner. Je pense que la sorcière a besoin que tu sois présent pour guérir ton amnésie… si elle sait le faire.

— Il me tarde de récupérer mes souvenirs.

Sa réponse mentale déborde d'impatience.

— J'attendrai dans la cage.

Ils partent et je recommence le savon puis le rinçage plusieurs fois jusqu'à ce que ma peau se mette à brûler.

Sortant à contrecœur de la chaleur de la douche, je me sèche et je me brosse les dents avec la même minutie que ma peau.

Vêtue d'une serviette, je passe dans ma chambre. Après une courte réflexion, je décide de m'habiller de façon confortable et de laisser tomber le maquillage.

En me dirigeant vers la porte de l'appartement, je trouve Fluffster déjà installé dans la cage spéciale que je lui ai achetée quand je l'ai emmené chez le vétérinaire.

— Je dois passer à l'appartement de Rose pendant un moment, lui dis-je. Veux-tu m'accompagner ?

— Je vais t'attendre ici, dit-il en se souvenant sans doute de Lucifer, la chatte de Rose.

Je frappe à sa porte.

Quand elle l'ouvre, son maquillage est aussi impeccable que toujours. Elle porte également de nouvelles boucles d'oreilles et une robe d'été qui laisse voir beaucoup de peau… une peau qui semble assez en forme pour appartenir à une femme de la moitié de son âge. Ou de l'âge que je supposais qu'elle avait quand je croyais qu'elle était humaine.

La chatte sort tranquillement pour voir qui est à la porte. Avec un énorme air de déception sur son visage plat et poilu, elle daigne remarquer mon existence, puis elle part au salon.

— Entre, dit Rose en me guidant à l'intérieur. Laisse-moi t'apporter ton café.

Dans le salon, la chatte est allongée sur le tapis du milieu, alors je la contourne et je m'assois sur le canapé.

Rose part et à ma grande surprise, Lucifer se lève, saute sur le canapé à côté de moi et se frotte contre ma jambe en ronronnant.

— Est-ce que les poules ont des dents ? dis-je à l'animal. Ou est-ce parce que je t'ai sauvé la vie ?

Elle me jette un regard froid qui semble vouloir dire : « Tu tiens chaud et Notre Majesté a besoin de se frotter contre quelque chose. Ne prends pas la grosse tête. »

Rose revient et elle me tend une tasse de café chaud que je bois en répétant mon histoire, commençant cette fois à partir des accidents avec les orques et terminant par le hachis d'orques.

— Je crois qu'il faut que tu commences encore plus tôt, dit Rose en s'adossant à son fauteuil. Tu ne m'as jamais dit comment tu as rejoint les Conscients et fini par être l'élève de Nero.

— Il faudra que je te le raconte un autre jour.

Je gratte le menton de Lucifer d'un air absent et elle ne m'arrache pas le doigt avec les dents, ce qui signifie qu'elle apprécie.

— Je vais devoir partir bientôt.

Rose lève un sourcil parfaitement sculpté et je me demande à quel point ce geste doit être difficile avec tout ce Botox.

Elle continue à me regarder, alors j'explique rapidement comment ma recherche de mes parents biologiques a conduit à cette réunion avec Baba Yaga.

Rose écoute attentivement mon histoire. Peut-être qu'en tant que sorcière, elle est fascinée par le projet de redonner sa mémoire à Fluffster ?

— Il faut faire attention en ce qui concerne Yaga, dit-elle quand j'ai terminé. Comme je te l'ai dit, les sorcières peuvent être dangereuses, et c'est doublement le cas pour elle.

— Eh bien, un espoir soudain me donnant une idée. Crois-tu que tu pourrais rendre la mémoire à mon domovoi ?

Je bois une gorgée de café.

— Si tu le pouvais, je ne serais pas obligée d'aller la voir.

— Malheureusement, non, répond Rose en baissant ses yeux bleus aux cils couverts de mascara. Ma spécialité est la manipulation des pouvoirs. Si tu voulais que je rende ton domovoi plus fort pendant un temps, ou mieux protégé, je le pourrais, mais ce que tu cherches, c'est dans le domaine de Baba Yaga.

Elle prend un air pensif avant d'ajouter :

— Cependant, je crois pouvoir faire quelque chose pour toi.

Elle retire une bague de son petit doigt et elle me la donne.

— Enfile ça.

Je mets la bague. C'est un simple anneau d'argent avec un joyau sur le dessus.

Un joyau qui me semble familier.

C'est un cousin minuscule de la pierre que Nero a transformée en détecteur de mensonges quand le Conseil m'a interrogé… la pierre que j'ai également portée sur le collier à mon Jubilé et qui est encore rangée dans ma chambre.

— Respire profondément, dit Rose en pointant l'index vers la bague.

J'inspire et c'est alors qu'un jet d'énergie rose part du doigt de Rose dans la petite bague.

L'air que j'ai inspiré s'échappe violemment de mes poumons lorsqu'une énergie palpitante s'étale à travers mon corps, me laissant étonnamment pleine d'énergie… mais c'est peut-être l'effet du café.

— Qu'est-ce ?

J'examine la bague.

— Une protection, dit Rose en se levant de sa chaise. Il vaut mieux que tu partes maintenant. Il vaut mieux ne pas faire attendre quelqu'un comme Baba Yaga.

Refoulant une douzaine de questions, je pose Lucifer sur le côté avec précaution et je me lève.

— Peu importe ce qu'il se passe, ne signe aucun contrat, dit Rose. Dans notre monde, les contrats engagent beaucoup.

Je hoche la tête juste au moment où la sonnette retentit.

Les lèvres de Rose esquissent un sourire entendu.

— Viens. Je vais te raccompagner jusqu'à la porte et le faire entrer.

Lorsqu'elle ouvre la porte, je ne suis pas surprise de voir Vlad sur le palier.

Son regard glisse sur moi presque sans me remarquer avant de se focaliser sur Rose d'un air approbateur.

La perfection de son apparence généralement sombre et renfrognée est entachée par la trace d'un sourire aussi insaisissable que celui de la Mona Lisa.

Il entre d'un pas nonchalant et – avant que je puisse dire bonjour et au revoir – ses mains pâles serrent Rose contre lui.

Je me dirige vers la sortie comme si l'appartement était en feu, mais je le vois quand même l'embrasser.

Passionnément. Sur les lèvres.

Je ne peux m'empêcher de les regarder, stupéfaite.

Oui, je sais que Rose et Vlad sont ensemble, mais

c'est quand même choquant de voir cette démonstration d'affection en public… choquant comme lorsque l'on voit ses parents dans l'acte.

— Il vaut mieux que je me dépêche, dis-je en marmonnant, puis je vois qu'ils y vont avec la langue et je me précipite chez moi pour récupérer Fluffster.

La cage dans la main, je sors, je monte dans la voiture d'Ariel et je raconte ce que je viens de voir à ma colocataire.

CHAPITRE VINGT-TROIS

Le valet au pied de l'Izbushka nous parle en russe. Ariel lui sourit sans comprendre et lui tend les clés.

J'attrape la cage de Fluffster à l'arrière et je dis :

— Si je viens une fois de plus à Brighton Beach cette semaine, ils me donneront une bouteille de vodka gratuite.

Nous montons les marches et Ariel murmure quelque chose d'inintelligible en fixant les pattes de poulet près de l'entrée.

Un videur de la taille d'un orque – mais clairement humain – nous ouvre les portes massives et nous parle également en russe. Nous le remercions et nous nous faufilons dans le restaurant.

À l'intérieur, la cabane n'est pas du tout rustique. Il y a du marbre et du cristal partout, m'évoquant le Metropolitan Opera… particulièrement si quelqu'un l'avait recréé à Vegas en insistant bien sûr le côté bling-bling.

Un spectacle de style cabaret a lieu sur la scène au milieu de la salle. La musique russe est joyeuse, mais on ne peut pas dire la même chose de la clientèle.

J'ai beau détester les stéréotypes, il n'y a que deux mots qui tournent dans ma tête quand je vois l'assortiment de types tatoués et louches ainsi que leurs escortes très siliconées.

Mafia russe.

— Vous devez être Sasha, dit une voix familière.

Je me retourne. Même si sa voix paraît encore plus squelettique en personne, Koschei ne ressemble pas à ce que j'ai imaginé : un vieil homme émacié. Il est effectivement mince, mais il est aussi jeune et dangereusement beau. Ses cheveux qui lui arrivent aux épaules sont noir de jais, et ses yeux verts étincellent d'un air espiègle quand il nous regarde sous ses sourcils bleu-noir.

— Et vous êtes ? demande-t-il à Ariel avec un rictus.

— Là pour m'assurer que personne n'embête mon amie, répond-elle avec un sourire qui cache à peine la menace dans sa voix.

— Seule la voyante a reçu une audience. Il vous faudra attendre ici.

Il indique une petite table.

Ariel me regardant en hésitant. Je hoche la tête et elle s'assoit à l'endroit proposé.

Koschei fait signe à un serveur, puis il se tourne vers moi et il me demande de le suivre.

Il s'enfonce dans le restaurant sans jeter un regard en arrière.

Chaque fois qu'un type de la mafia se met en travers de son chemin, il regarde simplement le gêneur et l'un après l'autre, les grands types tatoués s'effacent comme s'ils avaient affaire à quelqu'un du triple de leur taille.

Clairement, Koschei a une réputation.

— Ici, dit-il lorsque nous nous approchons d'une porte à l'arrière.

Je pose la main sur la poignée et je ne peux m'empêcher de remarquer que cette entrée ressemble exactement à la porte d'une simple cabane en bois, ce qui est complètement incongru dans le décor autrement très chic.

La porte s'ouvre avec le grincement d'un vieux grand huit en bois.

— Bonjour, ma chère, dit quelqu'un à l'intérieur avec un fort accent russe.

La voix androgyne semble appartenir à quelqu'un de très âgé.

J'entre prudemment, mais avant de franchir le seuil, Koschei me pousse légèrement dans le dos. J'entre en trébuchant et il claque la porte derrière moi.

Lorsque je retrouve mon équilibre, j'examine la salle et son occupante.

L'endroit ressemble à la réplique d'une cabane en forêt avec ses murs, son plancher et son plafond en bois. Yaga doit avoir un faible pour le bois, car même le bol et les cuillères sont en bois, ornés de couleurs vives dans le style des poupées russes.

Bon, au moins je ne vois aucun contrat que je dois éviter de signer.

Mon hôtesse, en supposant qu'il s'agit de Baba Yaga elle-même, semble encore plus âgée que sa voix le suggérait. Certaines rides de son front possèdent leurs propres rides. En fait, elle semble si vieille que j'aurais pu la confondre avec un vieil homme. Seule sa coiffure bouffante semble féminine. Sa tenue est encore plus ancienne qu'elle, apparemment faite d'un tissu très sommaire avec des trous. Un sac à patates, peut-être ?

Malgré tout cela, elle n'a pas les yeux chassieux. Ils brillent d'intelligence et de force.

— Sasha ?

Elle prononce mon nom de la même façon que les parents de Felix.

— Bonjour, dis-je. C'est Baba Yaga, n'est-ce pas ?

— Tu es une voyante ? demande-t-elle d'un accent plus fort.

Je hoche la tête.

— Les voyants sont très utiles.

En sautant facilement de sa chaise en bois, Yaga tend la main et murmure quelque chose à voix basse.

— Cours, me dit mentalement Fluffster. Elle te jette un sort.

Avant de pouvoir complètement comprendre les paroles de mon animal domestique, et encore moins agir en fonction, un éclair noir jaillit des doigts de la sorcière et me frappe en plein milieu du front.

Une douleur atroce me traverse le cerveau, brouillant mes pensées.

— Elle essaie de voler ta volonté, dit Fluffster dont

la voix mentale semble me parvenir de très loin. Nous ne sommes pas dans mon domaine, alors je ne peux pas l'arrêter. Je suis vraiment désolé.

CHAPITRE VINGT-QUATRE

La douleur dans mon cerveau se déplace subtilement, comme si un aimant aspirait l'énergie malveillante de ma tête dans mon corps.

La douleur voyage à travers mon épaule et dans ma main.

Elle est si intense que je fais presque tomber la cage de Fluffster.

Je vois ensuite l'électricité noire prendre une teinte rosée près de la bague de Rose. La douleur se dissipe de façon inoffensive aussi soudain qu'elle est apparue, et au moment précis où la bague se fend en deux.

— Le sort a échoué, explique Fluffster avec enthousiasme. Il nous faut sortir avant qu'elle en jette un autre.

Comme je ne sais pas comment lui parler mentalement, je ne lui dis pas que sortir d'une pièce fermée à clé gardée par Koschei n'est peut-être pas très facile.

Puis je comprends.

C'est la bague de Rose qui m'a protégée.

Maintenant qu'elle est cassée, la protection a disparu.

Agissant purement d'instinct, je fais semblant de bouger la cage de Fluffster d'une main à l'autre. Utilisant le principe magique du grand mouvement cachant le petit, je tourne la bague de façon à placer la pierre à l'intérieur de ma paume.

Comme je l'avais espéré, Baba Yaga ne semble pas remarquer que je tripote l'anneau.

À la place, elle est émerveillée que je puisse encore bouger.

Je lui jette un regard noir.

Quand elle voit mes yeux, j'utilise ce moment pour plier la main comme si j'y cachais une carte. De cette façon, elle ne verra pas l'état de la bague, même si j'espère qu'elle ne cherchera même pas.

— Venez-vous d'essayer de prendre le contrôle de mon esprit ? lui dis-je sur le ton de la conversation, comme si de nombreuses personnes avaient essayé et échoué à le faire.

Elle me fixe.

— Tu sembles avoir des amis puissants.

Son accent est soudain beaucoup moins prononcé.

En réalité, cela vaut mieux. Il me faut un peu d'entraînement pour marchander à l'ancienne.

Elle me regarde comme si c'était la première fois.

— Que veux-tu, ma chère ?

Je suis extrêmement tentée de dire que je ne veux

rien du tout, mais mon intuition m'avertit de ne pas essayer cela.

— Mon domovoi, dis-je calmement en levant la cage. Je veux lui rendre sa mémoire.

J'aurais aimé que Nero soit présent pour lui dire que je viens de suivre mon intuition sans hésiter. Manifestement, je commence à croire en mes pouvoirs. De plus, si Nero était ici, je suis certaine que cette sorcière n'aurait pas osé jouer avec moi.

— Un domovoi ?

Baba Yaga examine la cage avec intérêt.

— Comment l'as-tu obtenu ?

— C'est ce que j'espère découvrir.

Je lutte contre ma nervosité en faisant un pas vers la vieille femme et j'approche Fluffster de son nez ridé.

— Il ne se souvient de rien de ce qui s'est passé avant qu'il prenne cette forme animale.

Elle ferme un œil et examine les moustaches de Fluffster comme une joaillière.

— C'est normal. Pose-le ici.

Elle pointe un doigt crochu vers son bureau en bois.

Je pose doucement la cage sur la table et je l'ouvre.

Baba Yaga s'approche de Fluffster et tend la main vers lui.

Sans la moindre hésitation, Fluffster lui mord le doigt.

— Un petit fougueux.

Yaga retire son doigt du chinchilla. En le regardant sévèrement, elle dit à voix basse :

— Tu oublies que nous ne sommes pas dans ton

domaine. Ici, dans le mien, tu es exactement ce à quoi tu ressembles : un rat avec de la fourrure.

Mon instinct m'indique que mon ami est en danger.

— Fluffster. Sois gentil avec la dame. Elle essaie de nous aider.

Le doigt dans la bouche, Baba Yaga marche jusqu'au coin de la pièce où se trouve un mortier géant à côté d'un grand balai.

— Je pourrais essayer de lui rendre ses souvenirs. Je l'ai fait avec d'autres de son espèce, même s'ils étaient moins têtus. Il se souviendra peut-être seulement d'une lueur de sa dernière incarnation, ou alors il se souviendra de toutes en détail… il n'y a aucune garantie dans ce genre d'affaires.

— Mais vous pouvez le faire, dis-je pour confirmer.

— Je le peux.

Quand elle sourit, je ne compte que quelques dents dans une bouche autrement vide.

— Alors.

Je lutte pour rester calme.

— Voulez-vous le faire ? S'il vous plaît ?

— Tu supplies si gentiment.

Le sourire de Baba Yaga s'élargit et une grande fossette ridée apparaît sur sa joue.

— Je vais le faire. Un jour, mais ce jour ne viendra peut-être jamais, je te demanderai de faire quelque chose pour moi. Mais en attendant ce jour…

— Êtes-vous en train de citer *Le Parrain* ?

Mon incrédulité me fait glousser de façon hystérique.

— Et si je disais « œil pour œil » ?

Le sourire de Baba Yaga devient carnassier.

— Ou peut-être « tu me grattes le dos et je gratterai le tien » ?

— Je n'ai pas confiance en elle, me dit Fluffster d'un ton urgent. Elle va sûrement te demander ce service dans les cinq minutes qui suivent, et ça ne te plaira pas.

Encore une fois, je regrette de ne pas pouvoir répondre mentalement au chinchilla. Je lui dirais alors que puisque je n'ai plus la protection de Rose, je suis dans une posture assez vulnérable. Si Baba Yaga veut vraiment quelque chose de ma part, elle pourrait relancer son sort de tout à l'heure, et cette fois, il fonctionnerait facilement.

Que pourrait-elle bien vouloir de moi, de toute façon ? Elle a fait toute une histoire parce que je suis voyante, alors le plus probable est qu'elle souhaite une prophétie… ou en tout cas ce que mon cerveau épuisé par toute une nuit de travail et saturé par l'adrénaline pourra deviner.

Si j'avais dormi, j'aurais peut-être été mieux armée pour la situation.

— Je ne ferai rien d'illégal pour vous, dis-je après une pause si prégnante que les gens se seraient levés de leurs sièges dans le train pour lui laisser la place. Je veux dire que je n'enfreindrai pas les lois humaines ou les lois écrites ou non écrites chez les Conscients.

— Autre chose ? demande-t-elle, en se réjouissant un peu trop.

Aime-t-elle vraiment marchander, ou bien ne fait-elle que jouer avec sa nourriture ?

— Le service doit être dans mes capacités au moment de la demande, dis-je en pensant que si elle exige une prophétie dans les quinze prochaines minutes, je peux en toute honnêteté dire que je ne contrôle pas mes pouvoirs et que je ne peux pas le faire. Le service ne peut pas être une demande pour recevoir d'autres services, dis-je en pensant à toutes les histoires de génies.

— D'accord.

Baba Yaga crache dans sa main et me la tend.

Je scrute la pièce à la recherche d'une jarre en bois de gel hydroalcoolique. Je n'en vois pas et je lui tends la main à contrecœur.

Au moins il ne s'agit que d'un accord verbal… j'avais peur qu'elle me demande de signer quelque chose.

— Ce sort est-il dangereux pour lui ?

Je regarde Fluffster avec inquiétude après avoir retiré ma main. Je l'essuie sur mon pantalon avec toutes les capacités à la discrétion d'une prestidigitatrice.

— Non, répond Baba Yaga. Il sera peut-être faible juste après le traitement, mais une fois que tu le ramèneras à son domaine, il sera comme neuf.

— C'est le dernier moment pour changer d'avis, lui dis-je.

— Je m'inquiète pour toi, pas pour moi, répond mentalement Fluffster. Je ne veux pas que tu aies une dette envers cette créature à cause de moi.

— Je le fais pour moi.

Je le lui rappelle à voix haute, ne me souciant pas du fait que Baba Yaga puisse l'entendre, car ce n'est pas un grand secret qu'elle peut utiliser.

— Très bien, répond Fluffster, dans ce cas, je suis prêt.

Je regarde Baba Yaga avec une assurance que je ne ressens pas.

— Faites-le. Marché conclu.

Le visage tordu de concentration, Baba Yaga tend ses mains noueuses en direction du chinchilla et une fine énergie noire coule de ses doigts dans la fourrure de Fluffster.

CHAPITRE VINGT-CINQ

FLUFFSTER CRIE.

Ce ne sont pas des gazouillis ou des vocalisations normales de chinchilla, mais des hurlements que j'ignorais pouvoir sortir de sa petite gorge.

Il commence alors à trembler comme s'il faisait une crise d'épilepsie... ou plutôt, comme s'il était mis à mort par la chaise électrique.

— Stop ! Vous allez le tuer !

Je scrute la pièce à la recherche de quelque chose de lourd avec lequel je pourrais frapper la tête de Baba Yaga.

— Tout ira bien, grogne la sorcière. C'est juste un spécimen vieux et fort de son espèce.

L'énergie continue à couler de ses doigts et la fourrure de Fluffster se dresse dans toutes les directions, comme s'il s'était transformé en porc-épic.

L'instant d'après, il arrête de convulser et il tombe sur le côté.

L'énergie de Baba Yaga transperce son corps apparemment sans vie pendant un moment, avant de s'arrêter.

La sorcière semble pâle lorsqu'elle s'agrippe à la table d'une main tremblante.

— Tu as intérêt à en valoir la peine, ma fille, dit-elle en chuchotant d'une manière à peine audible. Je n'ai pas dépensé autant de jus depuis presque cinquante ans.

Ignorant la sorcière, je me penche au-dessus de Fluffster et je pose une main sur son torse.

Les battements de son cœur sont lents et il respire vite, mais il est clairement en vie… ce qui signifie que Baba Yaga vivra aussi, même si la façon dont j'aurais pu la tuer par vengeance reste mystérieuse.

— Fluffster, est-ce que ça va ?

Il ne répond pas.

— Il vaut mieux que tu le ramènes à son domaine.

La sorcière se laisse tomber sur sa chaise avec lassitude, ses mouvements semblant désormais plus adaptés à son âge.

— Son domaine est ta maison, au cas où tu ignorerais sa nature.

— Merci.

Il me faut toutes mes prouesses d'actrice pour ne pas gifler son visage ridé.

— Je vais le faire tout de suite.

Serrant le minuscule corps de Fluffster contre ma poitrine, je me dirige vers la porte, laissant la cage en souvenir à Baba Yaga.

Koschei ouvre la porte à cette seconde précise, comme s'il était voyant à ma place.

Je passe devant lui sans le regarder et je me précipite vers la table d'Ariel.

— Qu'est-ce qui ne va pas ? dit-elle en me voyant.

Son regard descend alors vers mes mains.

— Fluffster va bien ?

— Il a intérêt. Il faut le ramener à la maison le plus vite possible.

Elle saute sur ses pieds.

— Bien sûr. Allons-y.

Utilisant sa force surnaturelle, Ariel se fraye un chemin pour nous à travers la foule. Je suis soulagée de voir que les membres de la mafia qu'elle agresse plus ou moins agissent comme si nous étions devenues invisibles.

— La voiture. Maintenant, crié-je au valet dès que nous sortons.

Pour renforcer mes paroles, Ariel sort un billet de vingt dollars et le place dans sa main.

Le valet passe le coin en courant et au bout de quelques longues secondes, il arrive en marche arrière dans notre rue au volant du Hummer d'Ariel.

— Pied au plancher, dis-je à Ariel lorsque nous montons.

C'est ce qu'elle fait, et les pneus crissent quand nous nous élançons en avant.

Ariel a dû apprendre sa conduite agressive dans l'armée. Le Hummer se fraye un chemin dans la circulation comme un tank : tout le monde, même les taxis jaunes, nous cède la place.

Afin de penser à autre chose qu'une crise de panique imminente causée par la conduite d'Ariel, je lui raconte par le détail ce qui est arrivé dans le bureau en bois de Baba Yaga.

— Heureusement que tu avais la protection de Rose, dit Ariel. Si Yaga avait réussi son sort, elle aurait eu tout contrôle sur toi. C'est encore pire que le lien de dépendance.

En réprimant un frisson, je caresse le corps immobile de Fluffster.

— Qu'est-ce qu'un lien de dépendance ?

Ariel dérape sur l'autoroute, les pneus de la voiture laissant une trace noire derrière nous.

— Si un prévamp boit le sang d'un vampire avant de mourir, le vampire donneur de sang sera le maître du vamp, et le nouveau vamp devra faire ce qu'il exige pendant dix ans.

— Waouh. Pourquoi un prévamp boirait-il ce sang alors, étant donné les conséquences ?

— C'est la seule façon certaine pour un prévamp de se transformer.

Sans signaler ce qu'elle fait, Ariel passe sur la voie du milieu, juste devant un bus.

— Si un prévamp n'est pas assez puissant, il peut ne pas se transformer en mourant. Il peut alors mourir réellement. La seule façon de découvrir sa puissance est en fait de mourir sans boire le sang d'un autre vampire. La plupart préfèrent la certitude du lien de dépendance à l'incertitude de la liberté et au risque de mourir.

Je songe à ce type de choix lorsque nous passons sur la voie rapide et que nous accélérons au triple de la limite de vitesse.

Contrairement au mien, la respiration et le pouls de Fluffster restent inchangés… même si je devrais être ravie que rien ne se soit empiré.

Le reste du trajet est un brouillard d'adrénaline pour moi, et je pousse un soupir effrayé lorsque nous arrivons à Battery Park et qu'Ariel freine pour la première fois depuis que nous avons quitté le restaurant.

Avec une secousse si violente que mon épaule se remet à faire mal, nous nous arrêtons.

Je tiens le chinchilla dans la main gauche en ouvrant la portière de la droite, respirant l'odeur de caoutchouc brûlé des pneus.

Un texto annonce son arrivée sur le téléphone d'Ariel.

Elle le regarde et grimace.

— Je dois partir. Je reviens plus tard. Peux-tu m'envoyer un message dès que Fluffster se sent mieux ?

Je hoche la tête et je me précipite jusqu'à notre immeuble.

Si je n'étais pas si pressée, j'aurais demandé à Ariel ce qu'il se passait, mais j'ai mes soupçons de toute façon. C'était sans doute un autre plan cul de Gaius. Ou bien est-ce un « plan cou » si votre « juste un ami » est un vampire ?

C'est peut-être mon imagination, mais mon chinchilla me paraît plus chaud quand nous entrons dans le bâtiment, et sa respiration est plus régulière quand nous sortons de l'ascenseur à notre étage.

En sortant mes clés, j'ouvre la porte de l'appartement et j'entre dans la cuisine. Je dépose Fluffster sur la table et je l'examine attentivement.

Sa respiration est normale maintenant, les battements de son cœur réguliers, mais il ne répond toujours pas quand je l'appelle.

— Tu vas t'en sortir, dis-je au chinchilla sans connaissance. Laisse-moi retirer mes chaussures sales et éteindre la lumière de l'entrée.

J'espérais que l'idée d'économiser de l'électricité allait le faire réagir, mais je n'ai pas cette chance.

Quand je reviens vers la porte d'entrée, j'y remarque un paquet. Felix a dû le rentrer plus tôt, ce qui signifie qu'il est à la maison.

En regardant autour de moi, je vois également la paire de chaussures préférées de Felix.

Cependant, s'il est à la maison, c'est étrange qu'il ne soit pas venu me saluer. Il porte peut-être des écouteurs ?

Je vois alors une paire de talons aiguille élégants qui n'appartiennent ni à Ariel ni à moi.

Sauf si Felix a décidé de faire ses expériences de drag-queen, il doit être au milieu de son rendez-vous galant Netflix.

Je retire mes chaussures et mon regard tombe à nouveau sur le paquet.

Il porte le logo d'eBay, il doit donc s'agir de mon achat de magnétoscope, chose que j'avais complètement oubliée avec toutes ces mésaventures.

Je remarque alors le nom de l'expéditeur et mes yeux menacent de sortir de leurs orbites.

— Comment ? dis-je en le relisant.

Le paquet vient de Darian.

Il fallait qu'il enregistre le magnétoscope exactement au bon moment et exactement au bon prix pour que je l'achète quand je l'ai fait. Mais pourquoi prendre la peine d'une telle charade ? Tout d'abord, il m'envoie la cassette vidéo, puis il me vend l'engin pour la visionner.

Si je ne m'inquiétais pas pour Fluffster, j'ouvrirais immédiatement le paquet, mais je me tourne pour revenir à la cuisine… et c'est alors que je remarque l'odeur.

Une odeur délicieuse que j'ai déjà sentie au cours de ma liaison presque fatale avec Harper, l'incube à l'Earth Club de Nero.

Le souvenir de cette rencontre suffit à me dresser les cheveux sur la tête… tout comme la magie de l'odeur fait son effet aphrodisiaque sur d'autres parties de mon corps.

Comme un chien, je laisse mon nez me guider, et l'odeur devient plus forte lorsque je m'approche de la chambre de Felix.

Quand je suis presque là, un fort sentiment de

prémonition me force à m'arrêter et à inspirer pour me calmer.

Sauf que respirer profondément est une mauvaise idée.

Cela augmente la quantité d'ensorcellement d'incube qui entre dans mes poumons.

Mon esprit est sur le point de s'embourber complètement, mais par un gros effort de volonté, je repousse l'excitation malvenue.

Comment est-ce possible ? Pourquoi est-ce que je sens Harper ?

Plus que jamais, je souhaite que mes pouvoirs stupides fonctionnent.

Nero a dit que j'avais besoin de croire en moi, mais ce qui est frustrant c'est qu'à ce moment précis, je crois complètement à mes pouvoirs, sauf que cela ne semble pas m'aider.

L'odeur s'intensifie encore, ne laissant aucun doute quant à la source : la chambre de Felix.

C'est alors que l'odeur, ou le stress créent la sensation la plus étrange qui soit.

Des éclairs explosent dans mes yeux.

Est-ce que je viens de me cogner la tête ?

J'ai l'impression que la foudre s'échappe de mes mains et entre directement dans mes yeux.

Tout aussi soudainement qu'elle est arrivée, l'illusion visuelle disparaît, me laissant debout devant la porte de Felix.

Un gémissement me parvient de sous la porte. Je ne sais pas si c'est un gémissement de douleur ou de plaisir… mais aucun des deux n'est bon signe, étant donné les pouvoirs de Harper.

Mon corps fonctionnant sur pilote automatique, je rassemble toutes mes forces et j'ouvre la porte d'un coup de pied.

CHAPITRE VINGT-SIX

LA PORTE S'OUVRE EN CLAQUANT, MAIS PERSONNE NE semble remarquer mon arrivée.

Je fixe le lit de Felix, mes yeux refusant de croire ce qu'ils voient.

Harper est là, assis sur Felix, qui est pâle et nu.

Sauf que l'incube ne ressemble pas à lui-même.

Le mot-clé étant « lui ».

Harper est une « elle ».

Son corps nu ne laisse aucun doute quant à sa féminité mortelle. Ses seins sont fermes et rebondis, et il y a une absence évidente de parties de l'anatomie masculine entre ses jambes. Son maquillage accentue ses jolis traits qui étaient déjà évidents au club, et je me demande comment j'ai pu voir autre chose qu'une femme en regardant cette créature.

Une femme sexy et exquise chuchote une part de moi avec tentation, mais je secoue la tête, faisant de mon mieux pour ignorer ce chuchotement traître.

Je regarde sous Harper, et depuis que j'ai ouvert la porte, le tas de chair tremblante qui est Felix est déjà devenu plus pâle et plus faible.

Les lèvres de Harper traînent près des parties intimes de Felix, et l'érection de ce dernier donne l'impression qu'il a avalé vingt bouteilles de Viagra.

— Tu es donc un succube, un démon féminin, dis-je à voix haute en espérant briser le sort que subit Felix. Je croyais que tu étais un incube, au club.

La tension de Harper se reporte sur moi.

Son joli visage se tord en un sourire effrayant.

— Tu as tué ma petite-amie, dit-elle d'une voix maintenant distinctement féminine. Je vais donc vous tuer, toi et ton petit-ami.

— Quelle petite-amie ? ai-je envie de dire, mais avant que je puisse ouvrir la bouche, Harper écarte ses lèvres pulpeuses, inspirant profondément, et une sorte d'énergie bleue sort de l'entrejambe de Felix et entre en elle, laissant Felix comme une coquille vide.

En voyant mon air horrifié, Harper passe la main dans le torse de Felix comme s'il s'agissait d'une baignoire remplie d'eau chaude, arrache son cœur rabougri et le jette sous mes pieds avec un bruit dégoûtant.

Je fixe le cœur sanglant, puis Harper, mon cerveau ne comprenant pas l'information envoyée par mes sens.

Harper bondit et atterrit sur le sol à côté du lit en faisant claquer ses pieds nus, dont l'un écrase le cœur de Felix et l'aplatit.

Puis elle me fait face.

La puanteur de la succube fait scintiller l'air autour d'elle, et malgré mes tentatives pour ne pas respirer, son visage devient si beau qu'une part de moi veut sauter dans ses bras tendus.

Je me force à regarder le corps sans vie de Felix.

Elle a fait cela. Elle l'a tué.

La fureur faisant pulser mes tempes me permet de lutter contre l'attirance fatale de Harper et le monstre semble le voir, car elle laisse tomber toute tentative de séduction, son visage affichant sa version de la colère.

Je serre les poings, mes ongles creusant douloureusement dans mes paumes.

La gorge de Harper lâche un cri inhumain et elle me saute dessus.

CHAPITRE VINGT-SEPT

JE DONNE UN COUP DE POING À L'ENDROIT OÙ JE CROIS que se trouve le visage de Harper, mais elle bouge trop vite et je la rate.

Puis elle me pousse, et j'ai l'impression d'être frappée par une voiture lorsque je vole contre la télé soixante-cinq pouces de Felix.

Je m'écrase contre l'écran, l'air quittant mes poumons lorsqu'une douleur atroce explose dans mon omoplate.

Je comprends qu'un coin pointu de ce qui reste d'une console de jeux vidéo m'a percé le dos lorsque quelque chose de chaud dégouline en un sacrifice sanguinolent à Nintendo.

Harper me surplombe.

Elle ne doit pas aimer me voir serrer le bord du meuble-télé, car elle écrase mon bras… et la douleur précédente n'est plus qu'un souvenir distant lorsque les os de mon avant-bras se cassent comme des crackers sans gluten.

Des étoiles explosent dans mes yeux et ma gorge expulse un cri à déchirer les cordes vocales.

En voyant mon visage torturé, Harper sourit d'un air sadique et frappe ma main si fort avec le pied que tous les os de la main se brisent également.

Cette fois, mon cri est animal et rauque. Une partie de ma santé mentale disparaît en même temps que ma voix et je m'évanouis presque. Malheureusement.

C'est comme si mon esprit s'échappait de la douleur dans une petite pièce de mon cerveau, un endroit où mes capacités à raisonner sont diminuées, mais n'ont pas complètement disparu.

Dans cet état mental réduit, ma plus grande inquiétude est que je ne pourrais plus faire mon tour de passe-passe préféré, puisqu'aucun chirurgien, peu importe son talent, ne pourra guérir correctement mon bras.

Le coup de pied suivant atterrit sur ma colonne et quelque chose craque avec un bruit apocalyptique. Elle me donne encore un coup de pied et l'océan de douleur disparaît complètement… je lutte pour ne pas réfléchir à ce que cela signifie.

Ma némésis saisit mon corps de marionnette et marche jusqu'à la fenêtre.

D'un geste puissant, elle me jette à travers la vitre.

Pendant que je tombe, je m'étonne que les éclats de verre brisé ne me fassent mal qu'au visage et à rien d'autre.

Je me demande morbidement si cela signifie que je ne sentirais pas l'impact en atterrissant sur autre chose que ma tête… et puis mon corps frappe le sol.

CHAPITRE VINGT-HUIT

JE N'AI PAS PERDU CONNAISSANCE, MAIS JE NE SENS RIEN.

Suis-je paralysée ?

Non.

Je suis désincarnée, flottant dans la chambre de Felix et regardant Harper qui observe mon corps sous la fenêtre.

— Voilà pour Beatrice, dit-elle sombrement avant de cracher sur mon cadavre.

Quelque chose bouge derrière elle…

JE SUIS DE RETOUR DEVANT LA PORTE DE FELIX.

Précisément là où je me trouvais quand l'éclair étrange de mes mains a frappé mes yeux.

Une série d'explications en partie rationnelles me tourne dans la tête, depuis la crise d'épilepsie partielle jusqu'à l'ingestion de champignons glissés dans mon petit-déjeuner par quelqu'un.

Je les rejette toutes.

Ce qui vient de se produire était exactement comme les visions dans mes rêves, sauf que c'est arrivé quand j'étais éveillée.

Bien sûr.

Ma première vision éveillée.

Les machinations grossières de Nero et/ou ma croyance grandissante en mon pouvoir doivent finalement m'avoir permis de traverser cette épreuve. En fait, juste avant que la foudre frappe mes yeux, je me disais à quel point je croyais en moi-même.

Bien sûr, si je viens d'avoir une vision, cela signifie que Harper est là, derrière cette porte, en train d'aspirer la vie de Felix.

Harper, qui est une femelle, pas un bel étranger avec lequel j'ai failli coucher.

Harper, qui semble avoir été la petite-amie de la nécromancienne Beatrice, ce qui explique pourquoi elle m'en veut.

Elle veut venger la fin violente de Beatrice.

Elle a essayé de m'atteindre directement au club, et puis elle a accédé à moi par l'intermédiaire de Felix. C'est pour cela que j'ai dû ressentir un malaise quand j'ai appris le rendez-vous de Felix. C'était le picotement de mon sens de l'araignée, comme chez Spiderman, qui m'indiquait que quelque chose n'allait pas. Ce n'était pas une sorte d'étrange jalousie…

Un gémissement familier parvient à mes oreilles, prouvant que tout se passe selon ma vision.

Un plan grossier se forme dans ma tête et même si chaque fibre de mon corps me hurle de me précipiter dans la chambre et de sauver immédiatement Felix, je sais également qu'une telle imprudence finira par nous tuer tous les deux.

Non.

Ma seule chance de sauver Felix se trouve dans la chambre d'Ariel.

Je m'y précipite, priant pour que ma colocataire n'ait pas pris son pistolet avec elle quand elle m'a escortée chez Baba Yaga.

Mes prières n'aboutissent pas.

Je ne trouve pas le pistolet.

Heureusement, Ariel ne prend pas son cher couteau de l'armée avec elle, alors je le prends et je reviens en courant vers la chambre de Felix.

Pendant que je cours, je fouille dans ma poche gauche, je trouve une grosse liasse de papier flash, que je pique avec le couteau, créant une brochette de papier.

En tenant le couteau devant moi, je sors un briquet de ma poche et je me prépare à créer une flamme lorsque je frappe encore une fois la porte du pied.

La porte s'ouvre.

Je ferme les yeux et j'appuie sur le briquet.

Même à travers mes paupières fermées, je vois que le papier flash s'enflamme avec autant de lumière que d'habitude.

J'espère que la lumière aveuglante aura l'effet de la grenade incapacitante que les équipes du SWAT utilisent si souvent dans les films.

Le couteau tendu devant moi, je saute sur le lit en ouvrant les yeux.

J'aperçois de la peau féminine lisse et je frappe entre les seins parfaits de Harper.

Au lieu d'atteindre son cœur, la lame entaille l'épaule de Harper qui bougeait déjà.

En serrant le couteau plus fort, je la tacle et elle atterrit sur le dos.

Je la coince sur le sol comme une lutteuse, levant encore le couteau pour frapper.

Felix gémit derrière nous. J'espère que cela signifie qu'il restera en vie.

Le temps semble ralentir.

Harper me regarde dans les yeux et si les regards pouvaient tuer, le sien m'arracherait les entrailles.

J'abaisse mon couteau.

Sa main bouge comme un cobra et elle saisit le couteau par la lame, se coupant la paume, mais empêchant mon coup de poignard fatal.

Avec un sursaut violent qui doit lui avoir coupé la main jusqu'à l'os, elle m'arrache le couteau et elle l'envoie sous le lit où il laisse une traînée de sang.

Je lui donne un coup de poing au visage.

Elle ricane. Mon coup de poing ne l'a même pas chatouillée.

Puis elle me pousse… et je vole à travers la pièce.

Avec un horrible sentiment de déjà vu, je m'écrase contre la télévision de Felix.

La douleur n'est pas aussi sévère qu'elle l'était dans ma vision : je crois avoir inconsciemment appris comment atterrir avec un peu moins de dégâts. Ou alors, le mouvement de Harper n'avait pas autant d'élan, puisqu'elle est par terre sur le dos.

Malgré tout, l'air s'échappe de mes poumons et je songe à quel point c'est frustrant quand le futur aperçu dans une vision essaie de se recréer avec entêtement, comme s'il avait une volonté propre.

Pendant que je force l'oxygène dans mes poumons, je n'arrive à penser à rien d'autre que la suite de ce combat… des os brisés, puis la paralysie et la mort.

Je serre le meuble-télé en espérant cette fois parvenir à me relever avant qu'elle me casse le bras.

Harper bondit, atterrit à côté de moi et lève le pied.

Felix lui saute dessus avec le couteau et il la poignarde dans la cuisse.

Elle hurle de douleur et chasse Felix du dos de la main, comme s'il était un moustique irritant.

Le couteau tombe à terre et Felix atterrit en une masse nue près du lit.

Harper renvoie le couteau sous le lit d'un coup de pied, juste au moment où je me lève.

J'entends la respiration laborieuse de Felix, alors il est en vie, même s'il ne bouge pas. J'espère qu'il a perdu connaissance ou qu'il est assez sage pour faire semblant.

Harper suit mon regard et pendant une seconde elle

semble hésiter, ne sachant pas lequel de nous elle veut achever en premier.

J'utilise cette distraction pour lui donner un coup de pied dans le tibia.

Débordant de l'énergie sexuelle de Felix, elle ne grimace même pas de douleur. À la place, elle m'attrape par les épaules et elle me soulève, ignorant mes pieds qui la frappent sur tout le corps.

Son intention est évidente.

Elle est sur le point de me jeter à travers la fenêtre, comme elle l'a fait dans ma vision.

Je vois alors un mouvement derrière elle, un mouvement que j'ai aperçu à la fin de ma vision.

C'est Fluffster.

Il court dans la pièce avec un rictus surnaturel.

— Stop !

Le message frappe mon esprit comme un missile balistique mental. C'est comme si le mode de communication habituel de Fluffster avait été amplifié avec suffisamment de puissance pour faire tourner New York pendant une année. La force de la chose me donne envie de me recroqueviller dans un coin et de trembler.

Harper est clairement affectée par l'assaut mental. Elle me lâche et elle lui attrape les oreilles, comme si le cri de Fluffster n'était pas rentré directement dans son esprit.

Je tombe à quatre pattes et je m'éloigne autant que possible de Harper.

M'ignorant complètement, la succube fait face à Fluffster.

Le chinchilla plisse les yeux qui ne sont plus ceux d'un rongeur, et il commence à grandir.

CHAPITRE VINGT-NEUF

À mesure qu'il grandit, le domovoi ressemble de moins en moins à un chinchilla géant... ce qui aurait été tellement mignon qu'on aurait pu en faire une arme.

À la place, il se transforme en une créature de cauchemar : un amalgame de dents, de griffes et d'un dard à la façon d'un scorpion. Des tentacules remplacent ses moustaches et j'aperçois des piquants mortels aux extrémités.

Un autre cri mental émane de la créature et Felix et moi prenons nos têtes dans nos mains à cause de la douleur. On dirait du Death Metal russe joué à l'envers au volume maximum de toutes les enceintes de la Terre.

Harper crie et fait un pas en arrière.

Dans un mouvement flou qui rivalise avec la vitesse de Nero, Fluffster lui saute dessus. Cet acte est instantanément suivi par une grêle de parties du corps de Harper explosant comme une piñata infernale.

Pour la deuxième fois en une seule soirée, je suis couverte de sang.

Non, pas seulement du sang, vois-je en baissant les yeux.

Il y a également des morceaux d'intestin.

Luttant contre la nausée, je me lève et je regarde autour de moi.

Ceci est encore pire que la ruelle ensanglantée. Des morceaux de Harper glissent le long de la fenêtre et d'autres couvrent le plafond, le bureau de l'ordinateur et le lit de Felix. Son poster préféré de Matrix à l'air d'avoir été échangé avec celui d'un film d'horreur, et la télé n'est plus qu'une masse dégoûtante et fracturée.

En essayant de ne pas glisser sur les restes de Harper, je boite jusqu'à Felix. Je me sens étonnamment intacte si l'on considère ce qui m'est arrivé dans la vision. Mon épaule déjà blessée me fait encore plus mal et le bas de mon dos est douloureux, mais autrement, je vais bien.

De retour dans sa forme habituelle, Fluffster se tient sur mon chemin, l'air extrêmement abattu.

— Elle a violé mon domaine.

Sa voix mentale est redevenue normale, même si elle semble un peu penaude.

Je le fixe, des images de tentacules et de griffes gravées dans mes rétines.

Le chinchilla se lève sur ses pattes arrière et se nettoie les moustaches d'un geste très mignon.

— Est-ce à cela que tu ressembles vraiment ? dis-je en déglutissant… et en le regrettant immédiatement quand je sens le goût du cuivre.

— Je ne sais pas à quoi je ressemblais quand j'ai fait ça.

Il examine sombrement la pièce.

— Je ne sais pas non plus à quoi je ressemble vraiment. J'étais juste en colère, alors j'ai réagi. J'ai peut-être réagi de façon excessive. Remplacer toutes ces affaires va nous coûter une fortune.

L'entendre s'inquiéter des finances me fait glousser de façon hystérique. Puis je le vois me regarder sans comprendre et je me rends compte que je ne suis pas une bonne amie.

— Comment te sens-tu ? dis-je. Baba Yaga…

— Je me sens comme neuf. J'ai repris connaissance dans la cuisine et j'ai entendu un bruit, alors je suis venu voir…

— Et tu m'as sauvé la vie, dis-je fermement, en chassant les images de mon esprit dans la mesure du possible. N'hésite pas à reprendre cette apparence si quelqu'un essaie de nous tuer.

Fluffster hoche la tête et sort de la chambre, sûrement pour aller prendre un bain de poussière.

Je me rends compte que j'ai oublié de lui demander s'il a récupéré des souvenirs, mais je suppose que ça devra attendre.

En luttant contre une autre montée de nausée, je me fraye un chemin jusqu'à Felix.

En dehors de la couche de chair de Harper et de sa

virilité incroyablement dressée après tous ces abus, Felix semble aller bien.

Sa respiration est régulière, et rien ne semble cassé. Bien sûr, je n'ai pas de profession médicale, ce dont il a besoin en ce moment.

Je sors mon téléphone pour composer le 911.

— Ne fais pas ça, dit Felix d'une voix à peine plus forte qu'un chuchotement. L'état de cette pièce pourrait être difficile à expliquer aux flics.

Je range le téléphone.

— Tu vas bien ?

Je m'agenouille à côté de lui.

— Rien de cassé ?

Felix se relève sur ses coudes, voit son corps nu et rougit tellement que son visage prend la même couleur que les taches de sang qui le couvrent.

Il s'assoit et il se cache avec les mains.

— Je suis intact, dit-il de la voix d'une jeune vierge. Pourrais-tu me laisser un instant ?

— Bien sûr, dis-je en regardant partout sauf en direction de ses mains. Si tu es sûr que tu vas bien, je vais aller me doucher la première.

Même si je ne regarde pas directement dans cette direction, j'aurais pu jurer voir tressaillir quelque chose sous ses mains, et ses joues rouges passent dans le spectre de l'ultraviolet.

Laissant des traces de pas sanglants sur le sol, je fuis dans la salle de bains, je sors mon téléphone et j'envoie un texto à Ariel pour lui faire savoir que Fluffster va bien et qu'elle a raté « des moments marrants dont je lui parlerai à son retour ».

Ensuite, je cherche le numéro de Pada dans mes contacts et je le compose.

— Salutations, dit une voix traînante.

— Pada, c'est Sasha. Encore merci de m'avoir ramenée chez moi aujourd'hui.

— Sasha. Je ne pensais pas avoir de tes nouvelles si rapidement.

Je regarde mon reflet trempé de sang dans le miroir.

— J'ai bien peur de pouvoir utiliser tes services dans mon appartement.

— Quel niveau d'assistance ?

Comme d'habitude, il semble presque fou de joie à l'idée d'un nettoyage horrible.

— Quelque chose comme plus tôt dans la journée.

Je frissonne.

— Mais une seule petite commande, dis-je en me souvenant de l'euphémisme de Nero.

— Ce niveau de nettoyage te coûtera dix briques, dit Pada d'un ton détaché. Je te donne le prix des clients fréquents, même si, à strictement parler, il ne s'agit que de ta deuxième commande directe.

Super. L'avantage que j'ai toujours souhaité : un prix pour clients fidèles auprès d'un service qui fait disparaître les corps. Qu'est-ce qui suivra, un Groupon pour une entreprise de pompes funèbres ?

— C'est très bien, dis-je en regrettant d'avoir perdu mon salaire régulier. J'espère que tu pourras venir vite.

— Je suis chez moi en ce moment, alors tu as de la chance.

C'est vrai. Il vit près de chez nous… un autre coup de chance douteux.

— Merci, Pada. À tout à l'heure.

Je raccroche le téléphone, je le pose au bord du lavabo, je me déshabille et je refais la routine de savonnage agressif que j'ai effectué plus tôt dans la journée.

Qu'est-ce que ça dit de ma vie que je devienne si douée pour retirer le sang de mes cheveux ?

Quand j'ai terminé, j'ai la peau qui brûle à force d'avoir frotté, alors je me couvre de crème. En m'enveloppant dans une serviette, je prends mon téléphone, j'enjambe les vêtements sanglants sur le sol et je sors pieds nus pour aller chercher mes pantoufles près de la porte d'entrée.

Près de la chambre de Felix, je crie :

— La douche est libre si tu veux y aller.

— Merci, crie Felix à son tour. Peux-tu s'il te plaît aller dans ta chambre pendant quelques minutes ?

Je me rends à la cuisine à la place. En ouvrant le placard où Ariel garde nos affaires médicales, je sors les pansements et je m'occupe de toutes les coupures et éraflures que je trouve sur mon corps.

Quand c'est fait, j'attrape notre avant-dernier paquet de petits pois surgelés au congélateur.

En m'asseyant à table, je pose la poche froide sur mon épaule, je ferme les yeux et je prends quelques respirations relaxantes.

Je dois sûrement dormir quelques minutes, car Felix entre dans la pièce, portant également une serviette. D'un autre côté, il est possible que son nettoyage n'ait pas pris aussi longtemps que le mien : ses douches extrêmement brèves sont un des nombreux avantages d'avoir Felix pour colocataire.

— J'ai regardé la vidéo de surveillance de ma chambre et du couloir, dit-il en gesticulant avec son téléphone. C'est incroyable.

C'est peut-être parce qu'il est technomancien, ou paranoïaque, ou les deux, mais les engins de surveillance sont une passion de Felix, encore plus que ses autres gadgets.

Il a installé un système d'alarme avec enregistrement vidéo quand nous avons emménagé dans l'appartement. Sa chambre est la seule que nous lui avons permis d'équiper, mais le couloir, le salon et la cuisine sont régulièrement filmés de sorte que si quelqu'un entrait par effraction, une alarme se déclencherait avec des preuves pour les flics.

Bien sûr, quand Ariel et moi avons consenti à l'installation, nous ne savions pas que nous avions un système bien meilleur – quoiqu'assez salissant – déjà en place : Fluffster.

— Regarde ça, dit Felix en me montrant l'écran. Je crois que c'est arrivé juste avant que coure dans la chambre d'Ariel pour récupérer le couteau.

Je fixe l'écran.

Sur l'enregistrement, je marche dans le couloir. Puis

je m'arrête et un éclair bleu part de mes mains jusque dans mes yeux.

Au lieu d'être brûlés, mes yeux deviennent simplement vitreux et je reste là comme une statue, puis je reviens à moi et je cours dans la chambre d'Ariel.

— Je croyais que cet éclair n'était qu'une illusion dans mon esprit. Je n'arrive pas à croire que c'est vraiment ce qui a engendré la vision éveillée.

J'explique à Felix comment j'ai combattu Harper deux fois et il écoute en ouvrant la bouche à tel point que j'ai envie d'y jeter des petits pois congelés.

— Je me demande si la même chose se passe pendant les visions rêvées, dit-il avant de rougir, s'imaginant sûrement m'observer pendant que je dors.

— Tu ferais mieux de t'asseoir, lui dis-je quand je remarque quelques coupures sur son torse qui laissent échapper du sang. Laisse-moi m'occuper de ça.

Felix pose le téléphone sur la table et s'assoit. Je lui donne ma poche de glace afin qu'il puisse la mettre sur son front, j'attrape les affaires de premiers secours et je dévisse la crème antibiotique.

— Je l'ai rencontrée au café, dit Felix en baissant la tête pendant que j'applique une couche d'antiseptique sur ses coupures. Les filles n'engagent jamais la conversation avec moi. Je suis vraiment désolé…

— Si c'est la faute de quelqu'un, c'est la mienne.

J'attrape la boîte de pansements et j'en prépare un.

Incroyablement, alors que le reste de Harper est étalé partout dans sa chambre, la magie de ses phéromones doit encore parcourir mes veines. Chaque fois que je m'approche de la peau de Felix, je deviens très consciente de son torse nu, qui semble avoir des muscles toniques que je n'ai encore jamais remarqués.

En inspirant profondément, je pose le premier pansement juste au-dessus de sa clavicule. Mes doigts caressent son cou par inadvertance, et il frissonne visiblement à ce contact.

Des images pornographiques de Felix forment un kaléidoscope dans ma tête et à en juger par l'animation soudaine de sa serviette, Felix est sur la même longueur d'onde inappropriée.

— Sasha.

Il parle d'une voix rauque, et il rougit à nouveau, plus que jamais.

— Je crois que je devrais appliquer le reste moi-même.

— Tu es sûr ? dis-je d'une voix sensuelle en luttant contre le désir insensé d'arracher nos deux serviettes comme un magicien révélant un tour accompli. Dois-tu vraiment le faire toi-même ?

Je m'arrête et j'humidifie mes lèvres soudain sèches.

— Je peux t'aider.

Je prends le pack de glace improvisée de sa main et je le pose sur le côté.

La sonnette retentit.

Tout le sang quitte le visage de Felix.

— C'est Pada. Il va s'occuper du bazar.

Felix pousse un soupir torturé avant de hocher la tête.

Lorsque je me dirige vers la porte, je regrette de ne pas porter de vêtements, particulièrement si Pada est accompagné de ses collègues.

Je suis soulagée de voir qu'il est seul, et s'il remarque mon état vestimentaire, il ne le montre certainement pas.

Très professionnel, il met une paire de bottines d'hôpital et il commence le nettoyage par les traces de pas sanglantes menant jusqu'à la salle de bains.

Dois-je retourner à la cuisine ?

Maintenant que Felix n'est pas nu devant moi, je me rends compte que nous avons failli soulager la tension induite par Harper sur la table de la cuisine. Cela aurait été horrible pour toutes sortes de raisons, mais tout particulièrement parce que, malgré les plaisanteries d'Ariel, il est tout à fait possible que Felix soit encore vierge.

Et s'il n'avait jamais été plus près de coucher avec quelqu'un qu'aujourd'hui ?

Je ne peux simplement pas prendre la responsabilité d'être sa première, et Felix ne devrait pas être la façon dont je romps ma longue abstinence.

Et puis, c'est *Felix*. À quoi pensais-je dans la cuisine ? Harper méritait vraiment son sort. Ce pouvoir est toxique et devrait être banni… comme les armes chimiques et biologiques, et je suppose que cette bonne odeur pourrait être considérée comme telle.

Mon regard tombe sur le colis et je laisse temporairement ma curiosité surpasser ma libido.

J'attrape la boîte en carton, je la déchire et je porte le magnétoscope dans ma chambre.

Il me faut quelques minutes pour le brancher à ma télé et insérer la vidéo.

Les beaux traits de Darian apparaissent à l'écran, ses yeux verts étincelants d'espièglerie.

— Tout d'abord, dit-il avec un accent britannique plus prononcé que d'habitude, je voulais m'excuser d'avoir pris part à la folie de Nero. Je lui devais un service, vois-tu, alors quand il m'a demandé une vision concernant ces inepties avec les orques, j'ai accepté à contrecœur. Pour ce que ça vaut – malgré ce que tu dois ressentir à ce moment précis – parmi tous les futurs de toi que j'ai vus, celui-ci était paradoxalement le meilleur scénario.

Je mets la vidéo en pause et je reste assise là, fixant le visage de Darian.

Le meilleur scénario ?

Tout ce à quoi je viens de survivre ?

Quelle était donc l'alternative ? Être avalée vivante par des cannibales aux dents usées ?

Sauf si… parle-t-il de lui-même ? Un bon scénario pour Darian pourrait bien inclure le fait que je coupe le contact avec Nero…

— Salut, dit Fluffster dans mon esprit, et je le vois assis à côté de son bain de poussière, l'air bien trop pensif pour un chinchilla.

— Veux-tu que je change ta poussière ? dis-je en remarquant une teinte légèrement rouge sur la poudre.

— Oui, s'il te plaît, répond Fluffster d'un ton reconnaissant.

Je le nettoie en prenant soin de poser le sac avec la vieille poussière dans le couloir, afin que Pada puisse l'emporter avec le reste.

En retournant sur le lit, je glisse mes pieds soudain froids sous la couverture.

— Alors, dis-je en étudiant attentivement Fluffster. Le sort de Yaga a-t-il fonctionné? Te souviens-tu de ton passé?

— Oui.

Il grimpe sur le lit et il s'assoit à côté de moi.

— Je ne me souviens que de quelques bribes de ma dernière incarnation, mais elles pourraient te servir.

Il marque une pause, comme s'il avait besoin de reprendre son souffle, ce qui paraît bête, puisqu'il communique mentalement.

— J'étais un chat sibérien et…

J'éclate de rire. Je ne peux pas m'en empêcher.

Pas étonnant qu'il aime les vidéos de chats.

— Je m'appelais Murzik, poursuit-il en m'ignorant. Je me souviens de la Russie, mais il y a longtemps, avant la révolution qui a mis fin à la monarchie. Je me souviens de quelques éléments de ma maison, et de mon dernier propriétaire.

Il marque une pause théâtrale et j'ai du mal à me retenir de le secouer pour obtenir les informations.

— Il s'appelait Grigori, annonce-t-il enfin d'un ton triomphal. Grigori Raspoutine.

Je regarde mon chinchilla et il me fixe avec candeur.

— Ce n'est pas une plaisanterie ? dis-je.

Les expressions des visages de rongeurs sont difficiles à déchiffrer, alors il a peut-être décidé de tenter l'humour au moment le plus inapproprié de l'histoire.

— Le type à qui tu appartenais avant la révolution russe, c'est-à-dire autour du début du vingtième siècle, s'appelait Grigori Raspoutine, le même qui apparaît dans cette partie de l'histoire ?

— Je le connaissais seulement sous le nom de Grigori, dit Fluffster. Je me souviens seulement de bribes, les rares jours où il rentrait chez lui et qu'il me soulevait.

Je saute sur mes pieds et je cherche Raspoutine sur Google.

En montrant l'image barbue de la page Wikipédia à Fluffster, je lui demande :

— Ressemblait-il à ça ?

— Oui, répond-il avec enthousiasme. C'est lui.

Je lis les détails de la page en même temps que Fluffster. Raspoutine, qui est mort en 1916, était « un mystique russe et prophète autoproclamé qui s'est lié d'amitié avec la famille du tsar Nicolas II, le dernier monarque de la Russie, et qui a obtenu une influence considérable à la fin de l'empire russe. »

— Tu ne te souviens de rien entre le chat de Raspoutine et la forme que tu as maintenant ? dis-je en faisant de mon mieux pour ne pas paraître aussi déçue que je le suis. Ces souvenirs datent de plus de cent ans.

— C'est tout ce dont je me souviens, répond

Fluffster tout penaud. Il y en aura peut-être davantage avec le temps ?

— Je l'espère, dis-je en le caressant sur la tête pour le rassurer.

Ça ne fait pas grand-chose. Au mieux, Raspoutine pourrait avoir été mon arrière-grand-père. Une recherche rapide sur Internet révèle qu'il avait des enfants, alors il est faisable que…

Quelqu'un se racle la gorge et frappe doucement à ma porte.

Je me lève, je réajuste ma serviette et j'ouvre.

— J'ai terminé, dit Pada en montrant le couloir immaculé. Paieras-tu à nouveau par carte de crédit ?

— Oui.

Je marche jusqu'à mon bureau et j'attrape ma carte.

— Voilà.

Luttant contre une impression irréelle, je glisse la carte à travers l'engin que Pada attache à son téléphone.

Il hoche la tête d'un air approbateur avant de sortir.

— Tu devrais peut-être te reposer quelques jours.

Il ouvre la porte d'entrée et il sort dans le couloir avant de continuer :

— J'ai beaucoup de travail. Tu n'es pas obligée de me fournir la sécurité de l'emploi à toi toute seule.

— Je ferai de mon mieux pour ne pas avoir de problèmes, dis-je sèchement. Encore merci.

— Aucun souci, dit-il en marchant vers l'ascenseur.

Je ferme la porte et je me tourne.

Fluffster se tient à côté du meuble à chaussures, la tête inclinée sur le côté.

— Hé, dis-je en chuchotant. Peux-tu aller à la cuisine et tenir compagnie à Felix ?

— Bien sûr, dit Fluffster dans ma tête. Il va sûrement piquer une crise quand il verra les murs vides dans sa chambre.

— T'es le meilleur.

Je lui souris et je retourne dans ma chambre.

Je ferme la porte à clé derrière moi, je remonte sur le lit et je bâille en regardant mon oreiller avec envie. Cependant, je choisis d'abord de remettre la vidéo en marche… même épuisée comme je le suis, il se pourrait que je ne m'endorme pas avant d'avoir entendu le reste du discours de Darian.

— Alors, dit Darian avec un sourire. Maintenant que tu as rejeté le mentorat de Nero et que tu as eu ta première vision éveillée, je peux enfin t'offrir mon cadeau de jubilé : une technique qui, si tu la maîtrises, devrait te permettre de déclencher tes visions de voyante à volonté.

Je remets la vidéo en pause et je fixe l'écran, la bouche ouverte.

J'ai eu cette cassette pendant tout ce temps, alors il a dû prédire que j'allais rejeter le mentorat de Nero il y a longtemps. Ou bien a-t-il causé la situation ? Quoi qu'il en soit, c'est extrêmement impressionnant.

Il est également au courant de ma vision éveillée. Était-il donc au courant de l'attaque de Harper ? Si oui, pourquoi cet enfoiré ne m'a-t-il pas averti ?

Puis je me souviens de ses paroles : « parmi tous les

futurs de toi que j'ai vus, celui-ci était paradoxalement le meilleur scénario ».

Je crois que je commence à comprendre d'où vient l'attitude négative envers les voyants.

En soupirant profondément, je relance la cassette.

— En bref, tu dois apprendre une forme spéciale de méditation, dit Darian. Cela sert en partie à t'apprendre à te vider la tête, l'autre partie servant à te faire croire en tes pouvoirs sans l'ombre d'un doute. Ce n'est pas quelque chose que je m'attends à ce que tu maîtrises très vite et je n'essaierais même pas avec ton manque de sommeil actuel. Pour commencer, tu dois apprendre à inspirer et à expirer en comptant jusqu'à cinq.

De là, Darian décrit la technique de méditation en question… et il a raison. Regarder sa description me suffit presque à m'endormir assise.

Quand il a terminé les instructions, Darian reste assis à me regarder.

— Je ferais mieux de dormir et de rembobiner la cassette, dis-je à Darian sur l'écran. Mais tu le savais sûrement déjà avant même que nous nous rencontrions.

— Oui, dit Darian depuis la télé exactement au bon moment. Je le savais.

En secouant la tête, j'éteins le poste, je me débarrasse de la serviette et je regarde le tiroir avec Copperfield en hésitant.

Ce qui m'arrête, c'est surtout la sensation que Darian observe tout ce que je fais, ce qui est insensé.

Ou plus précisément, la vérité est beaucoup plus insensée.

Quoi que je fasse, il m'a déjà vue le faire, alors je peux aussi bien le faire ou pas. Cela n'a aucune importance.

Ma faiblesse gagne, je sors donc Copperfield et je m'occupe de mes affaires… et je ne pense à Nero qu'un court instant vers la fin.

Complètement épuisée, je pose ma tête sur l'oreiller, je remonte la couverture et je ferme les yeux.

En m'endormant, je me demande si je survivrai jusqu'à l'anniversaire de mes un mois en tant que Consciente, et si Darian le sait déjà ou pas.

Merci d'avoir lu ce livre ! J'espère que vous aimez l'histoire de Sasha ! Ses aventures continuent dans *La médium réticente (série Sasha Urban : Tome 3)*.

Souhaitez-vous être averti de mes nouvelles parutions ? Inscrivez-vous à ma liste de diffusion sur www. dimazales.com/book-series/francais/ !

Vous souhaitez lire mes autres livres ? Vous pouvez aller voir :

- *Les Dimensions de l'esprit* – les aventures d'urban fantasy trépidantes de Darren, qui peut arrêter le temps et lire dans les pensées
- *Les Derniers Humains* – l'histoire futuriste et

dystopique de Theo, qui vit dans un monde où les apparences sont trompeuses
* *Le Code arcane* – les aventures de fantasy épiques du sorcier Blaise et de sa création, la magnifique et puissante Gala

Je collabore également avec ma femme sur des romances de science-fiction, alors si vous appréciez les textes érotiques, vous pouvez aller voir :

* *La trilogie Mia et Korum* – Une sombre romance de science-fiction
* *La Captive des Krinars* – Un roman indépendant de science-fiction

Et maintenant, tournez la page pour lire un extrait d'*Oasis* (*Les Derniers Humains : Tome 1*).

Je m'appelle Theo et je vis à Oasis, la dernière zone habitable sur Terre. C'est censé être le paradis, un endroit où nous sommes tous comblés. La vulgarité, la violence, la folie et tous les autres maux ne sont plus qu'un souvenir lointain. Même la mort ne nous tourmente plus.

J'étais comblé moi aussi, mais j'ai changé. Maintenant, j'entends une voix dans ma tête et elle me dit des choses qu'aucun ami imaginaire ne devrait savoir. Elle s'appelle Phoe et elle est mon hallucination.

À moins que…

Putain. Vagin. Merde.

Je fais exprès de penser ces mots interdits, mais mon scan neural ne montre rien qui sorte de l'ordinaire par rapport à des mots phonétiquement similaires, comme *pétrin*, *machin* ou *merle*. Je ne vois aucune preuve de dégâts à mon cerveau, même s'il pourrait être endommagé à l'extrême. J'ai peut-être besoin d'un autre sujet pour mes tests, un autre Jeune 'impressionnable' de vingt-trois ans comme moi.

Après tout, je pourrais être malade mental.

— Oh, Theo. Tu ne vas pas recommencer, dit une voix exagérément aimable et aiguë. Et puis, les mots ont bien un effet sur ton cerveau. Par exemple, la partie de ton cerveau responsable du dégoût s'illumine quand tu dis 'merde', mais pas pour 'merle'.

C'est Phoe qui parle. Cette fois, elle n'est pas une voix dans ma tête. C'est plutôt comme si elle était dans les buissons épais derrière moi, sauf que personne ne se trouve là.

Je suis la seule personne sur ce morceau de gazon.

Personne ne vient ici parce que le Bord ne se trouve qu'à quelques mètres. Peu d'habitants de l'Oasis aiment regarder la ligne triste qui divise la fin de notre monde habitable et le début du désert de gelée grise. Cependant, cela ne me gêne pas.

D'un autre côté, je suis peut-être fou — et Phoe serait la raison. Voyez-vous, je ne crois pas que Phoe soit réelle. Elle est, je crois, mon amie imaginaire. Et son nom, d'ailleurs, se prononce 'Fi', mais s'écrit 'P-h-o-e'.

Oui, mon hallucination est précise à ce point.

— Alors, tu passes d'un sujet rabâché directement à un autre, dit Phoe avec un petit rire de dédain. Ma soi-disant réalité.

— Exactement, dis-je, bien que quand nous sommes seuls, je réponde sans bouger les lèvres. Parce que je t'imagine.

Elle rit encore et je secoue la tête. Oui, je viens de secouer la tête pour mon hallucination. Je me sens également contraint de lui répondre.

— Pour info, je suis certain que le mot tabou 'merde' affecte les parties de mon cerveau qui gèrent le dégoût tout autant que ses cousins plus acceptables comme 'matière fécale'. Ce que j'ai essayé d'expliquer, c'est que le mot ne fait pas mal et n'abîme pas mon cerveau. Ces mots n'ont rien de spécial.

Cette fois, Phoe est dans ma tête et elle a un ton moqueur :

— Ouais, ouais. Tu me diras bientôt comment à l'époque, certains mots interdits faisaient simplement référence à des choses comme des chiens femelles et qu'il y a des mots dans les langues mortes qui étaient tout aussi tabous, et pourtant ils ne sont pas actuellement interdits parce qu'ils ont perdu leur pouvoir. Puis tu te plaindras sans doute que, même si les cerveaux des deux sexes sont presque identiques, seuls les mâles n'ont pas le droit de dire 'vagin', etc.

Je me rends compte que j'allais répliquer avec ces pensées exactes, ce qui signifie que Phoe et moi nous avons beaucoup parlé de ce sujet. C'est ce qui arrive entre amis proches : ils répètent leurs conversations. D'autant plus lorsqu'il s'agit d'amis imaginaires, je suppose. Même si, bien sûr, je suis sans doute la seule personne d'Oasis à en avoir une.

En y réfléchissant bien, toute conversation avec votre amie imaginaire n'est-elle pas redondante, puisqu'en gros vous vous parlez à vous-même ?

— C'est là que je te rappelle que je suis réelle, Theo.

Phoe affirme cela à haute voix.

Je ne peux pas m'empêcher de remarquer que sa voix vient d'un endroit légèrement sur ma droite, comme si elle était une amie assise dans l'herbe à côté de moi, une amie invisible.

— Ce n'est pas parce que je suis invisible que je ne suis pas réelle, répond Phoe à ma pensée. Moi au moins, je suis convaincue d'être réelle. C'est moi qui serais folle si je ne pensais pas être réelle. En outre, beaucoup d'indices pointent vers cette conclusion, et tu le sais.

— Mais une amie imaginaire ne devrait-elle pas insister sur le fait qu'elle est réelle ?

Je ne peux pas m'empêcher de dire ces mots à voix haute.

— Cela ne fait-il pas partie de l'hallucination ?

— Ne me parle pas à voix haute, me rappelle-t-elle d'un ton inquiet. Même quand tu subvocalises, tu bouges parfois imperceptiblement les muscles de ton cou et même tes lèvres. C'est trop risqué. Tu devrais simplement m'envoyer tes pensées. Sers-toi de ta voix intérieure. C'est plus sûr, en particulier quand nous sommes en compagnie d'autres Jeunes.

— D'accord, mais pour info, j'ai l'impression d'être encore plus fou, réponds-je en subvocalisant les mots et en faisant de mon mieux pour ne pas bouger les lèvres ou les muscles de mon cou.

Puis, pour faire une expérience, je pense :

— Te parler dans ma tête souligne l'impossibilité de ton existence et cela me donne encore plus l'impression d'être dingue.

— Eh bien, cela ne devrait pas être le cas.

Sa voix est dans ma tête maintenant, pourtant elle paraît toujours aiguë.

— Autrefois, quand ce n'était pas interdit d'avoir une maladie mentale, je suppose que tu mettais les gens autour de toi mal à l'aise si tu parlais à voix haute à tes amis imaginaires, dit-elle en gloussant, mais il y a plus d'inquiétude que d'humour dans sa voix. Je ne sais pas du tout ce qu'il se passerait si quelqu'un pensait que tu étais fou, mais j'ai un mauvais pressentiment, alors s'il te plaît, ne le fais pas, d'accord ?

Je lui envoie ma pensée en tirant sur le lobe de mon oreille gauche :

— Très bien. Mais cela me semble exagéré de le faire ici. Il n'y a personne.

— Oui, cependant les nanorobots dont je t'ai parlé, ceux qui imprègnent tout depuis ta tête jusqu'au brouillard utilitaire, peuvent être utilisés pour surveiller cet endroit, du moins en théorie.

— D'accord. Sauf si toute cette technologie invisible

— et c'est bien pratique — est le fruit de mon imagination tout autant que toi. De toute façon, puisque personne ne semble être au courant, comment peuvent-ils s'en servir pour m'espionner ?

— Correction : aucun Jeune ne le sait, mais les autres le pourraient, contre Phoe patiemment. Il y a encore trop de choses que nous ne savons pas au sujet des Adultes, et je ne parle même pas des Aïeuls.

— Mais s'ils peuvent accéder aux nanocytes dans mon esprit, n'ont-ils pas également accès à mes pensées ?

Je pense cela avec un frisson. Si c'est vrai, je suis complètement foutu.

— Le fait que tu n'aies pas encore fait face aux conséquences de tes pensées fréquemment indisciplinées prouve que personne ne les surveille en général, du moins qu'ils ne se préoccupent pas spécifiquement des tiennes, répond-elle en apaisant un peu mes craintes. C'est pour cela que je pense que surveiller les pensées est soit trop compliqué informatiquement, soit que cela brise un des milliards de tabous sur l'usage approprié de la technologie — des règles que j'ai du mal à garder en tête, d'ailleurs.

— Et si l'utilisation de la technologie pour m'écouter était aussi taboue ? dis-je même si elle commence à me convaincre.

— Peut-être, mais, j'ai vu des choses qui s'expliquent mieux par l'espionnage des Adultes.

Sa voix dans ma tête devient plus basse.

— Il te suffit de penser à la fois où toi et Liam vous aviez prévu de sauter votre Cours de Physique. Comment étaient-ils au courant ?

Je repensai à la session épique de Quiétude à laquelle nous avions été condamnés et comment nous avions tous les deux juré ne pas avoir trahi l'autre. Nous étions parvenus à la même conclusion : il est dangereux de parler. C'est pourquoi Liam, Mason et moi nous parlons souvent en code désormais.

J'envoie une pensée à Phoe :

— Il pourrait y avoir d'autres explications. Cette conversation a eu lieu pendant les Cours et quelqu'un aurait pu nous entendre. Mais même si ce n'est pas le cas, le fait qu'ils nous surveillent en classe ne signifie pas qu'ils prendraient la peine de surveiller cet endroit perdu.

— Même s'ils surveillent cet endroit où n'importe quel endroit à l'extérieur de l'institut, je veux que tu prennes de bonnes habitudes.

— Et si nous parlions en code ? Tu sais, celui que j'utilise avec mes amis qui ne sont pas imaginaires.

— Tu parles déjà trop lentement pour moi, pense-t-elle avec exaspération. Quand tu parles dans ce code, tu as l'air ridicule et tu augmentes considérablement le nombre de syllabes que tu prononces. Si tu voulais bien apprendre une des langues mortes, alors...

Je lui envoie ma pensée :

— Très bien. Je vais 'penser' quand il faudra que je te parle.

J'ajoute en subvocalisant : mais je subvocaliserai aussi.

Elle soupire à haute voix.

— Si tu le dois. Mais fais-le comme tu l'as fait il y a une seconde, sans bouger la musculature de ta voix.

Au lieu de répondre, je regarde encore le Bord, l'endroit où la verdure sereine sous le dôme rencontre l'océan répugnant de gelée grise — la technologie paralytique auto-réplicante qui transforme la matière organique en elle-même. La gelée grise est ce qu'il reste du monde en dehors de la barrière du dôme, et si un jour cette barrière tombait, la gelée nous détruirait rapidement. Naturellement, cette vue évoque toutes sortes de sentiments désagréables et le fait que je la regarde volontairement doit être un autre signe de mon état mental précaire.

— Cette chose est tout à fait dégoûtante, remarque Phoe en essayant de me remonter le moral, comme d'habitude. On dirait que quelqu'un a essayé de faire de la jelly avec du vomi et des excréments humains.

Puis, avec un ricanement mental, elle ajoute :

— Pardon, j'aurais dû dire 'vomi et merde'.

— Je ne sais pas du tout ce qu'est la jelly, mais, quoi que ce soit, tu as sans doute raison pour les ingrédients.

— La jelly était quelque chose que mangeaient les anciens à l'époque pré-nourriture, explique Phoe. Je te trouverai quelque chose à regarder ou à lire à ce sujet, ou si tu as de la chance, ils s'en serviront peut-être à la prochaine foire des jours de naissance.

— Je l'espère. Il est difficile de se renseigner sur la nourriture dans les livres ou les films, j'ai essayé.

— Dans ce cas précis, tu le pourrais, rétorque Phoe. La jelly était plus une histoire de texture que de goût. Cela avait la consistance des méduses.

— Les gens mangeaient ces choses gluantes à l'époque ? me dis-je avec dégoût.

Je ne me souviens pas avoir vu cela dans un des films. En désignant la gelée, je dis :

— Pas étonnant que le monde se soit transformé ainsi.

— Dans la plupart des régions du monde, ils ne le mangeaient pas, dit Phoe d'un ton pédant. Et la jelly était en réalité faite à partir de protéines partiellement décomposées extraites des peaux, des sabots, des os et des tissus conjonctifs de la vache et du cochon.

— Maintenant, tu essaies juste de me dégoûter.

— Alors, ça, c'est la meilleure, venant de toi M. Merde, glousse-t-elle. Quoi qu'il en soit, tu dois quitter cet endroit.

— Ah bon ?

— Tu as des cours dans une demi-heure, mais le plus important, c'est que Mason te cherche, dit-elle et sa voix me donne l'impression qu'elle est déjà debout.

Je me lève et je commence à marcher vers la haute haie qui cache la gelée de la vue des autres Jeunes d'Oasis.

— Au fait — la voix de Phoe vient de plus loin, elle simule le fait de marcher devant moi —, une fois que tu auras vérifié que Mason te cherche, essaie d'expliquer comment une amie imaginaire comme moi pourrait savoir une telle chose... savoir quelque chose que tu ne savais pas toi-même.

Oasis est déjà disponible. Allez visiter mon site www.dimazales.com/book-series/francais/ pour en apprendre plus et vous inscrire sur ma liste de diffusion.

Dima Zales est un auteur de science-fiction et de fantasy dont les romans sont classés parmi les best-sellers du *New York Times* et de *USA Today*. Avant de devenir écrivain, il a travaillé à New York dans l'industrie du développement de logiciels en tant que programmeur et en tant que cadre. Depuis les logiciels de trading haute fréquence pour les grosses banques jusqu'aux applications mobiles pour des magazines populaires, Dima a tout fait. En 2013, il a quitté l'industrie des logiciels pour se concentrer sur sa carrière d'écrivain et il a déménagé à Palm Coast, en Floride, où il vit actuellement.

Vous pouvez consulter le site www.dimazales.com/series/francais/ pour en savoir plus.

www.ingramcontent.com/pod-product-compliance
Lightning Source LLC
Chambersburg PA
CBHW060613100726
47907CB00006B/1607